崑崙霸仙

곤륜패선

윤신현 신무협 장편소설

WISHBOOKS ORIENTAL FANTASY STORY

곤륜패선 11

윤신현 신무협 장편소설

초판 1쇄 찍은 날 | 2020년 10월 22일
초판 1쇄 펴낸 날 | 2020년 10월 29일

지은이 | 윤신현
펴낸이 | 권태완 우천제

기획 | 위시북스
편집책임 | 한준만
편집 | 위시북스

펴낸곳 | ㈜케이더블유북스
등록번호 | 제25100-2015-43호
등록일자 | 2015. 5. 4
KFN | 제2-57호

주소 | 서울시 구로구 디지털로31길 38-9, 401호
전화 | 070-8892-7937 팩스 | 02-866-4627
E-mail | fantasy@kwbooks.co.kr

ISBN 979-11-293-6497-5 04810
979-11-293-4618-6 (set)

※ 이 도서의 국립중앙도서관 출판시도서목록(CIP)은 서지정보유통지원시스템 홈페이지(http://seoji.go.kr)와 국가자료공동목록시스템(http://www.nl.go.kr/kolisnet)에서 이용하실 수 있습니다.

위시북스 오리엔탈 판타지 소설 WISHBOOKS ORIENTAL FANTASY STORY
崑崙霸仙
곤륜패선
11
완결

崑崙霸仙

곤륜패선

··· 목차 ···

제1장. 모두 다 함께(2)	7
제2장. 무림맹(武林盟)	23
제3장. 각자의 전쟁	53
제4장. 정마대전(正魔大戰)	85
제5장. 구마(九魔)	119
제6장. 죽음에는 죽음으로	141
제7장. 천년마교의 지배자	185
제8장. 천하제일인(天下第一人)	227
제9장. 종전(終戰)	271
외전 1장. 끝난 줄 알았지	295
외전 2장. 각자의 꿈	309
외전 3장. 아직 안 끝났어	323

… 제1장 …

모두 다 함께(2)

문 앞에 선 석정후가 옷매무시를 가다듬었다.

그런데 그의 표정이 평소와는 많이 달랐다.

긴장감이 얼굴 가득 덕지덕지 붙어 있었던 것이다.

"너무 긴장하시는 거 아니에요?"

"백륜은 안 들어간다고 너무 태평한 거 아냐?"

"저야 이 공자님의 호위무사일 뿐이니까요."

"이 공자라는 말은 진짜 적응이 안 되네. 삼 공자라고만 불려서 그런가."

틀린 표현이 아니었지만 이상하게 석정후는 적응이 되지 않았다. 그래서인지 가끔 이 공자라고 누군가 불러도 대답을 하지 못했다. 자신을 불렀다고 생각하지 못한 것이다.

"차차 적응되지 않겠습니까. 장주님께서 이 공자님보다 나이가 많은 혼외 자식을 데려오지 않는 한은요."

"……그것도 가능성이 아예 없지만은 않은데."

석정후가 피식 웃었다.

돈 많고 능력 좋은 남자에게 여인이 꼬이는 것은 당연했다. 게다가 그의 부친도 열 여자를 마다하는 성격이 아니었다. 호색한까지는 아니더라도 오는 여자는 마다하지 않았기에 삼처사첩은 기본으로 데리고 있었다.

"하지만 공식적으로 인정받는 이 공자는 공자님뿐입니다."

"앞으로는 적응을 해야겠지."

"석가장의 이 공자이니 너무 긴장하지 마십시오."

백륜이 두 주먹을 불끈 쥐어 보였다.

하지만 그런다고 한들 큰 힘은 되지 않았다.

"다녀올게."

"힘내십시오!"

"노력은 해볼게."

깊고 긴 한숨과 함께 석정후가 몸을 돌렸다.

그러고는 한결 단단해진 눈빛으로 문을 두드렸다.

"들어오게."

끼이익.

낡은 경첩에서 흘러나오는 마찰음이 이상하게 가슴으로 파고들었다. 그의 긴장감을 극대화시켰다고나 할까.

자기도 모르게 마른침을 삼킨 석정후가 천천히 방 안으로 들어갔다.

'나는 석가장의 이 공자다! 그리고 사부는 패선이야!'

강호에서 패선으로 이름 높은 이가 바로 그의 사부였다.

그렇기에 석정후는 가슴을 폈다. 패선의 제자가 못난 모습을 보여줘서는 안 된다고 생각해서였다.

'석가장의 이 공자보다 패선의 제자라고 생각하는 게 더 힘이 되는데?'

자기도 모르게 떠오르는 잡생각에 석정후가 피식 웃었다.

그런데 웃긴 건 그게 사실이라는 점이었다.

석가장의 이 공자로 이 자리에 선다면 긴장하는 게 당연했지만 패선의 제자로 선다면 얘기가 달라졌다.

긴장하는 건 피차 마찬가지였다.

'비록 속가제자이기는 하지만 사부님의 제자인 건 사실이니까.'

벽우진을 떠올리자 어깨에 자연스럽게 힘이 들어갔다.

조금은 구부정했던 허리 역시 덩달아 펴졌다.

"처음 뵙겠습니다. 석정후라고 합니다."

뚜벅뚜벅 걸어간 석정후는 방의 주인을 향해 정중히 포권했다. 석가장의 혈족이면서 한 명의 무인이라고 생각했기에 평범한 인사보다는 포권을 택했다.

그런데 그 선택이 재미있던 모양인지 앉아 있던 중년인이 옅게 웃었다.

"석가장도, 곤륜파도 거론하지 않는군."

"두 개의 신분을 모두 갖고 있지만 저를 가장 잘 표현하는 건 이름이라고 생각해서요."

"듣던 대로 대담한 성격이야."

"칭찬 감사합니다."

"앉지."

긴장한 기미가 보이기는 해도 크게 떨지 않는 석정후의 모습에 제갈현이 빙그레 웃으며 자리를 권했다.

그러자 기다렸다는 듯이 석정후가 자리에 앉았다.

"본가에서 만든 차네. 비싼 차를 기대했다면 미안하군."

"아닙니다. 저는 뭐든지 잘 먹습니다. 다들 제가 집안이 집안이니만큼 입이 고급일 거라고 생각하는데 그렇지 않습니다. 장사꾼은 입맛과 자존심을 챙기는 순간 끝입니다. 그건 대상이라 불리는 이도 마찬가지지요."

"그런가."

속을 알 수 없는 미소와 함께 제갈현이 석정후를 향해 미리 준비해 두었던 찻잔을 밀었다.

그러고는 데워두었던 차호를 들어 차를 따라주었다.

"저야 아직 대상을 거론할 정도는 아니지만요. 차향이 좋네요."

"고맙네. 일단 마시지."

"예."

제갈현의 일거수일투족을 빠르게 확인하며 석정후가 차를 들이켰다. 그러나 말이 많았던 모습과 달리 석정후는 의외로 차분해진 상태였다. 만나기 전까지는 극도로 긴장했지만 막상 마주하니 더는 떨지 않았다.

'내가 불리할 건 없어. 잃을 것도 없고. 더구나 할 말이 있으니 날 보자고 한 것이겠지. 예의는 지키되 저자세로 나갈 필요는 없어.'

후려침을 당하는 건 상인도 마찬가지였다. 능수능란한 고객이나 판매자에게 호구 잡히는 상인은 의외로 많았다.

그리고 그 대부분은 막 상계에 입문한 초짜들이 주로 겪었다. 딱 지금 시기의 석정후처럼 말이다.

'큰판인 건 분명하지만 굳이 매달릴 필요는 없다. 청해성만 해도 큰 시장이야. 감숙, 섬서, 산서만 확실하게 차지해도 기틀은 잡을 수 있어.'

석정후는 조급해하지 않기로 했다.

분명 이 자리가 기회인 것은 맞지만 그렇다고 자신이 애걸복걸할 필요는 없었다. 제갈현이 갑인 건 맞지만 절대 갑은 결코 아니었다.

'그나저나 신기하기는 하네. 내가 구절서생, 아니, 제갈세가주와 이렇게 단둘이 대면하고 있을 줄이야.'

긴장감이 풀리자 석정후는 새삼 자신의 신분이 말도 안 되게 격상되었음을 느낄 수 있었다. 석가장의 이 공자가 되었다고 해서 제갈세가주를 단독으로 면담할 수 있는 건 아니었기 때문이다. 이건 석가장의 일 공자인 석민후조차도 불가능했다.

'알게 되면 배알 좀 꼴리겠는데?'

석가장주의 자리에 자신이 가장 가깝다고 생각하고 있을 석민후인 만큼 오늘 이 자리에 대해 알게 된다면 보나 마나 자존심 상해할 터였다. 어쩌면 노발대발할지도 모른다.

하지만 그래 봤자 달라지는 것은 없었다. 석가장에서나 일 공자였지 무림에서는 그저 상가의 큰아들일 뿐이었다.

'그래서 줄을 잘 잡아야 하는 것이지.'

석정후가 슬쩍 웃었다. 공손세가를 처가로 둘 때만 하더라도 석민후는 충분하다고 생각했을 터였다. 그 역시 나이는 어려도 석민후에게 큰 날개가 되리라고 생각했으니까. 다만 중요한 것은 끝나기 전까지는 끝난 게 아니라는 점이었다.

'나에게도 해당 사항이 되는 말이고. 따라잡는 거에 그치지 말고 추월해서도 더더욱 격차를 벌려야 해. 감히 따라잡힐 생각을 하지 못하도록.'

안전하게 힘을 키우는 것도 좋은 방법이었다. 특히나 가진 게 많을수록 안전제일 주의를 택하는 이들이 많다. 적어도 손해를 보지는 않으니까.

하지만 큰 걸 얻으려면 그만큼의 위험 부담도 감수해야만 했다. 때로는 배짱을 부릴 줄도 알아야 했지만 석민후는 그런 점이 조금 부족했다. 과감한 부분에서는 석창후가 확실히 나았고.

'그러나 더 이상 둘째 형은 없다.'

어쩌면 가장 큰 적이 될지도 모르는 이가 석창후였다. 상재뿐만 아니라 무재 역시 상당히 뛰어났던 인물이 그였으니까. 하나 안타깝게도 석창후는 더 이상 존재하지 않았다.

"맛은 어떤가?"

"맛있습니다."

"곤륜산의 차에 비하면?"

"저는 당연히 사문의 차에 한 표를 던질 수밖에 없습니다. 웬만큼 뛰어나지 않는 한 말이지요."

"사문에 대한 사랑이 지극하군."

일말의 망설임도 없이 대답하는 석정후의 모습에 제갈현이 재미있다는 표정을 지었다. 비위를 잘 맞추다가도 제 할 말은 하는 모습이 대견스러웠던 것이다. 그것도 아직 어린 소년이 말이다.

"저에게는 집보다 더 집 같은 곳이 곤륜산입니다. 제2의 고향이랄까요."

"확실히 좋은 곳이기는 하지. 조금 외지고 멀어서 그렇지."

"그래도 갈 만하더라고요."

신변잡기 대화가 오고 갔지만 석정후는 느긋한 표정으로 대답했다. 그로서는 이렇게 제갈현과 안면을 트는 것만으로도 남는 장사였기에 급할 게 없었다. 가뜩이나 바쁜 제갈현이 의미 없이 시간을 낭비할 리도 없었고 말이다.

"석 공자에게야 사문이니까. 말마따나 제2의 집이기도 하고."

"대신 힘들기도 합니다. 사부님께서는 저보고 무재가 있다고 하시는데 제가 느끼기에는 많이 모자라서요."

"비교 대상들이 너무 뛰어나기는 하지. 어떻게 그런 인재들을 구하셨는지."

처음에는 왜 그런 아이들을 골랐는지 의문이 들었었다. 굳이 그 아이들 말고도 제자로 삼을 이들은 많다고 생각해서였다.

하지만 그런 생각이 사라지는 데는 그리 오랜 시간이 지나지 않았다. 벽우진의 안목은 남달랐던 것이다.

'이 아이도 그러려나.'

색목인과 혼혈은 세외에 인접해 있는 청해성에서는 그리 어렵지 않게 볼 수 있었다. 그렇다고 해서 그들이 편한 삶을 사는 것은 아니었지만.

그래도 이제는 벽우진의 선택에 왈가왈부하는 이는 없었다. 실력으로 보여주었기에 다들 제자들의 재능을 인정했던 것이다.

'석가장의 삼 공자, 아니, 이제는 이 공자이지.'

제갈현의 시선이 날카롭게 변했다.

처음에는 있는지도 몰랐던 인물이 석정후였다. 그런데 어느 순간 벽우진의 제자가 되더니 단숨에 후계자 경쟁에 끼어들었다. 양자 구도이던 후계자 경쟁에 출사표를 냈던 것이다.

'운이 따르기는 했지만 운 또한 실력의 한 부분이지.'

원래 이 공자였던 석창후가 살아 있었다면 이렇게까지 주목을 받지는 못했을 터였다. 하지만 어찌 됐든지 간에 중요한 건 석정후가 적어도 석가장에서는 일 공자의 대척점에 있다는 점이었다. 그리고 그와 무림맹에게는 필요한 존재였고.

"하하. 사형들과 사저들을 따라가기가 너무 벅찹니다. 사부님께서는 조급해하지 말라고 하시는데 그러기가 쉽지 않네요."

"천 리 길도 한 걸음부터라는 말도 있지 않나. 차근차근 가다 보면 언젠가는 등 뒤가 아닌 나란히 걷게 될지도 모르네."

"그랬으면 정말 좋겠습니다."

"벽 장문인께 얘기를 들었네. 보급을 어느 정도 맡고 싶다고?"

제갈현이 본론을 꺼냈다. 분위기가 이 정도면 무르익었다고 생각해서였다. 그리고 시간적 여유가 그리 많지 않기도 했고.

"맡겨만 주신다면 실망시키지 않을 자신이 있습니다."

"석가장의 도움을 받는 건가?"

"상부상조라고 생각하시면 될 것 같습니다. 저는 석가장의 혈족이기도 하지만 곤륜파의 제자이니까요. 또한 근본적으로는 장사꾼이기도 하고요."

스스로를 장사꾼이라 칭하면서도 석정후는 조금도 부끄러워하지 않았다. 오히려 그 어느 때보다 눈을 빛냈다. 장사꾼으로서의 승부사 기질이 발동된 것이었다.

"석가장이 아닌 이 공자 석정후라. 거기에 곤륜파 제자의 석정후인가."

"못 미더우실 수도 있다고 생각합니다. 지금까지 제가 보여준 것은 일 공자나 석가장주님에 비해 턱없이 부족하니까요. 하지만 제 장점 역시 분명하게 있습니다. 상인으로서는 일 공자나 석가장주님과 비교할 수 없을 정도로 경력이 미천합니다. 그러나 무림에 대해서는 제가 훨씬 더 잘 안다고 생각합니다."

"장사는 단순히 능력과 수완이 뛰어나다고 해서 성공하는 것이 아니네만."

제갈현이 여전히 속을 알 수 없는 미소를 머금었다.

미소를 띠고 있는 가면을 쓰고 있는 듯한 느낌이었지만 석정후는 당황하지 않았다.

"맞습니다. 능력이 출중하다고 해서 장사를 잘하는 것은 아니지요. 여러 가지 복합적인 요소가 성사를 좌우하기도 합니다. 그중에서 가장 큰 영향을 끼치는 것 중 하나가 바로 인맥이지요."

"맞네. 그 부분에 대해서는 나도 석 공자를 인정하고 있네. 능력은 아직 보지 못했지만 적어도 인맥적인 부분에서는 나보다 더 낫다고 볼 수 있지. 상계에 한해서는."

제갈현은 순순히 인정했다.

구절서생이라 불릴 정도로 다양한 분야에서 뛰어난 모습을 보이는 그였지만 상계 쪽은 그도 깊숙하게 알지 못했다. 대략적인 생리만 알고 있는 정도였다. 제갈세가의 가주인 그는 보고를 받는 쪽이었지 가문의 자금을 불리는 이는 아니었으니까.

"저는 제 주제를 잘 알고 있습니다. 큰 것을 바라지 않습니다. 작은 것이라도 괜찮습니다. 저 역시 곤륜파의 제자로서 천년마교와 끝까지 싸울 테니까요. 다만 다른 분들과 다른 점이 있다면 싸움의 방식이겠지요. 저는 제가 잘할 수 있는 것으로 천년마교와 싸울 생각입니다."

"그림을 그릴 줄 아는군."

"철이 든 순간부터 할 수 있는 일이라고는 상상하는 것뿐이었습니다. 기회가 올 거라 장담할 수 없으니 상상뿐이 할 수 있는 게 없었지요."

"기회를 잡은 것도 능력이고, 그 기회를 살리는 것 또한 능력이지."

"맞습니다."

석정후는 절대 저자세로 나가지 않았다. 되레 당당하게 자신의 능력과 가치를 설명했다. 설사 제갈현의 선택을 받지 못하더라도 그는 크게 아쉬울 것이 없었다. 지금처럼 곤륜파를 지원하는 것만으로도 석가장 내의 영향력이 야금야금 커질 것이기 때문이다.

"작은 것부터 맡겨보겠네."

"감사합니다."

"강호의 선배로서 한 가지 조언을 해도 되겠는가?"

"예."

석정후가 얼마든지 해도 괜찮다는 듯이 고개를 주억거렸다.

총군사인 제갈현 정도면 굳이 이렇게 양해를 구하지 않아도 되었다. 연륜, 경험, 신분 모든 게 그와 비교할 수 없는 이가 바로 제갈현이었다. 비록 워낙에 쟁쟁한 이들과 함께 있어 존재감이 가려지는 것이지 제갈현의 신분은 석가장주라도 마음대로 독대할 수 없었다.

"석 공자의 행동에 따라 곤륜파 역시 같은 평가를 받는다는 사실을 명심하길 바라네. 특히나 벽 장문인에게 말일세. 패선의 제자라는 신분은 이득도 되지만 그만큼 책임질 무게 역시 무겁다는 걸 명심하게."

"그리하겠습니다."

석정후가 고개를 숙였다.

그런데 그의 표정이 심상치 않았다. 패선의 제자라는 신분을 누리기만 했지 그 무게에 대해서는 한 번도 생각해 보지 않아서였다. 지금껏 말해준 사람도 없었고 말이다.

그렇기에 석정후는 가슴이 무거워졌다.

'더더욱 노력해야 돼. 잘하는 건 당연하고.'

뇌리에 깊게 남은 조언을 곱씹으며 석정후가 생각했다.

못난 제자나 모자란 제자가 되고 싶은 생각은 전혀 없었다. 오히려 누구보다 인정받는 제자가 되고 싶었다.

수행원 하나 없이 벽우진이 홀몸으로 사천당가의 내원을 거닐었다. 그러자 그를 발견한 시비들이 하나같이 고개를 숙였다. 이제는 벽우진의 얼굴을 알기에 당민호를 대하듯 그에게 예의를 다했던 것이다.

"편히 해, 편히. 할 일들 보고. 하루 이틀 보는 것도 아닌데 뭘 그렇게 불편하게 해?"

"그래도……."

"보던 일 봐."

손을 휘휘 젓는 벽우진의 말에도 시비들은 좀처럼 허리를 펴지 못했다. 당민호는 물론이고 가주인 당문경의 신신당부가 여전히 뇌리에 깊게 박혀 있어서였다. 게다가 벽우진의 소문은 사천당가 내에서 더욱더 유명했기에 다들 자세 하나도 조심했다.

"도대체 무슨 말을 했기에 애들이 이래?"

긴장한 기색이 역력한 시비들과 하인들의 모습에 벽우진이 얼굴 가득 못마땅한 표정을 지었다. 편하게 지내라고 별채를 내어준 건 좋은데 딱히 심적으로 편하지는 않아서였다.

"들어가시지요. 다들 기다리고 계십니다."

"모두 모여 있어?"

"예."

3층 목조 전각 출입구에 서 있던 총관이 공손히 대답했다.

지금 이곳에 모여 있는 이들 전부 강호에서 한가락씩 하는 인물이었지만 눈앞의 벽우진과는 감히 비교할 수 없었다.

더구나 태상가주의 벗이기도 했기에 총관은 공손하게 고개를 숙였다.

"혹시 내가 마지막이야?"

"예."

"잔소리 좀 듣겠는데."

"방금 전에 태상가주님께서 들어가셨습니다. 그러니 걱정하지 않으셔도 될 것 같습니다."

인상을 찌푸리는 벽우진의 모습에 총관이 옅게 웃으며 대답했다. 시간적으로 큰 차이가 나지 않아서였다.

그리고 벽우진 정도쯤 되면 마지막에 왔다고 해서 불평불만 하는 이는 없을 터였다.

"약속 시간에 늦은 건 아니지?"

"예, 지금 올라가시면 딱 맞을 듯합니다."

"좋아."

여전히 뒷짐을 진 자세로 벽우진이 전각 안으로 들어갔다.

잠시 후 시비가 열어주는 문을 지나 벽우진이 대전 안으로 들어갔다.

"오셨습니까."

"앉아, 앉아. 뭐 대단한 사람이 왔다고 다들 일어서? 법무는 맹주니까 맹주로서 위신을 챙기고."

"맹주라고 해서 크게 달라진 건 없습니다, 장문인. 저도 그렇게 생각하고 모두가 그리 생각합니다. 저는 대표자일 뿐이니까요."

"그래서 아쉽다는 말로 들리는데?"

벽우진의 농에 법무가 소스라치게 놀라며 손사래를 쳤다.

그는 절대로 그리 생각한 적이 단 한 번도 없었다.

"아닙니다, 장문인."

"다들 오랜만이야."

"소식은 들었습니다."

"상심이 크셨겠습니다."

법무를 중심으로 구파일방과 오대세가의 장문인들이 거의 다 모였다.

내전을 치르던 점창파 역시 참석한 모습에 벽우진이 의외라는 표정을 지었다. 상황이 상황이니만큼 채중륭이 참석하기는 힘들 거라고 생각해서였다.

"어쩔 수 없는 일이지. 무인이 죽는 건 어떻게 보면 당연한 일이니까. 단지 혈채만이 남을 뿐이지."

"흠흠!"

"그, 그렇지요."

무심하게 내뱉는 말이었지만 그렇기에 더욱 섬뜩하게 느껴지는 한마디에 몇몇 사람들이 몸을 움찔거렸다. 다른 이도 아니고 벽우진이 혈채 운운하니 소름이 끼쳤던 것이다.

"그럼 회의를 시작하겠습니다."

… 제2장 …

무림맹(武林盟)

제갈현의 나지막한 음성이 대전을 갈랐다.

그러자 다들 자세를 바로 했다. 무림맹을 결성하고 공식적인 첫 번째 회의인 만큼 다들 집중했던 것이다.

물론 관심을 보이지 않는 이도 있었다.

"우선 사천성의 현 상황부터 설명해 드리겠습니다."

자리에서 일어난 제갈현이 대전 중앙의 원탁 앞에 서서는 돌돌 말려 있는 종이를 활짝 펼쳤다. 사천성의 전 지역이 그려져 있는 전도였다.

깔끔하게 각을 잡아 펼친 제갈현은 뒤이어 색깔이 다른 깃발들을 전도 곳곳에 꽂았다.

"위치가 서장에 가까운데."

"일단 청성산에서 밀렸으니까요. 엄밀하게 말하자면 스스로 물러난 것이지만요."

"흠흠!"

얼마 전 청성파의 장문인이 된 현백자가 무안한 듯 헛기침을 했다.

천년마교를 몰아내기는 했지만 그걸 청성파 혼자서만 한 것은 아니었기에 현백자가 주변의 눈치를 살피며 민망한 듯 얼굴을 붉혔다.

사실 구대문파가 전부 모였다고 하지만 냉정하게 따져 구대문파의 전력을 갖추지 못한 곳이 제법 많았다. 형산파는 오독문을 견제하기 위해 참석하지 못한 상태였고.

'이런 기분이었나. 공동파와 점창파가 느끼던 분위기가.'

소림사 역시 본산인 숭산을 빼앗기고 세력이 반파되기는 했지만 그래도 소림사는 소림사였다. 법무가 건재하다 보니 전력이 반토막이 났음에도 크게 흔들리지 않았다.

하지만 청성파는 아니었다. 반토막을 넘어 거의 붕괴에 가까운 피해를 입었기에 자연스레 눈치를 살필 수밖에 없었다. 또한 장문인인 그의 무력 역시 다른 수장들에 비해 손색이 있었고 말이다.

"금천(金川)이라."

구파일방과 오대세가의 수장들도 수행원 하나 없이 홀로 대전을 찾았다.

그런데 사천당가에서만은 두 명이 참석했다. 장소가 사천당가이기도 했고, 당민호가 태상가주의 신분이었기에 별다른 잡음 없이 참석을 허용했던 것이다. 더욱이 사천성에 한해서 어쩌면 당문경보다 더 잘 알지도 몰랐고 말이다.

"위치가 상당히 전략적인 것 같습니다. 청해성으로도, 서장으로도 그리고 감숙성으로도 갈 수 있을 위치입니다."

원탁 위에 펼쳐진 지도는 사천성의 전도였지만 맞닿아 있는 성들도 간략하게 적혀 있었다. 그렇기에 지리적으로 살펴보기에 부족함은 없었다.

"청해성과 감숙성 모두 천년마교의 공격을 받은 곳이지."

조용히 있던 하북팽가의 가주가 중저음의 목소리로 중얼거렸다. 거구에 어울리는 크고 묵직한 목소리였다.

"이렇게 보면 서장 쪽으로 왔다는 추측에 무게가 실리는군. 근데 어떻게 서장을 경로로 이용했을까."

팽가주 못지않게 장대한 체구를 가진 황보가주가 미간을 좁혔다. 금천이라는 위치를 보자 서장 쪽으로 왔을 가능성도 무시하지 못할 것 같아서였다.

"일단 모든 가능성을 열어두고 있습니다. 개방이 전 중원에 흩어져 있다고 하지만 그렇다고 해서 모든 것을 파악하는 건 아니니까요. 게다가 하급 마인의 수준이 절정고수라는 점을 잊어서는 안 됩니다."

가장 낮은 계급의 마인조차 중원으로 치자면 절정고수의 수준이었다. 강기를 자유자재로 사용하지는 못해도 강사를 지나 강기의 형상을 이룰 정도의 실력자라는 뜻이었다.

그런 이들이 몇 십 몇 백 명이 아니고 수천 명이나 되었다.

"어후."

그쯤 된다는 게 아니라 정확한 수치로 생각하자 몇몇이 암담한 생각이 들었는지 깊은 한숨을 내쉬었다. 말만 들어도 숨이 턱턱 막혔던 것이다.

"괜히 단일 세력으로는 최강이라 불리는 게 아니지. 홀로 중원을 넘볼 정도가 되니까 이러는 거지."

"지난 세월 동안 힘을 축적해 오기도 했고요."

당민호의 말을 받으며 제갈현이 부연했다.

그런데 그의 표정 역시 좋지 않았다. 개방과 천이각을 통해 천년 마교의 전력에 대해 알아내면 알아낼수록 막막함이 들어서였다.

"하나 그럼에도 우리는 싸워야 해."

"맞소이다. 아미타불."

"어떻게든 말이지. 지면 끝장난다는 생각으로 싸워야 해."

무거운 한숨이 하나둘 대전에 내려앉을 때 남궁진과 법무, 개왕이 입을 열었다. 싸우기도 전에 기세가 처지는 것은 좋지 않아서였다. 그리고 지금은 두려움에 떨기보다는 투쟁심을 불태워야 할 때였다. 처음부터 패배를 떠올리고 싸우면 될 일도 되지 않았다.

"생각하면 생각할수록 아쉽네. 북해빙궁과 오독문만 아니었다면 이렇게 밀리지는 않았을 텐데."

"전쟁 억제력이 제대로 발휘되었겠지요."

당민호와 마찬가지로 제갈현 역시 진심으로 아쉽다는 표정을 지었다. 전쟁에서 승리하는 것도 중요했지만 그보다 더 중요한 것은 전쟁이 일어나지 않게 막는 것이었다. 전쟁이 일어난 순간 피해는 막을 수 없었다. 하지만 전쟁이 일어나지 않으면 피해 역시 생기지 않았다.

"제 생각은 조금 다릅니다, 아버지. 세외의 침공이 없었다면 저희들끼리 치고받고 싸웠을지도 모릅니다. 힘이 생기면 그걸 분출

하고 싶어지는 게 사람 마음이니까요."

"그렇긴 하지."

씁쓸하지만 현실이기도 했다. 백도무림이라고 해서 싸우지 않는 것은 아니었다. 온갖 이유로, 혹은 아주 사소한 문제로 문파 간의 분쟁은 비일비재하게 일어났다. 경쟁 중에 다툼이 생기기도 했고.

"오독문의 얘기가 나와서 말인데, 오독문의 움직임은 어떤가?"

"형산파가 잘 견제해 주고 있습니다. 귀주성에 자리 잡은 후 아직까지는 별다른 움직임을 보이지 않는 중입니다."

"형산파 혼자서 감당할 수 있을지 모르겠군."

무당의 혜량이 턱을 쓰다듬었다. 비교적 피해가 적었던 형산파였지만 오독문은 최정예가 모두 건재한 상태였다. 그런 만큼 형산파 단독으로는 오독문을 감당하기가 쉽지 않을 터였다.

"귀주성의 백도문파들과 무가들, 거기에 호남성의 전력까지 끌어모았으니 적어도 쉽게 밀리지는 않을 겁니다. 예전 오독문이 날뛸 때와는 상황이 많이 달라졌으니까요. 오독문의 전력도 예전 같지 않은 상태이고요."

"승냥이 같은 것들."

혜량이 입맛을 다셨다. 오독문이 하는 짓이 너무나 얌체 같아서였다.

"다시 본론으로 돌아가 보자고."

"알겠습니다. 현재 금천에 자리 잡은 천년마교는 계속해서 병력을 충원 중입니다. 여기가 자신의 거점이라는 것을 숨기지 않고서 말이지요."

"자신 있으면 쳐들어와 봐라 이건가."

"풍기는 분위기는 그렇습니다."

당민호가 콧구멍을 벌렁거렸다. 광오해도 그렇게 광오할 수가 없어서였다. 그건 다른 이들도 같은 생각인지 다들 언짢은 표정을 지었다.

"하긴. 이래야 천년마교답지. 암계나 귀계를 쓰느니 힘으로 밀어버리는 게 천년마교의 성향이니까. 힘이 전부라고 믿는 놈들이니. 다만 내가 좀 불만스러운 건 금천에 저렇게 준비하고 있었다는 걸 우리가 알아채지 못했다는 거야. 정확하게는 본가의 불찰이기도 하고."

"으음!"

잠자코 듣고 있던 당문경이 침음성을 흘렸다. 누가 뭐래도 이건 사천당가의 불찰임이 명백해서였다.

물론 사천당가만이 책임질 일은 아니었지만 좀 더 신경 썼어야 했던 것은 맞았다. 청성파는 도문이고 아미파는 불가였으니까.

"그렇게 따지면 저도 면목이 없지요."

"과오를 따지기보다는 현재에 집중하는 게 더 중요하다고 생각합니다. 현재 금천에 모이는 마인들의 숫자가 적지 않습니다. 천이각에서 파악하기로 진명마가와 혼천천귀대도 합류했습니다."

"숫자만 해도 천사백 명 가까이 되는데 그게 벌써 충원이 되었단 말입니까?"

화산파의 명일 도장이 두 눈을 크게 치떴다. 수준이 죽은 이들보다는 못하겠지만 그럼에도 적지 않은 숫자가 한꺼번에 충원되었다고 하자 놀라움을 감출 수 없었다. 새삼 천년마교의 저력을 알 수 있었던 것이다.

"그렇다네. 안타깝게도 말이지."

"구마는?"

제갈현 역시 마음이 무거운 듯 굳은 얼굴로 말했다.

그런데 그때 인사 후 한마디도 없이 조용히 경청하던 벽우진이 입을 열었다.

하오문과 비청단을 통해 사천성의 정황을 파악하고 있었지만 그래도 혹시나 놓친 게 있지 않나 싶어서였다. 정보는 많을수록 좋으면 좋았지 나쁘지는 않았다.

"아직까지는 모습을 발견하지 못했습니다. 쉽게 찾아내기도 힘들 테고요. 아무리 인원이 많아도 교주나 구마 정도의 고수들이 마음먹고 움직이면 그 행적을 추적하기가 쉽지 않습니다."

"그렇긴 하지."

벽우진만 하더라도 그가 마음먹고 이동하면 추적하기가 불가능했다. 전서응보다 빨리 움직이는데 어느 누가 그를 따라잡을 수 있을까.

천라지망을 펼쳐도 될까 말까한 수준이었기에 벽우진은 아쉬운 표정을 지었다. 이해가 안 가는 것은 아니었지만 그럼에도 아쉬웠던 것이다.

"분명히 천산에서 나오기는 했을 텐데 말이지."

"어쩌면 이미 금천에 도착해 있을지도 모릅니다. 다만 보이지 않을 뿐이지요. 사실 간자를 투입하기가 불가능한 상황이니까요."

벽우진이 왜 구마를 언급했는지 모르지 않기에 당민호도 아쉽다는 표정을 지었다.

하지만 마공을 익힌 이가 아닌 이상 천년마교가 터를 잡은 장원 내부로 들어가기란 불가능했다. 정공을 익힌 이들이 마공을 익힌 이들을 알아보는 것처럼 반대 역시 마찬가지였다. 게다가 마공을 익혔다고 하더라도 내부 깊숙한 곳까지는 못 들어갈 터였다.

"결국 제자리걸음이군."

"그래도 현황 파악은 제대로 했잖아?"

"흠."

"네 마음은 알겠는데 그래도 무모한 짓을 하면 안 된다."

벽우진의 옆에 앉은 당민호가 왠지 모를 불길함에 다급하게 말했다. 친구의 표정이 심상치 않아서였다.

"우리가 먼저 공격하면 안 되나?"

"예?"

제갈현이 처음으로 당혹스러운 표정을 지었다. 그 어떤 질문에도 막힘없이 대답했던 그가 이번에는 깜짝 놀란 표정을 지었던 것이다.

"막말로 처들어온 쪽은 저쪽이지. 게다가 지금 하는 꼬라지를 보면 자신 있으면 얼마든지 들어오라고 말하는 거잖아. 우리 땅에 떡하니 자리를 잡고서."

"그건 그렇습니다만……."

제갈현은 물론이고 다른 이들도 고개를 주억거렸다.

어떻게 보면 남의 집 앞마당에 떡하니 앉아서 칼을 들고 있는 것이나 마찬가지였다. 그런데 되레 집주인이 눈치를 보고 있는 꼴이었기에 벽우진은 미간을 좁혔다. 긴장하고 대비해야 하는 쪽은 천년마교이지 무림맹이 아니었다.

"지켜보기만 하면 더 만만하게 볼 것 같은데. 아니, 이미 만만하게 보고 있겠지. 그렇지 않았다면 저렇게 대범하게 거점을 드러냈을까."

"으음!"

곳곳에서 노기가 섞인 침음성이 흘러나왔다. 하나같이 틀린 말이 없어서였다.

집주인은 엄연히 무림맹이었다. 침범자는 천년마교였고.

"꼭 구마 때문에 하는 말은 아니고."

"나 역시 무시를 당하고는 못 살지."

"저도 마찬가지입니다."

"누구나 그렇지 않겠습니까."

당민호를 위시로 당문경, 남궁진이 형형한 안광을 뿌렸다. 생각하면 생각할수록 분노가 치솟았던 것이다. 제갈현의 생각은 신중하게 접근하자였지만 그는 무인이라기보다는 책사에 가까웠다. 그리고 무인의 심장은 늘 뜨거운 법이었고.

"생각해 보니 가만히 있으면 있을수록 가마니로 볼 것 같습니다."

"아미타불."

혜량에 이어 법무 역시 눈을 빛냈다.

둘은 도인이자 승려였지만 동시에 무인이었다. 시주들에게는 얼마든지 고개와 허리를 숙일 수 있었지만 마교도들에게는 아니었다.

"언젠가는 부딪칠 게 분명하다면 먼저 움직이는 것도 나쁘지 않습니다."

"선공의 이점이야 총군사께서도 잘 아시겠지만 말이오."

황보세가주와 팽가주가 벽우진의 의견에 동조했다.

성급한 성격을 가진 그들은 참고 기다리는 것보다는 깨지더라도 싸우는 쪽이 더 낫다고 생각했다. 무림맹의 사기나 세인들의 시선을 생각해서라도 말이다.

"조직 편제는 다 끝나가지?"

"큰 틀은 거의 다 잡혔습니다. 아직 소소한 부분들이 남아 있으나 얼마 걸리지 않을 거라 사료됩니다."

"그렇다면 해도 될 것 같은데. 어쩌면 기회일 수도 있어."

"맞습니다. 아직 교주와 구마가 합류하지 못했다면요."

부친의 말에 당문경이 눈을 빛냈다. 어쩌면 지금 이 순간이 기회일지도 모른다는 생각이 들어서였다. 반면에 무림맹은 현재 주요 전력들이 모두 다 결집한 상태였다.

"준비가 다 끝나지 않은 상태라 피해가 클 겁니다."

"안 싸울 거 아니잖아? 이미 부딪칠 수밖에 없는 상황이야. 그렇다면 우리 쪽에 유리하게 이끌어 가는 게 낫지 않겠어?"

"그렇긴 합니다만."

제갈현이 미간을 좁혔다. 당민호의 의견도 일리가 있어서였다. 더욱이 객관적으로 따져봐도 무림맹의 전력이 크게 밀리지는 않았다.

'교주와 구마가 아직 합류 전이라면 기회인 건 분명해.'

총군사로서 제갈현의 임무는 승리와 피해의 최소화였다.

상처뿐인 승리를 그는 원하지 않았다. 만약 양패구상이라도 당한다면 오독문을 제어할 방법이 없었다. 정작 천년마교를 막아내고도 오독문의 지배를 받게 될지도 몰랐다.

"안전하게 가는 게 정석이지만 너무 신중하게 준비했다가 기회를 놓칠 수도 있어."

"맞는 말씀입니다."

"뭐, 생각해 보라고 한 말이야. 나는 어느 쪽이든 상관없어. 사실 관심 있는 곳은 따로 있고."

"아직 못 알아냈지?"

"응, 구마가 아홉 명이나 되잖아. 추리기는 했는데 확실한 건 아니니까."

여기저기에서 말들이 쏟아져 나왔다. 각자 자신의 의견과 생각을 말하기 시작했던 것이다.

그러자 자연스레 벽우진은 당민호와 대화를 주고받았다.

"조금만 기다려. 내가 직접 나서서 찾고 있으니까."

"사천당가에 그럴 여력이 있나?"

벽우진이 고개를 갸웃거렸다.

가뜩이나 천년마교로 정신없는 상황이었다. 더구나 사천당가는 금천의 거점으로 인해 자존심에 큰 상처를 입은 상태였고. 그렇기에 벽우진은 구마를 찾을 여력이 없을 거라고 생각했다.

"천이각도 있고, 개방도 있다. 그리고 구마와 교주의 움직임은 모두가 예의 주시해야 하는 일이야. 다른 이들도 아니고 천하의 교주와 구마 아니냐? 게다가 알아보니 이번 교주는 초대 천마에

버금가는 고수라고 하더라고."

은밀한 이야기를 하듯 당민호가 작게 말했다. 굳이 다른 이들이 들어서 사기를 죽일 필요는 없다고 생각해서였다. 나중에는 알려지겠지만 지금은 때가 아니었다.

"초대 천마에 버금가는 고수라."

"그래서인지 마제라는 별호보다 천마로 더 많이 불린다고 하더라고."

"일부러 흘린 소문 아냐? 연막작전이라든지."

"그럴 수도 있지. 하지만 맞을 수도 있어. 걔네들이 언제 잔머리 굴리는 거 봤어?"

당민호의 표정이 심각해졌다. 지금까지 천년마교가 보여준 모습을 감안하면 거짓일 가능성은 희박하다고 생각해서였다.

"만천무제의 일."

"……그건 진짜 의외였지."

"심심해서 저지른 것일 수도 있으니까. 근데 생각보다 알아낸 게 너무 적어. 육대마가나 오대 무력 부대는 예전부터 알려져 있던 것들이잖아."

"나도 답답하다. 개왕도, 총군사도 마찬가지고."

벽우진의 시선이 심각한 얼굴로 대화를 주고받고 있는 제갈현과 개왕에게로 향했다.

특히 개왕은 의족이 반이나 닳을 정도로 쉴 새 없이 움직이고 있었다. 정작 본인은 그 사실을 모를 정도로 말이다.

"움직임이 예전과는 다르다는 걸 늘 염두에 두어야 해. 지금처럼 거점을 크게 잡은 경우도 없었다는 것을."

"보통은 그냥 단순 무식하게 들이밀었지. 그만한 힘이 천년마교에는 있으니까."

"지금도 마찬가지고. 피해를 단숨에 회복하는 거 봐."

벽우진이 질린 표정을 지었다. 새삼 천년마교의 저력을 느낄 수 있어서였다.

"나도 그건 기가 질리더라. 말이 천사백 명이지 최소 절정이 그 정도 숫자라는 거잖아. 어느 정도 기준이 되지 않으면 전사로 인정하지 않으니까."

"최소한의 기준은 통과한 놈들이겠지. 하지만 고수급은 얼마 없을 거야."

"문제는 천사백 명 중에 눈에 띄는 성장을 하는 이들도 있을 거라는 점이지. 무인의 성장에 가장 좋은 양분은 누가 뭐래도 실전이니까."

"근데 그건 피차 마찬가지야."

괜히 영웅이 난세 속에서 태어나는 게 아니었다. 그렇기에 상황은 비슷하다고 생각했다.

"대신 어마어마한 숫자가 갈려 나가겠지."

"……어쩔 수 없지. 그게 전쟁이니까. 살아남지 못하면 죽는."

벽우진의 목소리가 무거워졌다.

전쟁이 발발한 이상 죽음은 늘 옆에 있었다. 또한 천년마교의 침공이 아니더라도 무인은 늘 칼날 위의 삶을 살 수밖에 없었다.

"냉혹하고 비정한 세계지."

"괜히 비정강호라는 말이 있겠어."

"근데 진짜 혼자 쳐들어가지 않을 거지?"

"내가 그렇게 무모한 성격은 아니야. 나 혼자서 천년마교랑 싸우는 건 힘들어."

"불가능하다고는 말 안 하네?"

당민호가 실소를 흘렸다. 보통은 엄두도 못 낼뿐더러 아예 말 자체를 하지 못할 텐데 벽우진은 역시나 달랐다.

"치고 빠지는 식으로 하면 병력을 야금야금 잡아먹을 수 있지. 대신 시간이 오래 걸리겠지."

"위험하기도 하고. 괜히 인해전술이라는 말이 있는 게 아냐."

"승리도 승리지만 종지부를 찍을 필요가 있다고 생각하는데."

"종지부라."

당민호가 턱을 쓰다듬었다.

마음은 그도 굴뚝같았다. 이 지겨운 전쟁을 후대에까지 물려주고 싶지는 않았다. 하지만 문제는 생각과 달리 결과를 내는 건 쉽지 않다는 점이었다.

"아직 중원무림이 천산을 공격한 적은 없지?"

"없지."

"길은 얼추 알잖아?"

"알지. 근데 천산까지의 여정이 결코 쉽지만은 않을 거야. 신강은 온전히 천년마교의 영토이니까. 신강에서는 우리가 외부 세력인 게지. 지금 천년마교처럼. 그리고 북해빙궁 때의 일을 겪어봐서 너도 알 텐데? 무림맹은 근본적으로 한 가지 문제를 안고 있다."

당민호의 얼굴에 회의적인 기색이 떠올랐다.

단 한 명이 의사 결정권을 가지고 있는 천년마교와 달리 무림맹은 수없이 많은 무문들의 연합체였다. 그리고 그 말은 무림맹주 혼자서는 그 무엇도 독단적으로 결정할 수 없다는 걸 뜻했다. 다들 천년마교의 침공을 막는 것에는 열과 성을 다하지만 원정을 나서자고 한다면 머뭇거릴 터였다.

"결집력이 약하지."

"맞아. 강경파와 온건파가 늘 맞붙는 형상이었고, 그건 이번 역시 다르지 않겠지."

"균형은 좋지만, 과감할 때는 과감하게 전진할 필요가 있는데 말이지."

"당장 눈앞의 평화가 더 소중하다 이거지. 후대의 일은 후대에게 맡기고."

무책임하기 짝이 없는 말이지만 의외로 이렇게 생각하는 이들은 많았다. 후대까지 생각할 여력이 없기도 했고. 천년마교를 막아내는 데 급급했기에 그 이상을 생각하지 못한 것이다. 이겨서 몰아내더라도 복구라는 일이 남아 있기도 했고 말이다.

"이기적이지만, 현실적인 부분이라 뭐라 말하지를 못하겠네."

"그래도 난 너랑 같은 생각이다."

"그래서 너도 괴짜라 불린 거야."

"후후! 유유상종이라는 좋은 말도 있잖아?"

"유유상종은 무슨."

벽우진이 질색한 표정을 지었다. 친구인 것은 맞지만 그렇다고 당민호와 같은 부류에 포함되고 싶은 마음은 눈곱만큼도 없었다.

"이번에는 좀 다른 결과가 나오게 해보자고. 막아내는 것에서 그치지 말고 추격해서 끝장을 내자."

"우리 둘만으로는 힘들어."

"그러니까 노력해 봐야지. 안 될 거라고 미리부터 포기하면 더 안 돼. 되게 만들어야지."

"내가 평소에 자주 하는 말인 거 같은데."

벽우진이 못마땅한 표정을 지었다. 어째 역할이 바뀐 것 같다는 생각이 들어서였다.

"일단 금천에 자리 잡은 놈들을 흔들 필요가 있어. 가만히 지켜보는 건 내 성미에 안 맞기도 하고."

"찔러봐야 알 수 있는 것도 있으니까."

"그렇지."

당민호의 시선이 제갈현에게로 향했다. 무림맹의 전략 전술을 총괄하는 이가 그인 만큼 어떤 결정을 내렸는지 이제는 듣고 싶어서였다. 고민할 시간은 충분히 주었다고 생각했기에 당민호는 제갈현을 쳐다봤다.

그러자 제갈현 역시 시선을 느낀 듯 고개를 돌렸다.

오랜만에 석가장을 벗어나 머나먼 사천성 성도에 도착한 석민후는 얼굴 가득 불만스러운 표정을 지었다. 석가장의 대공자나 마찬가지인 자신이 직접 방문했음에도 그의 처소는 당가타에 주어졌기 때문이다.

"어쩔 수 없습니다. 현재 사천당가의 장원에는 구파일방을 비롯해서 오대세가와 그에 준하는 무문들이 들어가 있습니다. 자리가 없을 수밖에 없는 형편입니다."

호위무사 겸 수행원인 염충이 불만 가득한 석민후를 달래듯 말했다.

상계에서야 석가장의 위치가 절대적이지만 이곳은 무림세가였다. 더구나 그리 멀지 않은 금천에는 역사적으로도 악명이 자자한 천년마교가 있었다. 그런 만큼 괜히 긁어 부스럼을 만들 필요는 없었다.

"석가장의 이름이 통하지 않는다면 공손세가의 이름은?"

미간을 잔뜩 찌푸린 채로 석민후가 말했다. 처가인 공손세가는 나름 명망 높은 무가였기에 살짝 기대해 보는 것이었다.

"……죄송합니다. 공손세가의 이름으로도 안 된답니다. 그리고 공손세가 역시 당가타에 숙소를 배정받았다고 합니다."

으득!

석민후가 이를 악물었다. 홀대도 이런 홀대가 없는 것 같아서였다.

"……하! 이런 대우는 또 처음이군."

"아무래도 전시라서 그런 것 같습니다. 분위기만 봐도 알 수 있지 않습니까."

염충이 슬그머니 고개를 돌렸다.

석가장에서는 나름 어깨 좀 펴고 다니는 그였는데 여기에서는 기가 팍 죽었다. 사천당가의 장원도 아니고 당가타인데도 그 이상 가는 무인들이 수두룩했다. 천외천이라는 말이 절로 떠오를 정도로 말이다.

'당가타만 해도 이 정도인데 장원 안은…….'

염충이 침을 꿀꺽 삼켰다. 생각하는 것만으로도 긴장이 절로 되었던 것이다.

'그래도 여기가 적지는 아니니까. 침착하자.'

염충은 작게 심호흡을 했다.

등골이 오싹해질 정도로 대단한 고수들이 바글거렸지만 적어도 여기는 적진이 아니었다. 크게 사고만 치지 않는다면 다칠 일이 없기에 염충은 한결 편해진 얼굴로 석민후를 달랬다.

"정후가 머무는 숙소는 사천당가의 내원이라고 하지 않았어?"

"그건 삼 공자, 아니, 이 공자가 곤륜파의 제자이기에 가능한 것입니다. 혼자 지내는 것도 아니고 곤륜파의 다른 제자들과 함께 머물고 있는 것으로 알고 있습니다."

"곤륜파, 곤륜파. 그놈의 곤륜파!"

석민후가 이를 악물었다.

안중에도 없던 녀석이 한순간에 늑대가 되어서 나타났다. 등 뒤에 거대한 호랑이, 아니, 용을 두고서 말이다.

그게 석민후는 너무나 못마땅했다.

"대공자님도 아시겠지만 현재 곤륜파의 위세가 대단하지 않습니까. 더구나 사천당가의 태상가주와 벗이기도 하고요."

"하아! 총군사님과의 만남은?"

"……죄송합니다."

답답한 마음에 크게 한숨을 내쉰 석민후가 이어진 염충의 대답에 두 눈을 질끈 감았다. 일이 안 풀려도 너무나 안 풀리는 것 같아서였다.

"결국 차선책을 택해야 하나."

"곤륜파의 숙소는 알아내었습니다."

"별채라고 들었는데. 거기까지 들어갈 수는 있나?"

석민후가 실소를 흘리며 물었다. 어째 이곳에 온 후 계속해서 자신이 작아지는 것 같아서였다.

하지만 따라잡히지 않기 위해서는, 더욱더 격차를 벌리기 위해서는 이번 건을 반드시 성사시켜야 했다.

'자존심이 상하더라도 일단은 물꼬를 트는 게 중요하다.'

자존심은 이미 상할 대로 상한 상태였다. 여기에 좀 더 흠집이 난다고 해서 달라질 것은 없었다.

그리고 상한 자존심은 나중에 더 크게 챙기면 되었다. 지금 중요한 것은 실적이었다.

'똑같은 기회라도 결과는 얼마든지 다르게 나올 수 있으니까.'

처가라는 패를 사용했음에도 그가 얻은 결실은 없었다. 어떻게든 제갈현을 만나고 싶었지만 안타깝게도 그가 거절했던 것이다.

하지만 그렇다고 해서 방법이 아예 없는 건 아니었다.

'굽히는 것쯤이야.'

자존심이 드높은 석민후였지만 그 역시 장사꾼이었다. 이문을 위해서라면 자신의 자존심쯤은 얼마든지 굽힐 수 있었다.

"길은 알고 있습니다. 연락은 닿지 못했지만요."

"이곳에 있는 건 확실하고?"

"예."

염충이 조심스럽게 대답했다.

혹시라도 거절당할까 봐 연락은 못 한 상태였다. 그래도 직접 찾아가면 문전박대는 안 당하지 않을까 싶은 마음도 있었고, 경쟁자이긴 했지만 그래도 같은 혈족인 만큼 염충은 내심 살짝 기대했다.

"가자."

"모시겠습니다."

염충은 사천당가는 처음이었지만 앞서 방문했던 상인들을 통해 길에 대해 수도 없이 들었기에 앞장서서 성큼성큼 걸어갔다. 정 길을 못 찾겠으면 주변의 도움을 받을 생각으로 말이다.

그런데 그게 착각임을 염충은 얼마 가지 않아서 깨닫게 되었다. 괜히 사천당가의 장원을 철옹성이라 부르는 게 아님을 몸소 느낄 수 있었던 것이다.

"……크긴 더럽게 크네."

"석가장보다 더 큰 것 같습니다."

"규모로는 오대세가 중 최고라고 하더니. 틀린 말이 아니었어."

"저곳 같습니다."

딱 봐도 별채처럼 따로 떨어져 있는 고루거각을 바라보며 염충이 말했다.

그러자 석민후가 곧바로 걸음을 옮겼다. 쇠뿔도 단김에 빼랬다고 곧장 걸어갔던 것이다.

"멈추시오."

하지만 석민후는 얼마 가지 않아 멈춰 서야만 했다. 별채에 들어가기 전 웬 무사 한 명이 앞을 가로막았던 것이다.

"석가장의 석민후입니다. 동생을 만나러 왔습니다."

기척도 없이 나타난 무사였지만 석민후나 염충은 놀라지 않았다. 다른 곳도 아니고 사천당가이니만큼 보이지 않는 경비무사가 있어도 하등 이상할 게 없어서였다.

더구나 이곳에 머무는 이가 태상가주의 친구인 패선이었다. 그런 만큼 비밀리에 지키고 있어도 이상하지 않았다.

"석민후? 따로 보고받은 내용은 없소만."

"급히 오느라 연락을 하지 못했습니다. 하지만 제가 온 것을 알면 출입을 허락할 것입니다."

"잠시 기다리시오."

당당한 석민후의 모습에 무사가 고개를 주억거리고는 지나가던 시비를 불렀다.

잠시 후 전각 안에서 석정후가 백륜과 함께 모습을 드러냈다.

"오랜만이로구나."

"안녕하십니까."

갑작스러운 방문에 놀랐을 법도 하건만 석정후의 표정은 담담했다. 오히려 백륜이 크게 놀란 듯한 얼굴로 두 사람을 번갈아 쳐다보다가 뒤늦게 포권을 했다.

"연락도 없이 어쩐 일이신지요."

"오랜만에 얼굴도 볼 겸 너하고 긴히 나눌 대화가 있어서 말이다."

석민후가 부드럽게 미소를 지으며 말했다.

하지만 석정후는 알았다. 지금 짓고 있는 미소가 석정후 특유의 영업용 미소라는 사실을 말이다.

"저를 만나러 이 먼 곳까지 오셨단 말씀이십니까?"

"너도 알겠지만 우리는 장사꾼이지 않더냐. 이문을 남기기 위해서라면 거리는 중요하지 않지. 이득을 남길 수 있다면 전쟁터가 문제더냐. 일단은 가고 봐야지."

"그렇기는 하죠."

석정후는 내심 웃었다. 어째서 석민후가 여기까지 직접 왔는지 그리고 자신을 찾아왔는지 이유를 알고 있어서였다.

하지만 아는 체를 하지는 않았다. 석민후 역시 자신이 그의 속내를 알고 있다는 사실을 알고 있을 터였다.

'자존심보다는 실적이 먼저라 이건가. 확실히 난 사람은 난 사람이야.'

여기까지 오는 데 많은 고민을 했을 터였다. 아니, 오면서도 계속 고민을 했을 게 분명했다. 그리고 1순위가 자신이 아니었을 터였고.

하지만 석가장의 일 공자라는 신분은 상계에서나 대단하지 무림에서는 아니었다.

'처가인 공손세가주조차도 총군사님을 독대하기가 쉽지 않은데.'

공손세가주도 힘든 것을 석민후가 가능할 리 없었다. 그렇기에 차선으로 자신을 찾아온 것일 터였다.

"무슨 일이야?"

"아, 사저."

"허업!"

생각지도 못한 손님으로 인해 입구가 소란스러워지자 서예지가 다가왔다.

뒤뜰에서 수련을 하고 왔는지 얼굴과 머리카락에는 땀이 흥건했다. 그러나 땀 정도로는 서예지의 미모를 가리지 못했다. 오히려 묘한 분위기를 풍겼는데 그 모습을 본 석민후가 숨을 들이켰다.

"형제분인가?"

"아, 네. 저의 큰형입니다. 여기 이분은 제 사저이십니다."

부인이 있음에도 눈을 떼지 못하는 석민후의 모습에 석정후가 떨떠름한 표정을 지었다. 마음 같아서는 소개해 주고 싶지 않지만 이렇게 마주쳤는데 소개하지 않는 것도 이상했다. 그래서 석정후는 어쩔 수 없이 석민후를 소개했다.

"처음 뵙겠습니다. 석가장의 석정후라고 합니다!"

"반가워요. 서예지예요."

"검봉!"

"그렇게 불리기도 해요."

반사적으로 튀어나오는 자신의 별호에 서예지가 옅게 웃었다. 이제는 적응될 법도 한데 좀처럼 검봉이라는 별호가 적응되지 않아서였다. 그래도 청해제일미라는 별호보다는 검봉이 더 좋았다.

"만나서 영광입니다, 서 소저!"

"아, 네."

호감이 듬뿍 담겨 있는 석정후의 눈빛에 서예지가 어색하게 대답했다. 그러고는 짧게 목례한 후 몸을 돌렸다. 석정후의 손님인 것을 확인했으니 굳이 이 자리에 더 이상 있을 필요는 없다고 생각해서였다. 더는 있고 싶지도 않았고.

"우와……."

"무림오화보다 더 미인인 것 같습니다."

넋이 나갔던 것은 석민후만이 아니었다. 염충은 아예 침이 흐를 정도로 입을 벌렸는데 그 모습에 백륜이 실소를 흘렸다. 석가장에서의 기세등등했던 모습과는 너무나 달라서였다. 동시에 언감생심 꿈도 꾸지 말라는 말을 해주고 싶었다.

"혼담을 넣어볼까."

"형님은 혼례를 올리시지 않았습니까."

"영웅에게 삼처사첩이 흠은 아니잖으냐. 아버지께서도 첩을 여럿 두셨고."

석민후는 욕심을 숨기지 않았다. 검봉이라면 그의 부인으로 과하면 과했지 부족하지는 않아서였다. 게다가 자연스럽게 곤륜파와도 인연을 맺을 수 있었고, 셋째의 든든한 뒷배를 그도 가질 수 있게 되는 것이다.

'이것이야말로 일거양득이지.'

굳이 곤륜파가 아니더라도 서예지 정도의 미인이라면 그가 노력할 가치가 있었다. 거기다 그에게 부족한 무력을 대신 채워줄 수도 있었고 말이다.

'부인이자 호위무사라. 정말 좋군.'

석민후가 히죽 웃었다. 자신이 금력을, 서예지가 무력을 담당한다면 무서울 게 없을 것 같다는 생각이 들어서였다.

"본처도 아닌 첩으로 들어갈 일은 없을 겁니다. 지금만 하더라도 혼담이 수십, 수백 개가 들어오는데요."

"석가장의 일 공자라면 혼처로서 나쁘지는 않지."

"그건 형님의 생각이죠. 사저의 생각은 다를 겁니다."

"혹시 네가 마음이 있는 것은 아니고?"

초를 치는 석정후를 석민후가 의미심장한 눈빛으로 쳐다봤다. 문득 하나의 추측이 뇌리를 스쳐 지나가서였다.

"그럴 리가요. 근데 제가 만약 나오지 않았으면 어쩌려고 여기까지 오셨습니까?"

"만나주지 않는다면 어쩔 수 없지. 네 선택이 그런 것이니까."

"하긴. 차차선도 있으셨겠네요."

은근슬쩍 찔러보는 셋째의 말에 석민후는 대답하지 않았다. 그저 씩 웃기만 했다.

"계속 여기에 세워둘 것이냐?"

"들어오시죠."

석민후의 독촉 아닌 독촉에 석민후가 몸을 돌렸다.

무슨 말을 할지 예상은 가지만 그래도 일단 들어볼 작정이었다. 듣는다고 해서 돈이 나가는 것도 아니었고.

그리고 한 번 정도는 보여주고 싶었다. 자신이 어떤 신분을 가지고 있는지를 말이다.

스윽.

한편 석정후의 뒤를 따르던 석민후는 은근슬쩍 주변을 둘러봤다. 혹시라도 벽우진을 만날 수 있을지는 않을까 싶어서였다. 서예지를 다시 만나는 것도 나쁘지 않았고 말이다.

'내가 잡은 숙소하고는 천양지차로군.'

건물 안으로 들어간 석민후가 쓴웃음을 흘렸다. 사천당가의 장원 안으로 들어오지도 못하는 그와 달리 석정후는 너무나 편하게 지내는 것 같아서였다.

그래서 그는 요구 사항을 한 가지 더 추가했다.

'이 정도 크기라면 둘이 더 머문다고 해서 불편해지지는 않으니까. 자연스럽게 곤륜파와도 인연을 맺을 수 있고 말이지.'

석정후와는 석가장주의 자리를 노리고 경쟁하는 사이지만 동시에 가족이기도 했다. 그러니 곤륜파와 아예 연관이 없다고는 보기 힘들었다.

달칵.

"앉으시죠."

석민후가 상상의 나래를 펼치는 동안 자신의 방에 도착한 석정후가 자리를 권했다.

하지만 앉는 사람은 석민후뿐이었다. 염충은 당연하다는 듯이 석민후의 뒤에 시립하듯 자리를 잡았다.

"좋은 곳에 머무는구나."

"사부님 덕이죠. 저 혼자 왔다면 이런 곳은커녕 당가타 인근의 객잔을 잡아야 했겠죠."

"마치 본 것처럼 말하는구나."

"형님께는 공손세가가 있지 않습니까."

"아무래도 내가 무인이 아니다 보니 눈치가 보여서 말이다. 그리고 생각했던 것보다 짧게 머물 수도 있고."

대답을 하며 석민후가 셋째 동생의 표정을 살폈다. 그런데 나이에 어울리지 않게 석정후는 자신의 속내를 너무나 잘 숨기고 있었다. 자신이 찾아온 이유를 모르지 않을 텐데 말이다.

'많이 컸어.'

대답을 하지 않은 채 잠자코 듣기만 하는 석정후의 모습에 석민후가 내심 입맛을 다셨다. 언제까지나 어린아이일 줄 알았는데 이제는 제법 협상할 태가 나는 것 같아서였다.

'하지만 아직 멀었어.'

석민후의 눈이 날카로워졌다.

생각했던 것보다 많이 크기는 했지만 그래도 아직 애송이였다. 석정후의 나이보다 더 오랜 시간을 상계에서 버텨온 자신이었다. 그렇기에 그는 석정후를 요리를 자신이 있었다.

"그래서 말인데, 나도 이곳에 머물고 싶구나."

"죄송하지만 그건 힘들 것 같습니다. 여기 별채는 사천당가의 태상가주님께서 특별히 내어준 장소라서요."

석정후가 단칼에 거절했다. 그뿐만 아니라 유달리 사천당가와 태상가주라는 단어에 힘을 주었다. 마치 거들먹거리듯이 말이다.

'후우. 참자. 지금은 내가 을인 상황이니까.'

일말의 고민도 없이 거절하는 석정후의 모습에 잠시 울컥했으나 그는 이내 평온한 표정을 지었다. 일단은 석정후를 설득하는 게 먼저였다. 또한 이런 상황을 어느 정도는 예상했었기에 충격은 실질적으로 그리 크지 않았다.

"알지. 나도 잘 알고 있지. 하지만 너와 나는 한 핏줄이지 않더냐."

"반만 같은 피가 흐르고 있죠. 모친은 다르니까요."

"그래도 너와 내가 석가장의 혈족이라는 사실은 변하지 않는다. 그러니 나도 완전 남이라고 보기는 힘들지 않겠느냐. 게다가 두 사람이 머물 공간이 부족할 것 같지도 않고."

석민후의 시선이 슬쩍 방을 훑었다.

들어오면서 확인한 규모는 결코 작지 않았다. 벽우진과 당민호의 사이를 보여주듯이 말이다. 그래서 그는 은근히 가족이라는 것을 강조했다.

"죄송하지만 저에게는 그럴 권한이 없습니다. 아시겠지만 여기에서 제 서열은 끝이에요. 막내인 제가 무얼 할 수 있겠습니까?"

석정후가 빙그레 웃으며 말했다.

별다른 의미가 없는 형식적인 미소였으나 석민후에게는 다르게 다가왔다. 어쩔 수 없다고 말하지만 속으로는 고소해한다는 느낌이 강하게 들었던 것이다.

'역시나 이렇게 나오는군.'

상인을 자처하는 석정후가 당가타의 상황을 모를 리 없었다. 또한 자신이 어떤 상황에 처해 있는지도.

그런데도 이렇게 말한다는 건 오직 한 가지만을 뜻했다.

'신이 나겠지. 나보다 우위에 있게 된 건 이번이 처음일 테니까.'

··· 제3장 ···

각자의 전쟁

득의양양한 석정후의 모습이 너무나 아니꼬웠지만 그럼에도 석민후는 웃었다.

웃는 얼굴에 침 못 뱉는다고 지금은 엿 같아도 석정후의 비위를 맞춰야 했다. 그래야 원하는 것을 얻을 수 있었다.

"알지. 나도 잘 알지. 네 입장이라는 것이 있는데. 하지만 말은 해볼 수 있지 않더냐. 아까 보아하니 서 소저하고도 각별한 사이인 것 같은데. 서 소저는 비록 무기명제자이기는 하지만 벽 장문인의 첫 번째 제자이지 않더냐."

"할 수는 있는데, 글쎄요. 아까 형님의 눈빛 때문에 조금 꺼려지네요. 사저께서 그런 것에 상당히 민감해서요. 어렸을 적부터 하도 시달려서 그런 눈빛에는 학을 떼시거든요."

"내 눈빛이 어때서?"

"형님께서 가장 잘 아시리라고 생각합니다."

웃음 속에 날카로운 칼을 숨긴 석정후가 웃으며 염충에게도 시선을 두었다.

석민후는 보지 못했겠지만 그는 정확히 봤었다. 염충이 헤벌쭉 웃으며 서예지의 몸 곳곳을 훑어보는 걸 말이다.

"크흠!"

그 사실을 염충 역시 모르지 않기에 슬그머니 시선을 피했다.

하지만 변명이 없는 건 아니었다. 그만한 미모를 가진 여인이 있는데 눈이 돌아가지 않으면 그게 더 이상한 일이었다.

"남자가 그럴 수도 있지."

"사저께서 거절할 수도 있습니다. 어쩌면 역효과가 날지도 모르지요."

똑같이 받아치는 석정후의 모습에 석민후의 이마에 주름이 생겼다. 그러나 그 주름은 창졸간에 사라졌다. 아니꼽고 짜증 나더라도 지금은 어쩔 수 없었다. 그리고 진짜 진상들에 비하면 이 정도는 약과였다.

"하면 양 대협에게 부탁해 보는 것은 어떠냐? 대제자이시지 않더냐."

"형님, 형님께서 생각하시는 것보다 이곳에서의 제 위치가 그리 대단하지 않습니다. 뒤에서 첫 번째입니다. 제가 이래라저래라 할 수 있는 상황이 아닙니다."

"그런 말이 아니라 넌지시 운은 띄워볼 수 있지 않더냐. 너 역시 곤륜파의 제자인데."

석민후가 속으로 피식 웃었다. 말은 저렇게 해도 속마음은 그렇지 않음을 너무나 잘 알고 있어서였다.

더구나 벽우진의 제자 사랑은 중원사람 전부가 다 알고 있었다. 속가제자들의 죽음에 대막까지 찾아간 일화는 이미 모르는 이가 없었고.

"근데 굳이 이곳에 머무실 필요가 있으십니까? 짧게 머무는 거라면 숙소를 잡기가 그리 어렵지는 않을 거라 생각합니다만. 그 정도 위세는 있는 곳이 석가장이지 않습니까. 그곳의 일 공자가 형님이시고."

"허어. 다 알면서 그리 말하는 거냐? 단순히 머물기만 할 것이 아니니까 내 이리 너에게 부탁하는 것이지 않더냐."

"부탁이라."

"너에게 처음으로 하는 부탁이다. 일을 다 마칠 때까지 삼 일에서 오 일 정도 걸리지 않을까 생각한다. 예상과 달리 길어져도 이레는 넘지 않을 것이다. 그동안만 부탁 좀 하자."

사람 좋은 미소를 지으며 석민후가 말했다.

하지만 그 미소에도 석정후의 표정은 별반 달라지지 않았다. 그의 말마따나 석정후는 석민후가 무슨 생각을 하고 있는지 너무나 잘 알아서였다.

'굳이 경쟁자를 옆에 둘 필요는 없지. 움직임을 파악하는 것 정도야 떨어져 있어도 충분하고.'

석정후는 속으로 비릿하게 웃었다.

친구보다 적을 더 가까이 두는 게 유리한 법이라지만 지금의 상황에서는 꼭 그렇게 하지 않아도 되었다.

벽우진을 등에 업은 그에게 당가타는 손바닥 안이나 마찬가지였다. 알고자 한다면 오늘 석정후가 입은 속옷 색깔도 알아낼 수 있었다.

"앞서 말씀드렸지만 제 권한 밖입니다, 형님."

"……운을 띄우는 것조차 힘들다는 말이더냐?"

석민후의 눈매가 날카로워졌다. 이렇게까지 부탁하는데도 힘들다고 하자 짜증이 난 것이었다.

"제가 계속 말씀드렸지 않습니까."

"……하기 싫은 건 아니고?"

"그럴 리가요."

석민후가 본심을 드러냈다.

하지만 석정후도 만만치 않았다. 여유롭게 웃으며 아닌 척 고개를 저었던 것이다.

"우리가 경쟁하는 사이이지만 지금은 힘을 합쳐야 한다고 생각한다."

"형님이랑 제가요?"

무슨 소리냐는 듯이 석정후가 반문했다.

그로서는 도무지 이해가 가지 않는 말이어서였다.

물론 상황에 따라 경쟁자의 손을 잡아야 하는 때도 있었다. 그러나 그가 생각하기에 이번 일은 아니었다.

"총군사님을 만났다고 들었다."

"감사하게도 먼저 연락을 해주셨지요. 그때의 기분은 아마 제 인생에서 손에 꼽을 겁니다. 앞으로도요."

"각종 물자와 보급에 대한 얘기가 나왔겠지?"

석정후는 대답하지 않았다. 굳이 묻는 말에 일일이 대답해 줄 필요는 없다고 생각해서였다. 두 사람은 형제라기보다는 석가장 주라는 자리를 놓고 경쟁하는 사이였으니까.

실제로 석정후는 석민후를 형제라고 생각하지 않았다.

'정도 없는데 형제는 무슨.'

같은 핏줄이지만 얼굴을 본 날보다 보지 못한 날이 많았다.

또한 그는 석가장에서 살면서 형제간의 정을 느껴본 적이 단 한 번도 없었다. 마주쳐도 없는 사람 취급하던 석민후를 그는 아직도 똑똑히 기억했다.

'가식적인 게 장사에 특화되기는 했지.'

석가장에서는 없는 사람 취급하더니 아쉬운 게 생기자 이제 와 미소 띠며 다가왔다.

그 모습에 석정후는 실소가 나왔다.

물론 겉으로는 안타까운 척 연기하는 걸 잊지 않았다.

"그것 말고는 널 부를 이유가 없지."

"대외비라 대답해 드리기가 어렵습니다."

확신하듯 말하는 석민후를 향해 석정후가 멋쩍게 웃었다.

그러나 그 말에도 석민후의 태도는 달라지지 않았다. 저 말이 긍정하는 것이나 다름없어서였다.

스윽.

석정후의 대답을 들은 석민후는 굳은 얼굴로 자세를 바로 했다. 그러고는 강렬한 눈빛으로 셋째 동생을 쳐다봤다.

"너 혼자서는 무리다. 혼자 감당하기는 힘들 거야. 그러니 나와 힘을 합치자. 나의 경험과 너의 인맥이라면 이 큰 건을 다 집어삼킬 수 있다."

석민후가 먼저 본론을 꺼냈다. 지지부진한 대화를 이어가는 건 시간 낭비라고 생각해서였다.

또한 간은 충분히 봤다고 생각했기에 석민후는 가감 없이 본론을 얘기했다.

"저는 그렇게 생각하지 않습니다만."

"정말 혼자 하려고? 감당할 수 있겠느냐? 만약 실패한다면 너의 실패만으로 끝나지 않을 텐데?"

석민후가 묘한 표정을 지어 보였다.

재능도 있고 배짱도 있어 보이지만 결국 중요한 건 실력이고 결과였다. 그 부분에서 석정후가 증명한 것은 아직 많지 않았다.

때문에 그는 자신의 제의를 거절하기 힘들 거라고 생각했다.

'기껏해야 비율 정도를 생각하고 있겠지.'

지금의 모습은 비율을 높이기 위한 튕김이라고 석민후는 생각했다. 자신의 역량은 본인이 가장 잘 알고 있을 터였기 때문이다.

물론 스스로의 역량을 과대평가할 수도 있지만 지금까지의 대화로 보건대 그 정도는 아니었다.

"알고 있습니다. 이미 조언도 받았고요. 하지만 중요한 건 제 역량이겠지요."

"그래서 내가 도와주겠다는 거다. 옆에서 네가 보고 배울 것도 많을 테고."

"자꾸 같은 말을 하게 하시네요. 저 혼자 하겠다고 계속 말하고 있는데요."

"……과욕을 부리다가는 탈이 나는 법이다. 지금 네 심정을 모르는 것은 아니지만 그럴수록 더욱더 냉정하게 현실을 봐야 한다."

"충고는 감사히 듣겠습니다."

부르르르!

말과는 달리 귓등으로도 듣지 않는 듯한 석정후의 모습에 탁자 아래 가려져 있던 석민후의 두 주먹이 부들거렸다.

하지만 그가 할 수 있는 것은 없었다.

한순간의 흥분을 참지 못해 주먹 다툼을 하게 되면 잃는 게 너무 많았다. 그래서 그는 손을 들어 올릴 수가 없었다.

"……기대하마."

"걱정해 주셔서 감사합니다."

"마지막으로 한마디 하마. 다음에 네가 날 찾아왔을 때는 많은 게 달라져 있을 것이다."

"알고 있습니다."

마지막까지 얄미운 석정후의 모습에 석민후가 이를 악물었다.

그러나 거기서 더 이상 입을 열지는 않았다. 대신 찬바람이 일 정도로 싸늘하게 방을 나섰다.

"시원하게 욕이라도 하시지 그랬습니까."

"에이. 그건 하수나 그러는 거지. 그리고 나중 일은 혹 모르니까. 지금이야 내가 잘나가지만 나중에는 달라질 수도 있어."

"정말 그렇게 생각하십니까?"

"아니, 지금은 추격이지만 곧 추월할 테고 나중에는 내 등만 바라봐야 할 거야."

석정후가 씩 웃었다. 자신만만한 미소였다.

위협적인 경쟁자라는 걸 인정하기는 했지만 그렇다고 두렵지는 않았다.

"둘 다 치워 버릴 수 있으실 겁니다."

"염충도?"

"예, 혹시 포섭하시게요?"

백륜이 미간을 좁혔다. 개인적으로 염충과는 잘 안 맞는다고 생각해서였다.

"그럴 리가. 염충은 마지막까지 큰 형의 곁을 지킬걸."

"돈이 있을 때까지는요."

"정답. 근데 의외네. 이렇게 다짜고짜 찾아올 줄은 몰랐는데. 진짜 급하긴 했던 모양이야."

"시급을 다투는 상황인 것은 사실이니까요."

석가장의 일 공자씩이나 되는 인물이 방법을 찾지 못했을 리가 없었다. 다만 시간이 없다고 생각했기에 자신을 찾아온 것일 터였다.

"역시 무시할 수 없는 경쟁자라니까."

"반대로 말하면 그만큼 몸이 달아올랐다는 뜻이지 않겠습니까. 웬만해서는 석가장을 나서지 않는 분이잖습니까."

"지금까지는 자신의 집무실에 앉아 있는 것만으로도 충분했으니까. 하지만 지금은 상황이 많이 다르지."

"그 정도로 공자님이 위협이 된다는 뜻이기도 하지요."

"아부가 많이 늘었어."

느긋한 자세로 앉아서 차를 들이켜며 석정후가 말했다. 성장한 것은 자신만이 아닌 것 같아서였다.

"다 먹고 살기 위해서입니다."

"그럴 시기가 지난 거 다 알고 있거든. 웃차! 그럼 나도 일을 해 볼까. 따라잡히지 않으려면 말이지."

"제가 모시겠습니다."

"그야 당연하지."

자리에서 일어난 석정후가 마음을 다잡았다.

석민후 앞에서 거들먹거리듯이 말했지만 아직은 인정을 받아야 하는 단계였다.

그렇기에 석정후는 각오를 다지며 방을 나섰다.

좌르륵!

홀로 방 안에 앉아 있던 벽우진이 종이를 펼쳤다. 고요한 방에서 혼자 눈을 빛내며 보고서들을 읽고 또 읽었던 것이다.

"일단 아홉 중 셋은 제외이고."

아직도 기억에 선명하게 남아 있는 흔적을 떠올리며 벽우진이 세 장의 종이를 겹쳤다.

검과 도 그리고 활을 주 무기로 사용하는 셋은 아무래도 상흔과는 연관이 적다고 생각해서였다.

"근데 그래도 아직 여섯 명이나 남았네."

용모파기 하나 없이 단순히 글만 있는 보고서였지만 벽우진은 진지했다. 이 여섯 명 중에 청민을 죽인 흉수가 있을 게 분명해서였다.

똑똑똑.

"오라버니, 사부님과 함께 왔어요."

"어, 들어와."

문밖에서 들려오는 낭랑한 목소리에 살기 넘치는 눈빛을 뿌리던 벽우진이 책상 위를 정리했다.

그러는 사이 방 안으로 현주혜와 연진청이 들어왔다.

"무슨 안 좋은 일 있어? 표정이 좋지 않네?"

"구마에 대해서 생각하고 있어서요."

"차라리 만날 때까지 기다리는 게 낫지 않아? 저리 꽁꽁 싸매고 있는데 어떻게 알아내겠어. 차라리 구마 중 한 명을 만났을 때 물어보는 게 가장 빠를 것 같은데. 물론 쉽게 말해주지 않겠지만 매 앞에 장사도 없다고 하잖아."

"가만히 있을 수가 없어서요."

"그 마음을 이해 못 하는 건 아니지만."

연진청이 씁쓸한 기색을 띠었다.

청민의 죽음에 슬퍼한 건 그녀 역시 마찬가지였다. 하지만 한편으로는 무인의 삶이 그런 것이기에 어느 정도는 납득하고 있었다. 사람인 이상 죽지 않을 수는 없으니까 말이다.

"얘기는 얼추 들었어. 오단(五團)의 단주 자리를 거절했다고?"

"네, 저에게는 어울리지 않는 것 같아서요."

"자격은 충분하다고 생각하는데."

자리에서 일어난 벽우진이 차를 준비했다. 이제는 제법 머물렀다고 익숙하게 차호와 찻잔을 준비했던 것이다

"그렇긴 한데 누구를 이끌면서 싸운 경험이 그리 많지 않아서요. 그리고 보타문의 제자들도 신경 써야 하고요."

"어중간하게 신경이 분산될 바에는 하나에 집중하는 게 맞지. 근데 다른 이유 때문에 포기한 건 아니지?"

"아니에요. 그런 것에 흔들릴 정도로 약하지도 않고요."

"하긴. 내가 실언을 했네. 지워 버려."

어깨를 으쓱한 벽우진이 삼매진화로 차를 우려내며 연진청에게 먼저 차를 따라주었다.

그런데 그 모습에 연진청이 빙그레 웃었다.

"나는 왜 불렀어? 그냥 둘이 오붓하게 차 한잔하지."

"오붓하게는 뭐가 오붓하게예요."

"나이 찬 남녀가 만났으니 당연히 오붓한 시간 아닌가?"

"누님이 적적할 것 같아서요. 호법님들은 제자들 가르치느라 정신없잖아요."

"대신 나에게는 우리 애들이 있는데?"

차를 한 모금 들이켜며 연진청이 천연덕스럽게 웃었다.

무공은 잃었지만 그렇다고 지식과 경험이 사라진 것은 아니었다. 그렇기에 그녀는 보타문도들을 가르치며 나름 바쁜 시간을 보내고 있었다.

"아, 그래요?"
"응, 그러니까 지금이라도 자리를 피해줄까?"
"재미있어요?"
"완전. 아주 신나. 고구마를 먹은 듯한 답답함도 있지만 나름 놀리는 맛이 있다고나 할까?"
벽우진이 대놓고 한숨을 내쉬었다.
그런데 그 모습조차도 연진청은 재미있는 모양이었다. 찻잔을 내려놓고서 자지러지게 웃었다.
"나이를 많이 먹으면 도리어 애가 된다더니."
"왜? 젊게 살면 좋지. 꼬부랑 할머니가 됐다고 빌빌대기만 하면 무슨 낙으로 살아?"
"제 말은 장난을 그만 치라는 거죠."
"에이. 이 정도 가지고"
"상대방이 불편하면 그건 더 이상 농담이 아닙니다만."
벽우진이 정색하며 말했다.
그러나 연진청은 그 모습에도 생글거리기만 했다.
"알았어, 알았어. 그만하면 되잖아. 근데 이거 알아? 주혜는 늘 잠자코 있다는 거."
"사부님!"
조용히 두 사람의 티격태격하는 걸 듣고 있던 현주혜가 화들짝 놀랐다. 갑자기 자신을 걸고 넘어가자 깜짝 놀란 것이었다.
"나 아직 귀 안 먹었다. 그렇게 소리 안 질러도 다 들려."
"그게 무슨 말씀이세요?"

"무슨 말이긴. 지금까지 있었던 사실을 말한 것뿐인데."
"저는 끼어들고 싶지 않아서 잠자코 있었던 것뿐이에요."
현주혜의 얼굴이 붉어졌다.
그러더니 벽우진 못지않게 정색한 표정을 지었다.
"둘 다 똑같다니까."
"누님."
"사부님!"
"어후. 무서워서 내가 뭔 말을 못 하겠다."
연진청이 짐짓 무섭다는 듯이 몸을 떨었다.
패선과 검후가 연합공격을 하니 당해낼 재간이 없었다. 실제로 그녀가 가장 연약하기도 했고 말이다.
"정말 필요한 말만 하시면 이런 일은 없을 것 같습니다."
"그럼 너무 재미가 없잖아. 가뜩이나 보타암은 사찰처럼 조용한데."
"사찰 아니에요?"
"예전에는 그랬는데 지금은 색깔이 많이 희미해졌어. 점창파나 종남파와 비슷한 경우라고 생각하면 돼. 속가(俗家)에 더 가깝다고나 할까."
보타문의 무공이 불가(佛家)에 뿌리를 두고 있고 한때 불문이기는 했지만 지금은 그 성격이 많이 변해 있었다. 세월이 흐르고 제자들이 바뀌는 것만큼 문파의 정체성 역시 자연스럽게 변해갔던 것이다. 어떻게 보면 세상의 흐름에 자연스럽게 맞춰갔다고 보는 게 옳았다.

"그렇군요."

"하지만 그렇다고 해서 전통을 잊은 건 아니야. 역사와 전통은 고스란히 이어지고 있어. 다만 아직은 정통 후계자가 없어서 그렇지."

"이번 정마대전이 끝나면 저도 슬슬 제자를 찾아보려고요."

"슬슬이 아니라 빨리 찾아야지."

연진청이 웃으며 옆에 앉은 현주혜의 등을 쓰다듬었다.

워낙에 아이일 때부터 키워서 그런지 마흔이 넘었음에도 그녀의 눈에는 여전히 아이처럼 보였다. 실제로 겉모습은 이십 대 초반으로 보이기도 했고.

"맥을 잇는 건 중요하죠. 그렇다고 아무나 받을 수는 없지만."

"곤륜파처럼 깐깐하게 받지는 않을 거야."

"현재 상황도 감안해야죠. 가뜩이나 문제가 많은 상태인데."

"그건 인정."

연진청이 고개를 주억거렸다.

지금이야 벽우진이 자리를 지키고 있기에 괜찮아 보이지만 실제로 아직 곤륜파는 위태위태한 상태였다. 차근차근 재건을 하고 있지만 아직도 갈 길이 멀었다.

"그래도 씨앗을 제대로 심었으니 큰 걱정은 덜었습니다."

"심었다고 끝난 게 아니라는 거 잘 알고 있지? 물도 줘야 하고 거름도 줘야 하고. 날씨도 확인해야 하고. 할 일은 끝이 없어."

"그렇게 말하는 것치고는 너무 하릴없이 지내는 것 같은데요."

벽우진이 피식 웃으며 말했다.

아무리 그가 구마에 빠져 있다고 하지만 주변 사람들의 소식은 매일 같이 확인하고 있었다. 굳이 그가 알아보려 하지 않아도 말해주는 이들이 많았던 것이다.

"하릴없이 지내다니! 내가 얼마나 바쁘게 생활하고 있는데. 무공 수련을 안 하는 대신에 아이들의 정신 건강을 챙겨주고 있다고. 동생의 제자들도 마찬가지고."

"그래서 말인데, 누님."

"갑자기 왜 그렇게 무게를 잡아? 나 무섭게?"

한순간에 달라진 분위기에 연진청이 두 눈을 끔뻑거렸다.

그리고 현주혜 역시 눈을 살짝 크게 뜨며 벽우진을 쳐다봤다.

"다시 무인이 되는 거 어떻게 생각하세요?"

"무인?"

"예."

벽우진의 대답에 연진청의 동공이 흔들렸다. 찰나였지만 수많은 감정이 휘몰아쳤던 것이다.

하지만 그녀는 이내 옅게 웃으며 감정을 수습했다.

"에이. 무슨 말이야. 동생도 잘 알잖아. 지금 내 몸이 어떤지. 소림의 대환단 정도 되는 영약이면 모를까 웬만한 걸로는 못 고쳐. 그런 영약이 흔하지 않다는 거 동생도 잘 알잖아? 그리고 그런 영약이 있으면 나보다는 다른 사람에게 사용해야지. 다 늙은 내가 먹어서 뭐 해?"

"전대의 여중제일인이 돌아오는 거죠."

"말은 좋네."

연진청이 감회 어린 표정을 지었다. 과거 검후라 불리며 숱한 무인들을 쓰러뜨렸던 영광의 시기가 자연스레 떠올랐던 것이다.

"지금 중원에는 고수가 필요합니다. 그저 그런 고수가 아닌 절대고수가요."

탁.

벽우진이 일어나 서랍에서 작은 목함을 꺼내 연진청의 앞에 내려놓았다.

그러자 그녀가 의문 가득한 표정으로 목함과 벽우진을 번갈아 쳐다봤다.

"열어보시죠."

"으음!"

심상치 않은 분위기에 장난기가 싹 가신 연진청이 조심스럽게 목함을 들어 열었다.

이윽고 그녀의 두 눈이 화등잔만 하게 커졌다. 목함을 열자마자 영약 특유의 향기를 맡을 수 있어서였다.

"본 파의 비전으로 만든 영단인 상청단입니다. 자부하건대 소림사의 대환단과 비교해도 뒤떨어지지 않는다고 생각합니다. 그 상청단과 저라면 누님의 몸을 원상 복구시키는 것도 불가능하지는 않다고 생각합니다."

"이, 이런 무가지보(無價之寶)를 나에게 준다고? 안 돼. 난 받을 수 없어."

연진청이 황급히 목함의 뚜껑을 닫았다. 그러고는 손사래를 치며 다시 벽우진에게로 목함을 밀었다.

"당연히 공짜는 아닙니다. 누님께서 말했다시피 상청단은 무가지보라 불려도 모자람이 없는 영단이거든요."

"……혹시 날?"

"이 상황에서도 농담입니까."

벽우진이 어처구니없다는 표정을 지었다.

하지만 한편으로는 연진청답다는 생각도 들었다.

보통은 눈이 돌아갈 만한 상황에 연진청은 의외로 빠르게 신색을 회복했다.

"그럼 원하는 게 뭔데?"

"동맹입니다. 다행히 보타문과는 거리가 멀어서 영역이 겹치지도 않습니까."

"멀다고 말하기는 지나치게 먼데? 청해성과 절강성은 대륙의 끝과 끝이잖아."

"믿을 수 있는 고수가 필요해서요. 아이들을 위해서 말이죠."

"음!"

연진청의 표정이 진지해졌다. 어째서 벽우진이 상청단을 꺼냈는지 조금은 납득이 됐던 것이다.

"그리고 전 누님의 실력을 아니까요."

"날 너무 과대평가해 주는 거 아냐?"

"아니라는 거 누님도 알잖아요. 몸은 망가졌어도 명상 수련은 계속하고 있는 거 알아요."

"그래 봤자 상상 속의 수련일 뿐이지."

연진청이 씁쓸하게 말했다.

그의 말대로 연진청은 몸이 망가졌음에도 수련을 멈추지 않았다. 육체는 망가질 대로 망가졌지만 상상 속에서는 아니었기 때문이다.

"누님이라면 금방 적응할 겁니다."

"만약에 실패하면? 그럼 이 영단은 그냥 날아가는 거야. 어쩌면 너의 진원진기 역시 소실될지도 모르고."

"그럴 가능성은 희박합니다."

벽우진이 자신만만하게 말했다. 중원에서 그보다 환골탈태를 많이 경험해 본 이는 없을 게 분명해서였다. 더구나 이번에 사용하는 영단은 비천단이 아니라 그보다 윗줄의 상청단이었다.

"환골탈태를 한다고 해도 완치될 거라는 보장도 없어. 워낙에 세월이 많이 흘렀으니까."

"그래도 지금보다는 낫지 않습니까?"

"그렇기는 한데, 미안하니까 그러지."

연진청의 시선이 아래로 향했다.

마음 같아서는 그녀도 냉큼 상청단을 받고 싶었다. 다시 무인으로 되돌아가는 상상을 지금까지 매일 했었으니까. 불가능이라는 걸 알기에 더더욱 그런 상상을 했을지도 몰랐다.

하지만 정작 기회가 오자 연진청은 망설여졌다. 자신이야 실패하면 그만이지만 벽우진은 아니었다.

"공짜가 아니라고 했잖아요."

"값을 매길 수 없는 보물이잖아, 이건."

"투자라고 생각하세요. 누님에게 그만한 가치가 있다고 제가 판단한 거니까. 그리고 실패한다고 해도 누님한테 손해는 아니잖아요?"

"나보다는 다른 사람에게 사용하는 게 낫지 않을까?"

불확실성 때문인지 연진청의 동공이 흔들렸다.

앞으로 있을 정마대전을 생각하면 자신보다는 좀 더 안전한 쪽을 선택하는 게 나을 거라고 생각해서였다.

그러나 벽우진은 고개를 저었다.

"확실한 건 그쪽이기는 하죠. 하지만 한 번에 절대고수급을 만들 수는 없어요. 이미 고수인 사람에게 사용해 봤자 효율이 좋지 못하고요. 경지가 높아질수록 공력이 크게 중요하지 않다는 걸 누님도 알잖아요. 공력은 경지가 높아지면 부수적으로 따라오는 거지 공력만 많다고 해서 강해지는 게 아니에요."

"그건 그렇지."

"누님은 모험이라고 생각하시는 모양인데, 저는 아니에요. 그러니 저를 믿어보세요."

"동맹 정도로 괜찮아? 동생이 너무 손해를 보는 것 같은데."

확고한 벽우진의 모습에 연진청도 마음이 기울었는지 슬쩍 운을 띄웠다. 단순히 동맹 관계로는 부족하다는 생각이 들어서였다. 그렇다고 돈으로 주자니 보타문은 재정적으로 풍족한 문파가 아니었다.

"비장의 한 수 겸 안전장치를 위해서이니까 저로서도 손해는 아닙니다."

"거절할 수 없게 만드네."

"대신 입 싹 닦으면 알죠?"

벽우진이 씩 웃으며 손을 그었다. 장난스럽게 손날로 목을 긋는 시늉을 했던 것이다.

"각서라도 쓸까? 난 얼마든지 쓸 수 있어."

"저도 쓸게요. 태상문주보다는 현 문주가 작성하는 게 낫지 않을까요?"

조용히 있던 현주혜도 적극적으로 입을 열었다.

안 그래도 늘 마음 한구석이 불편했던 현주혜였다. 그런데 생각지도 못한 기회가 오자 현주혜는 달려들 것처럼 눈을 빛내며 벽우진을 쳐다봤다.

"사람 마음이라는 게 뒷간에 들어가기 전과 나온 후가 다르니 확실하게 하는 게 낫겠지?"

"그럼요."

현주혜의 두 눈은 뜨거웠다. 어쩌면 이번이 마지막 기회일지도 모른다는 생각이 들어서였다. 게다가 도와주는 이가 다른 이도 아니고 벽우진이었다. 당대의 중원제일인인.

"이 은혜는 정말 잊지 않을게."

"잊지만 않을 거예요?"

"죽을 때까지 갚을게. 동생의 제자들을 본문의 아이들처럼 챙기고 보살필게."

별채 1층에 있는 식당에 들어선 벽우진이 실내를 슬쩍 훑었다. 그러자 역시나 평소와 달리 두 개의 자리가 비워져 있는 걸 볼 수 있었다.

'밤을 샌 모양이군.'

연진청과 현주혜의 자리가 비워져 있는 걸 보며 벽우진은 옅게 웃었다. 그의 눈에는 지금쯤 두 사람이 무엇을 하고 있을지 훤히 보였던 것이다.

"오셨습니까."

"안녕히 주무셨습니까."

한편 벽우진의 등장에 서진후를 위시로 제자들이 벌떡 일어났다.

그리고 그건 석정후와 백륜, 모용휘도 마찬가지였다.

"다들 좋은 아침. 근데 자네는 왜 다시 돌아왔어? 오단의 단주까지는 힘들더라도 부단주직은 충분히 맡을 수 있을 거라 생각했는데."

모두와 한 차례씩 눈을 마주한 벽우진의 시선이 모용휘에게 닿았다.

명문세가인 모용세가의 후계자인 모용휘는 실력도 실력이지만 인품 역시 나무랄 데 없었다. 전형적인 명문세가의 후계자다운 모습이라고나 할까.

그런 그가 다시 돌아온 모습에 벽우진이 의아한 표정을 지었다.

"사실 청룡단에서 제안은 받았습니다. 물론 부단주 자리를 주겠다는 건 아니고 지원할 생각이 있겠느냐고요."

"근데 왜 안 갔어?"

비록 세력은 빈약하지만 모용휘는 천하무림 비무 대회 용봉전 우승자였다. 실력으로 따지자면 최소 한 개 대대의 대장을 맡기에 부족함이 없었다.

그렇기에 벽우진은 고개를 갸웃거렸다.

"아직은 배울 게 많다고 생각해서요. 다른 이들을 잘 이끌 자신도 없고요."

"그래도 가문을 알릴 수 있는 좋은 기회였을 텐데."

"명성보다 중요한 것이 바로 실력이지 않습니까. 실력을 쌓으면 명성은 자연스럽게 따라올 거라 생각합니다. 이미 증명하신 분도 계시고요."

모용휘가 은근한 눈빛으로 벽우진을 쳐다봤다.

그런 그의 눈빛에는 선망의 빛이 가득했다.

다 무너진, 폐허나 다름없던 곤륜파를 지금의 위치까지 끌어올린 게 바로 벽우진이었다. 말 그대로 멱살을 잡고 끌어 올린 것이기에 모용휘는 내심 벽우진을 존경하며 그를 본보기로 삼고 있었다. 언젠가는 자신도 벽우진처럼 모용세가를 재건하리라고 다짐하면서 말이다.

"아무리 봐도 정후하고 어울릴 인물은 아닌데 말이지."

"하하하."

"너무하세요."

어색하게 웃는 모용휘와 달리 얌전히 앉아 있던 석정후는 울상을 지었다. 기를 세워주기는커녕 오히려 팍팍 찍어 누르는 말에 서운했던 것이다.

"섭섭해할 시간에 더욱 노력해. 부족하다면 어울릴 만한 인물이 되도록 노력해야지."

"꼭 그리될게요!"

"그래, 패기는 있어서 좋네."

주먹을 불끈 쥐며 대답하는 석정후의 모습에 벽우진은 피식 웃으며 자신의 자리에 가서 앉았다.

그러자 서 있던 모두가 제자리에 착석했다.

"음식을 가져오겠습니다."

벽우진이 앉기 무섭게 미리 대기하고 있던 시비들이 발 빠르게 움직였다.

준비해 둔 음식들을 하나둘 내어왔던 것이다.

"그럼 모용 공자는 우리와 함께 움직일 생각인가?"

"예, 장문인께서 허락해 주시면 같이 움직이고 싶습니다. 옆에서 많이 배우고 싶어서요. 절대 짐은 되지 않겠습니다."

"짐이 될 수준은 아니지, 모용 공자가. 아니, 가주라고 불러야 하나?"

"아직은 임시이니 편하게 부르셔도 됩니다."

자신을 인정해 주는 말에 모용휘가 기꺼운 듯 미소를 지었다. 다른 사람도 아니고 벽우진이 이리 말해주자 더욱 기뻤던 것이다.

"근데 누님과 현 문주는 무슨 일 있습니까?"

"응, 아주 중요한 일이 있어. 지금까지 안 오는 걸 보면 아침은 거를 모양인 거 같아."

"중요한 일이라."

"아침은 우리끼리 먹자고."

서진후가 눈을 빛냈다. 벽우진의 말에서 무언가를 파악했던 것이다.

그래서인지 서진후가 묘한 표정을 지었다.

"알겠습니다."

"너희들에게는 따로 제안이 안 왔어?"

뜨끈한 계란탕을 그릇에 덜며 벽우진이 물었다.

그런 그의 시선은 서예지를 시작으로 아이들을 차례대로 훑었다.

"총군사께서 말은 하셨는데 거절했어요."

"저희도요."

"왜?"

"굳이 오단에 들어갈 필요는 없다고 생각해서요. 손발이 맞지 않는 것도 부담스럽고."

"그냥 저희들끼리 움직이는 게 더 편할 것 같아서요. 총군사께서는 많이 아쉬워하셨지만요."

서예지와 양일우가 대표로 입을 열었다.

벽우진과 마찬가지로 아이들은 딱히 명성이나 권력에 욕심이 없었다. 당연히 없는 것보다는 있는 게 좋다고 생각하지만 그렇다고 크게 연연하지는 않았기에 누구도 제갈현의 제안을 받아들이지 않았다.

"호법님들도 있고, 보타문도 있으니까요."

"저도 있습니다."

모용휘가 슬쩍 손을 들며 자신도 있음을 알렸다. 전력에 크게 도움이 되지는 않겠지만 그래도 없는 것보다는 나을 거라고 생각했다. 제 몫을 할 자신도 있었고 말이다.

"선택은 자유니까."

“정치질하는 걸 지켜보는 것도 싫었고요. 여자들이라고 해서 다르지 않더라고요.”

“욕심들이 대단하기는 하죠. 자신의 능력 이상을 바라는 이들이 수두룩하니까요.”

질린 표정을 짓는 서예지를 거들 듯이 모용휘가 말했다.

면접까지는 아니더라도 청룡단에 한 번 가봤었는데 그는 진심으로 학을 뗐다. 전쟁이 눈앞에 닥쳤음에도 훈련은커녕 밥그릇 싸움을 하는 모습에 기가 찼던 것이다. 동시의 일말의 미련도 연기처럼 사라졌다.

“그것 때문에 총군사가 골머리를 썩고 있다고 합니다.”

“머리 아픈 자리이지. 피곤한 자리이기도 하고. 원래 인선이 제일 어려운 일이야. 우리만 해도 힘든데 무림맹 정도의 규모면, 어후.”

상상만 해도 끔찍하다는 듯이 벽우진이 고개를 절레절레 저었다.

그러자 서진후 역시 웃었다.

“사실은 그게 제일 크셨죠?”

“알면서 뭘 물어?”

“그나저나 시간이 너무 걸리는 것 같습니다. 이러다가 천년마교 쪽 준비가 먼저 끝나겠어요.”

“자잘하게 국지전은 계속 벌어지는 것 같던데. 그리고 그건 어쩔 수 없는 부분이야. 아무에게나 요직을 맡길 수는 없으니까. 오단의 단주만 하더라도 휘하에 500명을 두는데 당연히 심사숙고해야지. 자칫 잘못하면 단주의 오판으로 500명이 죽을지도 모르는데.”

입맛이 없는지 계란탕 말고는 다른 음식에 손도 대지 않으며 벽우진이 말했다. 그로서는 제갈현의 입장이 충분히 이해가 되어서였다.

"뭐, 저희에게 중요한 것은 구마이지만요."

"마교주도. 결국 지시는 그놈이 내렸을 테니까."

"개인적으로 저는 한번 찔러보는 것도 나쁘지 않다고 생각합니다."

서진후가 진지한 얼굴로 말했다.

전면전이 아닌 기습이라면, 치고 빠지는 전술이라면 지금 곤륜파의 전력으로도 충분히 할 수 있다고 생각해서였다.

벽우진을 위시로 호법들과 자신, 거기에 현주혜라면 충분히 빠르고 강력한 일격을 먹이기에 충분했다. 오만하기 짝이 없는 천년마교에 말이다.

"그러다가 흥분해서 달려들면?"

"그럼 그것 나름대로 무림맹에 유리하지 않겠습니까? 일단 적에게 익숙한 전장이 아니니까요."

"흠."

수저를 내려놓으며 벽우진이 턱을 쓰다듬었다.

확실히 나쁘지 않은, 아니, 마음이 동하는 계획이었다. 소수이니만큼 치고 빠지는 데 훨씬 유리할 테고 말이다. 게다가 서진후를 제외하면 다들 한가락씩 하는 고수들이었다.

"길을 안내하고 상황을 실시간으로 파악할 사람이 필요할 겁니다."

"짜식."

"저만이 할 수 있는 일이 분명히 있습니다. 그리고 사천성은 저에게도 익숙한 곳이기도 하고요. 청해성 다음으로 자주 다녔던 성이 바로 사천성입니다."

역시 눈치 빠른 서진후가 먼저 선수를 쳤다. 미세하게 바뀐 눈빛을 바로 알아차렸던 것이다.

"일단 좀 더 고민을 해보자. 허탕을 치는 것보다는 하나라도 확실하게 끝내는 게 좋으니까. 물론 오래 고민할 생각은 없어."

"사형 성격상 오래 매달릴 일은 없지요. 오히려 저는 사형의 인내심에 많이 놀라고 있습니다."

"화풀이는 좀 했으니까."

"저는 하나도 못 했습니다만?"

"곧 기회가 생길 거야. 지금은 폭풍 전의 고요나 마찬가지니까."

벽우진이 의미심장한 표정을 지었다. 천하의 천년마교가 이대로 가만히 있을 리가 없어서였다.

게다가 무림맹이 계속해서 보급로를 끊고 있으니 머지않아 반응이 올 게 분명했다.

"이번에는 그놈을 만났으면 좋겠습니다."

억누르고 억눌렀던 복수심을 슬며시 드러내며 서진후가 말했다. 눈앞에 있다면 뼈째 씹어 먹을 듯한 눈빛으로 말이다.

야심한 밤에도 제갈현의 집무실은 대낮처럼 환했다.

하지만 밝은 실내와 달리 제갈현의 안색은 그리 좋지 않았다. 벌써 며칠째 제대로 자지 못한 듯 그의 눈 밑은 검게 변해 있었다.

"형님, 소제입니다."

"들어오너라."

답답한 마음에 손가락으로 책상만 두드리던 제갈현이 문 너머에서 들리는 제갈명의 목소리에 고개를 들었다. 그런데 하도 고개를 숙이고 있어서 그런지 목에서 뿌드득 소리가 났다.

"잠은 주무시고 업무를 보시는 겁니까?"

"넉넉하지는 않아도 충분할 정도는 잔다."

"침실에 간 적이 없다고 하던데요?"

"잠이야 집무실에서 자도 되니까. 노숙하는 것보다는 낫지 않느냐. 허허허!"

"형님도 이제는 건강에 신경 쓰셔야 하는 나이입니다."

제갈명이 굳은 얼굴로 말했다.

더 이상 그나 제갈현은 청춘이 아니었다. 지금부터 관리하지 않으면 노후에 고생할 게 뻔했다. 무공을 익힌다고 하지만 노년에 쌩쌩한 건 고수들에게 해당되는 말이었다.

"어쩔 수 없지 않느냐. 일이 산재해 있는데."

"다른 이들도 있지 않습니까. 저도 있고."

"이미 다들 충분히 제 몫 이상을 해주고 있어. 여기서 더 일감을 몰아주었다간 죄다 퍼질 거다."

"그전에 형님께서 쓰러지실 것 같습니다."

"난 괜찮다."

제갈현이 옅게 웃었다. 과도한 업무량에 머리카락이 하루가 다르게 빠지고 있었지만 그래도 아직은 버틸 만했다.

"지금 상황에서 형님이 쓰러지면 큰일 납니다. 그러니 반드시 보중하셔야 합니다."

"걱정 말래도. 쓰러지는 일은 없다. 그보다 오단은 다 정리되었느냐?"

"일단 조직도는 완성했습니다. 8할은 확정되었다고 보시면 될 것 같습니다."

"8할이라."

제갈현의 눈매가 갸름해졌다. 예상했던 것보다 더욱 지지부진한 것 같아서였다.

"거절하는 이들이 워낙에 많아서요. 오히려 능력 없는 이들이 과한 자리를 요구하더라고요. 제 주제도 모르고."

시달린 게 많은 모양인지 제갈명이 투덜거렸다. 생각하면 생각할수록 짜증이 나는 모양이었다.

제갈현은 그 말을 묵묵히 들으며 조직도를 살폈다.

"그래도 얼추 틀은 잡혔구나. 고생했다."

"뭔 놈들이 그리 욕심이 많은지."

"어쩔 수 없지. 그게 사람이기도 하니까."

"실력 있고 협의지심 있는 이들이 너무 없습니다."

제갈명의 하소연이 이어졌다.

정작 맡아주기를 바라는 이들은 고사하는 판에 실력도 안 되는 것들이 설치자 그렇게 가슴이 답답할 수가 없었다. 할 수만 있다면 막말을 쏟아내고 싶었지만 안타깝게도 그건 그에게 허락되지 않았다.

"구룡도 없구나."

"아무래도 각자 가문과 문파의 후계자들이 대부분이니까요. 실력은 되지만 신분상 힘들다고 봐야죠. 그래서 곤륜파가 나서주길 바랐는데……."

"어쩔 수 없지 않느냐. 당사자들이 싫다는데."

"모용휘도 거절할 줄은 몰랐습니다."

내심 기대했던 인물이 천하무림 비무 대회 용봉전 우승자 모용휘였다. 모용세가를 재건해야 하는 의무를 가진 그는 누구보다 명성이 필요한 상황이었다. 실제로 거의 승낙하기도 했고. 그런데 막판에 말을 바꿨다.

"그럴 만한 이유가 있겠지."

"정치질에 학을 뗀 것 같았습니다. 근데 피하는 게 능사는 아닌데 말이죠."

"아직은 젊으니까. 게다가 곤륜파와 함께 있으니 더더욱 보기 싫겠지."

"가주라는 자리는 보기 싫은 것도, 하기 싫은 것도 감당해야 하는 자리이지 않습니까. 더욱이 지금 모용휘는 많은 걸 경험해야 하는 시기이고요."

··· 제4장 ···

정마대전(正魔大戰)

진심으로 아까웠던 모양인지 제갈명의 한탄이 이어졌다.

하지만 당사자가 싫다는데 다른 사람이 강조할 수는 없었다.

"어쩔 수 없지. 강요할 수도 없는 문제니."

"보타문주도 정말 아쉽습니다. 주작단주로 제격이었는데."

여인들로 이루어진 주작단인 만큼 현주혜보다 더 잘 어울리는 이는 없었다. 실력은 물론이고 나이와 배분 역시 적당했다.

하지만 그녀 역시 군사부의 제안을 거절했다.

"최대한 있는 사람으로 활용해 봐야지. 그게 우리가 할 일이니까."

"알긴 아는데 생각하면 생각할수록 아쉬워서 하는 말입니다."

"훈련 상황은?"

"꾸준히 하고 있기는 한데 아직 많이 미흡합니다. 손발이 착착 맞으려면 시간이 좀 더 필요합니다."

동생의 대답에 제갈현의 표정이 어두워졌다. 시간은 없는데 할 일이 태산처럼 쌓여 있어서였다. 그렇다고 속 시원하게 해결되는 일이 많느냐 하면 그건 또 아니었다.

똑똑똑.

"총군사님. 손님께서 찾아오셨습니다."

"이 시간에 말이더냐?"

문밖에서 들려오는 하인의 음성에 제갈현은 물론이고 제갈명 역시 의아한 표정을 지었다. 한밤중에 누가 찾아왔나 싶어서였다.

"예."

"누구라고 하더냐?"

"냉하성 대협이십니다."

"모시거라."

제갈현의 동공이 커졌다.

생각지도 못한 손님에 크게 놀란 그는 자리에서 벌떡 일어났다.

그리고 그건 제갈명 역시 마찬가지였다.

"오랜만입니다, 제갈가주."

"오랜만이죠?"

"위 소저?"

냉하성을 따라 들어오는 중년미부를 본 제갈현의 두 눈이 통방울만 해졌다. 예상치 못한 인물의 등장에 깜짝 놀란 것이었다.

"나도 있소이다."

"유 대협까지?"

소소선자(笑笑仙子) 위령령에 이어 낭왕 유장건까지 모습을 드러내자 제갈현은 정신을 차릴 수가 없었다. 셋의 조합도 조합이지만 여기까지 찾아올 줄은 몰랐기에 제갈현은 놀란 표정을 감추지 못했다.

"이거 별로 우리를 반기지 않는 것 같은데?"

"제가 보기에도요."

"괜히 온 것 같군."

"아닙니다. 절대 아닙니다. 일단 앉으시죠."

제갈현이 다급히 책상을 정리했다.

그리고 제갈명은 차를 준비했다.

세 사람이 앉을 자리를 마련했던 것이다.

"많이 바쁜 모양입니다. 안색이 좋지 않아요."

"아무래도 신경 쓸 일이 많으니까요. 이제 막 설립되기도 했고요."

신색을 가다듬은 제갈현이 부드럽게 웃으며 대답했다.

그사이 제갈명은 세 사람에게 차례대로 차를 따랐다.

"생각보다 잡음이 많다고 들었습니다."

"많은 사람들이 모였으니 당연하지 않겠습니까. 이런저런 사람들이 모이니 목소리가 격해지는 경우가 없을 리 없지요. 그래도 다 맞춰가는 과정이라고 생각합니다."

"그 말 전에 늦게 와서 미안하다고 사과부터 하는 게 먼저 아닌가?"

"아, 그걸 깜빡 잊었군요. 하하하."

가장 연배가 높은 유장건의 말에 냉하성이 머쓱하게 웃었다. 나름 신경 쓴다고 한 말인데 제갈현의 입장에서는 배려 없게 느껴질 수도 있다고 생각해서였다.

"저희가 너무 늦게 찾아왔죠? 죄송해요. 원래는 내일 아침에 뵈려고 했는데 사람들에게 물어보니 아직 업무를 보고 계시다고 들어서요."

"저는 괜찮습니다. 세 분만큼은 아니지만 저도 잠을 많이 자지 않아도 되거든요."

"그런 것 치고는 안색이 너무 안 좋으신데요? 눈 밑이 심하게 까매요."

위령령이 걱정 가득한 표정을 지었다. 빈말이 아니라 제갈현의 상태가 심상치 않아서였다. 게다가 머리카락도 윤기가 하나 없이 푸석푸석했다.

"수면이 부족해서가 아니라 업무 때문입니다."

"그게 그거 같은데요?"

"잠은 충분히 자고 있습니다. 그런데 여기까지 오셨다는 건……."

"총군사님께서 생각하시는 게 맞아요. 저희도 한 손 보태려고 왔어요."

"감사합니다!"

제갈현이 진심을 담아 고개를 숙였다.

음성(音星)이라 불리는 소소선자와 낭왕, 거기에 괴성(怪星) 만병자의 합류는 천군만마를 얻은 것과 마찬가지였다.

천년마교에 비해 상대적으로 고수층이 얇은 무림맹에게는 크나큰 호재였기에 제갈현은 확 밝아진 얼굴로 세 사람을 번갈아 쳐다봤다.

"한 가지 더 좋은 소식을 알려 드리자면 의성(醫星)도 오고 있습니다."

"만수신의(萬手神醫)께서 말입니까?"

"예, 언제 도착할지는 모르겠지만 이곳으로 출발했다는 소식은 들었습니다. 물론 무림맹에 합류하는 건지 성도에 볼일이 있어 오시는 건지는 모르겠습니다만."

"일단 성도에 오신다면 말은 나눠볼 수 있겠지요. 좋은 정보 감사합니다."

냉하성을 보며 제갈현은 눈을 빛냈다.

의원으로서의 역량을 따지자면 현 중원에서 가장 뛰어난 이가 만수신의였다. 게다가 무인으로서도 상당한 실력자이기에 무림맹으로서는 반드시 포섭해야 되는 인물 중 한 명이었다.

다만 연구를 위해 전 중원은 물론이고 세외도 쉴 새 없이 드나드는 인물이어서 행적을 알아내기가 쉽지 않았는데 운이 닿은 것인지 성도로 온다고 하자 제갈현은 기회라는 생각이 들었다.

"아닙니다. 저 역시 의성께서 계시면 든든하니까요. 그렇다고 무림맹의 의약당(醫藥堂)을 무시하는 건 절대 아닙니다."

"허허. 오해하지 않았으니 걱정하지 않으셔도 됩니다."

"인사도 드렸으니 저희는 이만 물러가겠습니다. 너무 시간을 빼앗는 건 예의가 아닌 것 같아서요."

"얼른 주무세요. 시간이 너무 늦었어요."

냉하성에 이어 위령령도 자리에서 일어났다. 반가운 마음에, 아직 안 자고 있다는 말에 찾아왔는데 안색을 보아하니 시간을 더 이상 빼앗으면 안 될 것 같았다. 당장 자야 할 것 같은 제갈현의 모습에 셋은 동시에 일어섰다.

"보기에만 그렇지 괜찮습니다만."

"저희가 보기에는 안 괜찮아 보여요."

"동생인 제가 보기에도 그렇습니다."

제갈명도 슬그머니 합세했다.

바쁘다는 건 알지만 그래도 건강이 먼저였다. 지금 이렇게 심력을 쏟다가 정작 중요한 순간에 쓰러진다면 아무 소용이 없었다.

"그럼 앞으로 머물 숙소로 안내해 드리겠습니다."

"제가 하겠습니다, 형님. 어차피 나가는 길이니."

"숙소는 걱정하지 않으셔도 됩니다. 따로 머물 곳이 있거든요."

"예?"

제갈현과 제갈명이 동시에 반문했다. 이제 막 도착한 그들이 머물 숙소가 있다고 하자 의아했던 것이다.

동시에 제갈현의 머리가 빠른 속도로 회전하기 시작했다. 세 사람과 사천당가 사이에 인연이 있나 곱씹었던 것이다.

"곤륜파가 머무는 별채로 갈 생각입니다. 제가 벽 장문인과 연이 있기도 하고 두 분 다 곤륜파에 호기심을 가지고 계셔서요."

"아, 그렇습니까."

냉하성의 말에 제갈현이 고개를 주억거렸다. 천하무림 비무 대회 당시 벽우진과 냉하성이 만났던 걸 알고 있었기에 납득한 것이다.

"그럼 편히 쉬십시오."

"가볼게요."

"푹 쉬시구려."

왔을 때와 마찬가지로 바람처럼 사라지는 세 사람의 모습에 제갈현은 실소를 흘리고는 제갈명을 쳐다봤다. 일을 다 봤다는 듯이 제갈명 역시 일어났던 것이다.

"저도 이만 가보겠습니다. 얼른 주무십시오, 형님."

"그러마."

"또 보고서 보지 마시구요."

"알겠다."

걱정이 가득 담긴 제갈명의 말에 제갈현은 고개를 끄덕이며 배웅했다. 그러나 말과 달리 그의 방에 켜진 등불은 오랫동안 꺼지지 않았다.

단 하루 만에 금천현의 분위기가 달라졌다.

천년마교의 거점이 세워지기는 했으나 전체적인 분위기는 평소와 크게 달라지지 않았다. 무인들의 전쟁이었기에 일반 양민들에게 가는 피해는 그리 심하지 않았던 것이다. 더구나 금천현에는 중원의 마인들도 모여들었기에 사건 사고는 많아도 일반 양민들이 다치는 경우는 없었다.

휘이이잉.

그런데 오늘은 평소와 확연히 달랐다. 왠지 모르게 공기가 무겁게 느껴졌던 것이다.

"저 짝들도 알고 있겠지요?"

"모를 리가 없지. 대놓고 진군했는데."

"은마각 놈들은 보지 못했는데 말이죠."

"보이지 않는 곳에서 천이각이랑 개방과 치고받고 했겠지."

성이라고 해도 과언이 아닌 모습을 내려다보며 벽우진이 대답했다.

그러자 옆에 있던 냉하성이 휘파람을 불었다.

"첩보전도 나름 흥미진진하다고 하던데."

"그럼 너도 한 따까리 하든가. 괴성이라면 천이각에서도 두 팔 벌려 환영할 것 같은데."

"에이. 제가 천이각에 들어갈 급은 아니죠."

"저는 나름 나쁘지 않다고 생각하는데요?"

위령령이 싱긋 웃으며 말했다.

무력이 부족한 천이각에 냉하성이 합류한다면 무림맹 입장에서는 좋은 일이라고 생각해서였다. 게다가 역마살이 있는 냉하성이니만큼 의외로 잘 어울릴 것 같기도 했고.

"왜 그래, 령령아."

"의외로 잘 어울릴 것 같아서요."

"근데 우리만 농담하니까 좀 그러네. 다들 분위기가 살벌한데."

"아닌 곳도 있어요."

위령령이 눈짓으로 어느 한 곳을 가리켰다.

후기지수들 중심으로 이루어진 청룡단과 백호단이었는데 두 부대에는 약간의 차이가 있었다.

청룡단이 구파일방과 오대세가를 비롯한 명문 출신들로 구성되었다면 백호단은 군소방파의 후기지수들 위주로 이루어져 있었다.

그래서인지 유독 경쟁심이 심했는데 지금은 그게 극에 달한 듯한 모습이었다.

"너무 힘이 들어가 있는 것도 안 좋은데."

"얼어 있는 것보다는 낫지만, 저것도 위험한 건 마찬가지죠. 전쟁은 비무나 대련하고는 완전히 다르니까요. 혼자만 잘한다고 이기는 게 아닌데."

"표정을 보아하니 말해준다고 해서 들을 것 같지도 않고."

"야망으로 활활 불타오르고 있잖아요. 어떻게든 무명을 날리겠다고."

위령령이 미간을 좁혔다. 왠지 모르게 느낌이 좋지 않아서였다.

하지만 맹주도 있고 총군사도 있는데 자신이 나서서 뭐라고 할 수도 없었기에 지켜볼 수밖에 없었다.

"총군사님도 생각이 있으시겠지."

"어쩌면 이미 말했을 수도 있고. 하지만 가장 좋은 방법은 당해보고 깨닫는 거지."

"살아남는다면 말이죠."

후회도 살아 있을 때나 할 수 있는 것이었다. 죽은 이는 아무것도 할 수 없었기에 냉하성이 무거운 얼굴로 중얼거렸다.

"아무도 죽지 않는 전쟁은 없어."

"이왕이면 죽어야 할 놈들만 죽었으면 좋겠습니다. 살아야 할 놈들은 살고."

"그게 어디 뜻대로 되나."

쿠르르릉!

유장건과 냉하성이 말을 주고받을 때 대문이 열렸다. 아무런 징조도 없이 갑자기 열렸던 것이다.

그와 동시에 마인들이 밀물처럼 우르르 쏟아져 나왔다.

처처척!

깃발을 들고 있는 기수를 시작으로 오대 무력 부대 모습을 드러냈다. 그런데 그 숫자만 물경 삼천 명이었다.

게다가 이게 끝이 아니었다. 그동안 모여들었던 중원 출신의 마인들이 각 문파별로 오대 무력 부대의 뒤를 받쳤다.

"어마어마하네요."

평원을 새까맣게 물들이는 모습에 위령령이 질린 표정을 지었다.

반면에 벽우진은 팔짱을 끼고서 무심한 눈으로 내려다봤다. 숫자만 많았지 그의 눈에는 딱히 위협적으로 보이지 않아서였다.

"아직인가."

"육대마가도 나오고 있습니다."

보필하듯 서 있던 서진후가 눈을 빛냈다. 뒤이어 육대마가가 모습을 드러내고 있어서였다.

하지만 천패마가를 끝으로 육대마가가 전부 다 자리를 잡았음에도 불구하고 뒤이어 나타나는 이는 없었다. 대문이 활짝 열려 있었으나 더 이상 나오는 이는 없었던 것이다.

"흠."

그 모습에 벽우진이 못마땅한 표정을 지었다. 기대했던 이들이 보이지 않자 실망한 것이었다.

"아직 모릅니다, 사형."

"맞아요. 아직 실망하긴 일러요."

서진후와 현주혜가 입을 열었다.

어떻게 보면 이제 막 전면전이 시작된 것이나 마찬가지였다. 그런 만큼 실망하기는 일렀다.

"두들기다 보면 나올 겁니다. 그때까지 저희는 기다리면 됩니다."

"정 안 되면 내가 직접 들어가면 되니까."

"그렇습니다."

고대하고 고대하던 날인 만큼 서진후의 기세도 심상치 않았다.

벽우진만큼이나 오늘을 기다리던 이가 서진후였다. 그런 만큼 서진후는 섣불리 판단을 내리지 않았다. 교주나 구마 정도쯤 되면 엉덩이가 무거워도 하등 이상할 게 없었다.

저벅저벅.

벽우진과 서진후가 대문 너머의 성을 쳐다보고 있을 때 천패마가주가 앞으로 걸어 나왔다.

그러더니 무림맹 쪽을 천천히 훑었다.

"놀랍군. 겁쟁이들이 먼저 찾아올 줄이야."

나와 있는 이들 중 가장 서열이 높은 천패마가주의 목소리가 평원을 갈랐다.

심후한 공력을 말해주듯 마치 코앞에서 말하는 것처럼 들리는 목소리에 모두가 침을 마른침을 삼켰다. 목소리에서 느껴지는 공력도 공력이지만 풍기는 기도 역시 만만치 않아서였다.

"웃기는군. 꽁지 빠지게 도망친 주제에 누구보고 겁쟁이라 말하는 건지."

싸늘한 일갈에 천패마가주의 눈썹이 꿈틀거렸다. 그리 좋지 않은 기억을 꺼내자 심기가 불편해졌던 것이다.

"……제왕검인가."

"영광으로 알도록. 내가 대답해 준 것을."

"하!"

천패마가주가 기가 차다는 표정을 지었다. 무림맹주도 아니고 무당권제도 아닌 제왕검에게 이런 말을 들을 줄은 꿈에도 예상하지 못해서였다.

그리고 그건 천패마가의 가솔들 역시 마찬가지인 듯 하나같이 살벌한 안광을 뿌리며 남궁진을 노려봤다.

하지만 그런 마인들의 눈빛에도 남궁진은 꿈쩍도 하지 않았다.

"고작 천패마가주가 나선 걸 보니 아직 교주는 오지 않았나보군."

"그게 알고 싶었나 보군. 하긴, 제대로 파악할 수가 없을 테니."

"상관없다. 집 지키는 개를 두드려 패면 주인이 나올 수밖에 없을 테니까."

"그만한 실력이 있나 모르겠군."

"두들겨 맞고 울지나 말도록."

두 사람의 언쟁에서 불꽃이 튀었다. 둘 다 한마디도 지지 않겠다는 듯이 맞받아쳤던 것이다.

"말들이 참 많아."

"그러니까. 그냥 죄다 죽이면 될 것을!"

그때 천년마교 측에서 일단의 무리가 갑자기 튀어 나왔다.

오대 전투 부대 중 유독 통제가 안 되는 혼천천귀대와 폭혈광마대(暴血狂魔隊)가 느닷없이 무림맹을 향해 돌진했던 것이다.

"저, 저!"

그 모습에 귀림마가주가 어처구니없다는 표정을 지었다. 작전대로 싸워도 모자랄 판에 자기들 마음대로 날뛰어 버리자 어이가 없었던 것이다.

하지만 그런 두 부대의 움직임을 반기는 이도 있었다.

"뭐 어때. 어차피 다 때려죽일 건데."

"맞습니다, 가주님!"

"가자!"

호기로 따지자면 어디에도 뒤지지 않는 야수마가의 마인들이 일제히 움직였다.

특히 야수마가주의 눈빛이 심상치 않았다. 청성산에서 벽우진에게 당한 걸 갚겠다는 듯이 그는 살광을 번뜩이며 무림맹 쪽을 두리번거렸다. 누가 봐도 벽우진을 찾는 듯한 모양새였다.

"공격하라!"

"마교 종자들을 쓸어 버려라!"

천년마교의 공세에 무림맹도 가만히 있지 않았다. 기다렸다는 듯이 달려들었던 것이다.

그리고 그 선두에는 청룡단과 백호단이 있었다.

"우리도 가지."

"그럽시다."

뒤이어 구파일방과 오대세가도 나섰다. 오대 전투 부대는 오단에게 맡기고 육대마가를 향해 진격했다.

콰콰콰쾅!

이윽고 굉음과 비명이 평원을 가득 채웠다.

순수한 힘 대 힘의 격돌에 사방에서 사망자와 부상자가 속출했다.

그런데 의외로 눈먼 칼이나 공격에 죽는 이들도 상당히 많았다. 생전 처음 겪는 대규모 전투에 정신을 차리지 못하고 죽는 이들도 많았던 것이다.

"으음!"

그 모습을 가마 위에서 지켜보던 제갈현이 침음을 흘렸다.

이런 상황을 예상했었기에 그는 매일 같이 신신당부를 했었다. 지금까지 겪었던 싸움과는 완전히 다를 것이라고 말이다.

하지만 그의 노력에도 불구하고 어이없게 죽는 이들이 너무나 많았다.

"자리를 지켜! 혼자 싸우지 말고 협공해!"

"합격진을 펼쳐! 무리하지 마!"

"도망치지 말라고! 네가 벗어나면 동료가 당한다고!"

곳곳에서 고성과 괴성이 난무했다.

부단주들과 대대장, 조장들이 목이 터져라 소리쳤지만 워낙에 시끄러웠기에 제대로 전달되지 않았다.

"키키킥!"

"축제다!"

"모조리 죽이는 거다!"

반면에 이 혼전과 난전을 즐기는 이들도 있었다.

전선 따위는 개나 줘버리라는 듯이 혼천천귀대와 폭혈광마대는 마구잡이로 날뛰었다. 오직 죽이는 것에만 관심 있다는 듯이 동료와의 연계나 그런 것에는 일절 신경 쓰지 않고 이곳저곳을 헤집고 다녔던 것이다.

그런데 문제는 그게 너무나 위협적이라는 점이었다.

"크헉!"

"끄륵!"

수비는 생각지도 않는다는 듯이 막무가내로 날뛰는 그들로 인해 사상자가 속출했다. 난전을 교활하게 이용했기에 좀처럼 막아내지 못했던 것이다.

터엉!

"여기까지다."

"부상자부터 속히 챙기도록!"

비릿한 조소와 함께 등 뒤에서 중소방파 제자의 목을 노리던 폭혈광마대의 마인이 강력한 반탄력에 뒤로 튕겨졌다. 뒷목에 손이 닿기 직전 무언가가 그의 장심을 후려쳤던 것이다.

"호오."

"철저하게 자기보다 약자만 노리다니. 마인이라기보다는 승냥이 같은데."

"무슨 소리. 우연찮게 나보다 약한 녀석들이 모여 있던 것뿐이다. 뭐, 어디를 가든 나보다 약한 녀석들만 있겠지만. 크큭!"

"일부러 자기보다 하수들이 있는 곳으로 온 것 같은데."

남궁혁이 비아냥거리듯이 말했다. 만약 강자와의 대결을 원했다면 결코 이런 곳에는 오지 않을 게 분명해서였다.

"말했을 텐데. 어디를 가든 나보다 강한 녀석은 없다고!"

말과 동시에 마인이 달려들었다.

폭혈광마대의 특징인지 상의를 탈의한 맨몸을 들이밀며 거칠게 주먹을 내질렀다. 얼굴을 날려 버리겠다는 기세로 정권을 뿌렸던 것이다. 그런데 거친 말투와 몸놀림과 달리 마인이 뿌리는 기세는 날카로웠다.

쐐애액!

빠르고 강맹한 일격이 정확히 남궁혁의 안면을 노리고서 파고들었다.

그러나 그 공격을 보면서도 남궁혁은 물러나지 않았다. 오히려 마인의 권역 안으로 몸을 날렸다.

대 남궁세가의 소가주이자 청룡단의 부단주로서 일개 폭혈광마대원을 앞에 두고 물러날 생각은 전혀 없었다.

콰앙!

순식간에 일어난 권강과 검강이 격돌했다.

그리고 곧바로 결과가 나왔다. 남궁혁의 검극이 폭혈광마대원의 주먹을 꿰뚫었던 것이다.

"끄흐흡!"

권강이 서려 있음에도 불구하고 단숨에 주먹을 꿰뚫은 일검에 폭혈광마대원의 두 눈이 통방울만 해졌다. 너무나 쉽게 뚫려 버린 자신의 주먹을 보고도 믿지 못하겠다는 표정이었다.

하지만 남궁혁은 당연하다는 듯이 그대로 검을 휘둘러 목을 베었다.

"강하긴 개뿔."

허세 부리던 모습을 떠올리며 남궁혁이 코웃음을 쳤다. 생각하면 생각할수록 기가 차서였다.

진짜 강한 사람은 자신의 강함을 드러내지 않았다. 굳이 드러낼 필요가 없었으니까.

"이놈!"

"감히 우리 동료를 죽이다니!"

"웃기는군. 중원에 침입한 건 네놈들이다."

한 명을 죽이기 무섭게 두 명의 폭혈광마대원들이 달려들었다. 동료의 죽음에 안타까워하기보다는 그가 날뛰는 게 아니꼬운 듯해 보였다.

그러나 상대가 마음에 안 드는 건 피차일반이었다.

콰아아앙!

창궁무애검을 극성으로 펼치며 남궁혁이 단칼에 두 마인의 몸을 베었다. 사선으로 휘둘러 둘 다 양분시켰던 것이다.

그러고는 위험해 보이는 이들을 도와주기 위해 몸을 날렸다.

꽈아아앙!

"제왕검이란 무명이 허명은 아닌 모양이구나!"

"흥!"

"외팔이가 되어서 기대에 못 미칠 거라 생각했는데, 심심하지는 않겠어."

"죽기 직전이 되어서도 그렇게 나불거릴 수 있을지 궁금하구나."

전장 한복판에서 거대한 폭발이 일어났다.

그리고 그 주위로는 천년마교의 마인들도, 무림맹의 무인들도 감히 다가가지 않았다. 두 절대고수의 대결에 자칫 잘못해서 휘말렸다가는 뼈도 못 추릴 게 분명해서였다.

"일단 나머지 오른팔부터 잘라주마!"

"할 수 있다면 얼마든지!"

콰콰콰쾅!

광오한 천패마가주의 말에 남궁진이 이를 드러내며 맞받아쳤다.

그런데 그의 전신에서 흘러나오는 기도가 무시무시했다. 외팔이 무인이라고 낮잡아 보기 힘들 정도로 어마어마한 기운을 뿜어냈던 것이다.

'과연 남궁세가의 가주라는 건가.'

폭발적으로 솟구치는 거대한 존재감에 천패마가주가 재미있다는 표정을 지었다. 그의 상대로 나쁘지만은 않다는 생각이 들어서였다.

"무제나 권제만 생각했는데, 제왕검도 나쁘지는 않군."

"내가 할 소리를 네놈이 하는구나. 나는 적어도 구마가 나올 줄 알았건만."

"도발이 목적이었다면, 성공했다고 말해주지."

천패마가주의 얼굴이 살짝 굳어졌다. 안 그래도 그를 비롯한 육대마가주와 구마의 사이는 썩 좋지 않아서였다.

쑤아아앙!

이윽고 천패마가주의 검에서 무지막지한 검강이 솟구쳤다.

천패(天覇)라는 말이 절로 떠오를 정도로 패기 넘치는 일검이 남궁진의 정수리를 노리고서 떨어져 내렸다.

"흥!"

그러나 남궁진도 만만치 않았다. 남궁세가의 제왕검형(帝王劍形) 역시 천하제일을 논하기에 부족함이 없는 검공이었다.

쿠콰콰쾅!

그 사실을 증명하듯 둘은 피하지 않고 정면으로 부딪쳤다. 힘 대 힘의 대결에서 물러나지 않았던 것이다.

그 결과 굉음과 함께 거대한 폭발이 일어났다.

"상황이 썩 좋지 않은 것 같습니다."

전체적인 전황을 살피며 서진후가 입을 열었다.

중군(中軍)을 맡고 있는 제갈준이 특유의 기문진법으로 어찌어찌 중심을 잡고서 천년마교의 공세를 막고는 있었지만 누가 봐도 위태위태했다.

게다가 우군과 좌군의 상황도 썩 좋지 못했기에 더더욱 아슬아슬해 보였다. 숫자는 엇비슷하지만 그렇다고 수준이 비등한 것은 아니었기에 오단은 점차 밀리고 있었고, 반대쪽의 구파일방과 오대세가 쪽의 상황도 썩 좋지만은 않았다.

"그래도 어찌어찌 균형은 맞추고 있잖아?"

"언제 무너져도 이상하지 않은 상황이기도 합니다. 맹주와 권제를 비롯한 장문인들이 나서면 상황이 조금 달라질 것 같습니다만."

"그럴 수는 없지. 핵심 전력이 나서지 않은 건 천년마교 역시 마찬가지야. 그래서 나도 대기하고 있잖아."

"……피해가 너무 클 것 같습니다."

군소방파의 무인들을 이끌고 제갈세가가 분전하고 있지만 그것도 한계가 있었다. 기본적으로 수준 차이가 극심하다 보니 피해 역시 기하급수적으로 늘어났던 것이다.

그렇다 보니 누가 봐도 인해전술로밖에는 보이지 않았다.

"우리가 치르고 있는 건 전쟁이야. 피해가 없을 수는 없어. 그리고 다들 각오하고 이 자리에 온 것이고. 그 결의를 무시하면 안 돼. 누가 불러서 이곳에 온 게 아냐. 모두가 스스로의 결정으로 여기에 온 거라고."

"음!"

"전공에 눈이 멀어서 온 이들도 있겠지만 가족을 지키기 위해 목숨을 걸고 온 이들도 있어. 무공이 약하다고 해서 그들의 그 각오도 약하다고 생각하면 안 돼. 오히려 절실함으로 따지면 그들이 더 높아."

죽을지도 모른다는 사실을 모두가 알고 있었다.

하지만 그럼에도 여기에 온 이들은 전쟁을 피하지 않았다. 지금막지 않는다면 더 큰 피해가 온다는 걸 알기에 다들 검을 뽑고 주먹을 든 것이다.

"제가 생각이 짧았습니다."

"짧은 게 아니야. 나 역시 너와 같은 마음이니까. 다만 우리는 우리가 해야 할 일이 있을 뿐이지. 총군사 역시 그걸 알기에 주요 전력을 제외시키고서 저렇게 고군분투하는 것이고."

중군을 이끄는 것은 제갈준이었지만 무림맹의 전선을 지휘하는 건 총군사인 제갈현이었다.

비록 직접적으로 싸우지는 않더라도 그 역시 나름의 방법으로 최선을 다해 천년마교를 상대하고 있었다. 그가 가장 잘할 수 있는 방식으로 말이다.

"벽우진-!"

팔짱을 끼고서 냉정한 눈으로 전장을 주시하고 있을 때 멀리서 익숙한 음성이 들려왔다. 누군가가 그를 애타게 불렀던 것이다.

콰아앙! 쾅!

동시에 목소리가 들려온 곳에서 사람 몸뚱이가 솟구쳤다. 무지막지한 힘에 의해 무인들이 튕겨져 날아갔던 것이다.

동시에 수백 명의 거인들이 나타났다.

"야수마가입니다."

"지난번의 복수를 하러 오는 모양이에요."

"진짜 크기는 크다. 생김새도 짐승이네."

서진후와 현주혜, 연진청의 시선이 동시에 한 곳으로 향했다. 갑자기 거구가 나타나니 자연스레 시선이 갔던 것이다.

특히 연진청이 가장 크게 놀랐다. 두 사람이야 청성산에서 야수마가의 마인들을 봤지만 그녀는 처음이었기 때문이다.

"어머어머."

"징그러. 익혀도 어떻게 저런 마공을 익혔지?"

호기심이 떠오른 연진청과 달리 보타문의 여인들은 대놓고 눈살을 찌푸렸다. 늑대나 곰을 닮은 모양새가 심미적으로 썩 좋지 않아서였다. 특히 하체에서 덜렁거리는 것들이 유독 그녀들의 눈살을 찌푸리게 만들었다.

"크아아앙!"

하지만 정작 당사자들은 그걸 모르는지, 아니면 신경 쓰지 않는 것인지 사나운 기세를 토해내며 벽우진이 서 있는 곳을 향해 달려왔다.

선두에는 예의 가장 큰 덩치의 야수마가주가 있었다. 청성산에서 당한 굴욕을 이번에 갚아주겠다는 듯이 무시무시한 살기를 흩뿌리며 질주해 왔던 것이다.

"으윽!"

"컥!"

물론 질주하는 야수마가를 향해 종남파와 황보세가, 하북팽가의 무인들이 달려들었지만 결과는 썩 좋지 않았다. 이미 가속이 붙은 야수마인들의 돌파력은 상상을 초월했던 것이다.

게다가 싸우려는 게 아니라 애초에 돌파가 목적이었기에 야수마인들은 단숨에 세 곳의 방어선을 찢어발기며 곤륜파와 보타문이 서 있는 곳까지 접근했다.

"크르르! 이번에야말로 갈기갈기 찢어서 죽여주마!"

어느새 삼십 장 앞까지 접근한 야수마가주가 포효했다. 청성산에서 당한 치욕을 되갚아주겠다는 듯이 거칠게 울부짖었던 것이다.

"그럼 혼자 와야지. 떼거리로 달려들면서 큰 소리는."

"이 또한 나의 힘이다!"

흉흉한 안광을 줄기줄기 뿜어대며 야수마가주가 접근했다.

하지만 절대 혼자서 벽우진에게 다가가지는 않았다. 혼자서는 벽우진을 어찌하기 힘들다는 걸 그 스스로가 잘 알아서였다. 그래서 이번에는 야수마가의 최정예를 모조리 데리고 왔다.

"겁쟁이 주제에 큰소리는."

"닥쳐라!"

지금껏 단 한 번도 들은 적 없고, 듣고 싶지도 않은 말이 벽우진에게서 흘러나오자 야수마가주가 노성을 터뜨렸다. 이번 말만큼은 참을 수가 없어서였다.

그리고 그건 가솔들도 마찬가지인 듯 야수마인들에게서 흘러나오는 살기가 짙어졌다.

"제가 상대할게요."

"응?"

"오라버니가 나설 필요는 없다고 생각해서요."

"맞아요. 저희 선에서 해결하겠습니다."

어느새 지척까지 접근한 야수마인들을 향해 현주혜가 앞으로 나섰다. 교주나 구마도 아닌 고작 야수마가를 상대하는 데 벽우진이 나설 필요는 없다고 생각해서였다. 더불어 육대마가를 한번 상대해 보고 싶기도 했었고 말이다.

"저희가 힘을 보태겠습니다."

"갚을 빚이 있는 건 저희도 마찬가지니까요."

"야수마가쯤이야."

양일우, 서예지, 심대현이 입을 열었다.

그 뒤로 다른 제자들 역시 나섰다. 현주혜의 말대로 고작 야수마가를 상대로 벽우진이 나설 것까지는 없다고 생각해서였다.

"지켜봐 주세요. 저희들이 얼마나 노력했는지를요."

"사부님의 빚을 갚을 거예요!"

도일수에 이어 배혁문이 평소답지 않게 살기를 뿌렸다. 사부인 청민의 복수를 위해 그도 검을 뽑은 것이었다.

"알았다."

"가자!"

벽우진의 허락과 함께 제자들이 땅을 박찼다. 먼저 나선 보타문의 뒤를 곧바로 따라잡았던 것이다.

"이 버러지 같은 것들이!"

"그건 네놈들이지. 남의 땅에 쳐들어와서 행패를 부리는 놈들이 뭐가 잘났다고 큰소리야?"

버럭 소리를 지르는 야수마가주를 향해 현주혜가 싸늘하게 쏘아붙였다. 방귀 뀐 놈이 성낸다는 말처럼 천년마교가 딱 그러해서였다.

그런데 현주혜의 비아냥거림이 신경을 건드렸는지 야수마가주가 노성을 터뜨리며 손을 거칠게 휘둘렀다. 어린아이의 키만 한 손톱을 검처럼 휘둘렀던 것이다.

쌔애애액!

이윽고 무시무시한 파공성이 전장을 갈랐다.

하지만 어디에서도 충돌음이나 파육음은 들려오지 않았다. 벼락같은 야수마가주의 일격을 현주혜가 완벽하게 피해냈던 것이다.

"크릉!"

그러나 공격이 실패했음에도 야수마가주는 실망하지 않았다. 공격은 지금부터였기 때문이다.

콰앙! 쾅!

맹수가 뿌리는 폭격이 이러할까. 십 척을 가뿐히 넘는 체구의 야수마가주의 양손이 쉴 새 없이 허공을 찢어발겼다.

그뿐만 아니라 두터운 그의 양다리 역시 끊임없이 공간을 없애며 현주혜를 압박했다. 두 손으로는 직접적이 공격을, 두 발로는 현주혜가 움직일 공간을 계속해서 틀어막았던 것이다.

스으읏!

하나 야수마가주의 맹공에도 현주혜는 흔들리지 않았다.

속도라면 그녀도 자신이 있었다. 또한 여인이기에 유연성 역시 탁월했고 말이다.

'힘 대결은 할 필요가 없어.'

말 그대로 폭격이라는 말이 절로 떠오를 정도로 야수마가주의 공격은 단순하면서도 강력했다. 정면 대결로는 그녀조차도 자신이 없을 정도로 말이다.

하지만 꼭 힘으로만 싸울 필요는 없었다.

"누가 이길 것 같습니까?"
아이들이 싸우는 것을 확인하던 서진후가 슬쩍 물었다.
그런 그의 시선은 야수마가주의 맹공을 요리조리 회피하고 있는 현주혜에게로 향해 있었다.
"당연히 주혜가 이기지."
"보타문주가요?"
"응, 검후라는 이름은 아무에게나 주어지는 게 아니거든. 보타문주가 검후라는 별호를 계속해서 가질 수 있는 이유는 간단해. 강하니까 지금까지 지켰던 것뿐이야."
"그래도 상대가 야수마가주인데요."
자신만만하게 현주혜의 승리를 예상하는 연진청을 바라보며 서진후가 걱정스러운 표정을 지었다.
현주혜의 실력을 모르는 것은 아니나 상대는 다름 아닌 육대마가 중 한 곳인 야수마가의 주인이었다. 더욱이 남궁진을 제외하면 누구도 육대마가의 수장들과 대등한 대결을 펼치지 못하고 있기에 서진후는 고개를 갸웃거렸다.
"두고 보면 알 거야. 내 말이 틀린지 아닌지. 참고로 주혜는 천하무림 비무 대회 때보다 훨씬 더 강해졌어."
"그건 인정."
"다 동생 덕분이지."
슬쩍 맞장구를 쳐주는 벽우진의 말에 연진청이 말갛게 웃었다.
처음에 곤륜파를 찾을 당시만 하더라도 호기심이 더 강했다.

언제 죽을지 몰랐기에 마지막으로 여행 삼아 유람이라도 다녀보자는 마음으로 향했었다.

그런데 그 선택이 그녀의 운명을 바꿔놓았다.

"저 없이도 알아서 잘 컸을 겁니다."

"하지만 지금처럼 빠르게 성장하지는 못했을 거야. 아마 몇 년 안에 보이지 않는 아집에 사로잡혔겠지. 그래서 옛 어른들이 큰 세상을 봐야 한다고 했던 것이고."

"본 파에도 도움이 되었으니까요."

"그렇다면 다행이고. 어이구, 저 녀석들! 정면으로 상대하지 말라니까!"

연진청이 버럭 소리를 질렀다. 무모하게 힘 대결을 펼치는 제자에게 고성을 질렀던 것이다.

하지만 다행히 심각한 부상을 입지는 않았다. 시기적절하게 동료가 도움을 주었던 것이다.

"우리도 있다!"

"이번에는 다를 것이다!"

거기에 어이없게 돌파를 허용했던 황보세가와 하북팽가가 합세했다. 덩치와 힘이라면 어디에도 밀리지 않는 두 가문이 뒤쪽에서 야수마가를 덮쳤던 것이다.

"크오오오!"

거구들과 거한들의 격돌에 땅이 들썩였다. 다들 무게로 한가락씩 하는 이들이었기에 지축이 울렸던 것이다.

스극!

"이 미꾸라지 같은 년이!"

한편 현주혜와 야수마가주의 대결 역시 절정을 향해 달려가고 있었다. 단 한 번의 공격도 허용하지 않고서 현주혜가 야수마가주의 몸에 상처를 늘려갔던 것이다.

푸하핫!

예리하게 파고든 일검에 야수마가주의 허벅지에서 피가 솟구쳤다. 빠르고 민첩하다는 자신의 특기를 십분 이용해 그녀가 야수마가주의 하반신을 집중적으로 노렸던 것이다.

"크아아앙!"

시간이 흐를수록 늘어가는 상처에 야수마가주가 포효했다. 그러면서 공격이 더욱 거칠어지기 시작했다.

동시에 빈틈 역시 늘어났다. 동작이 커지고 힘을 줄수록 빈틈 역시 비례해서 커졌던 것이다.

'다 왔어.'

속도로는 현주혜를 잡기 힘들다고 판단한 것인지 야수마가주는 한 방을 노렸다. 한 방만 제대로 맞추면 승기를 가져올 수 있다고 생각한 것이다. 물론 상처로 인해 움직임이 둔해진 것도 이유 중 하나였다.

그러나 그는 몰랐다. 처음부터 현주혜가 노린 게 바로 그 점이라는 사실을 말이다.

"끝이다!"

오래 상대한 만큼 현주혜의 움직임이 눈에 익은 야수마가주가 퉁방울만 한 눈을 부라리며 몸을 날렸다. 현주혜가 움직일 방향을 앞서 점유하며 공간을 틀어막았던 것이다.

동시에 짐승의 주둥이처럼 튀어나온 입을 크게 벌렸다. 멈칫거리는 순간 그대로 상반신을 씹어 먹을 작정이었다.

웅웅웅웅!

하지만 때를 기다린 건 현주혜 역시 마찬가지였다. 바로 야수마가주의 움직임이 멈추는 때 말이다.

퍼퍼퍼퍽!

두 사람 사이에서 해일이 솟구쳤다. 한순간에 검해가 펼쳐진 것이다.

그리고 검강을 잔뜩 머금은 거대한 해일은 순식간에 야수마가주를 집어삼켰다.

"끄아아악!"

온몸이 찢어지고 뜯겨지는 듯한 고통에 야수마가주가 울부짖었다. 하지만 그럴수록 현주혜가 펼친 검해는 더욱 집요하게 야수마가주를 물고 늘어졌다. 지금의 기회를 놓치지 않겠다는 듯이 말이다.

"가, 가주님!"

"주군!"

그 모습에 야수마가의 마인들이 다급히 몸을 날리려고 했지만 누구도 제 자리에서 벗어나지 못했다.

곤륜파의 제자들은 물론이고 보타문, 황보세가, 하북팽가의 무인들이 끈질기게 붙들고 매달렸기에 지원을 하고 싶어도 할 수가 없었다.

"끝이다."

푹.

목 아래가 만신창이 된 야수마가주가 무릎을 꿇었다. 상처도 상처지만 내상이 심각한 수준이었기에 제대로 서 있을 수가 없었던 것이다.

그런 야수마가주의 미간에 현주혜는 무표정한 얼굴로 검을 찔러 넣었다. 완벽하게 무방비 상태가 된 야수마가주의 숨통을 끊어 버렸던 것이다.

"크헝헝헝!"

그 광경에 야수마인들이 날뛰기 시작했다. 가주의 죽음에 목숨을 도외시한 채 달려들었던 것이다.

하지만 결과는 달라지지 않았다. 오히려 이성을 잃은 야수마가의 마인들을 보타문과 황보세가, 하북팽가가 잡아먹었다.

"진짜 이겼네요."

"내가 뭐랬어?"

"겸사겸사 야수마가도 무너뜨렸고요. 이러면 총군사가 한 시름 놓겠는데요?"

서진후가 한결 밝아진 얼굴로 전장을 살폈다. 전선의 한 축을 담당하던 야수마가가 무너지자 전황이 서서히 바뀌기 시작했던 것이다.

그리고 그 변화는 제갈현이 가장 먼저 느끼고 있을 터였다.

"아직 부족해."

"이제 막 균형을 이룬 정도이니까요."

"구마를 불러내려면 더 밀어붙여야 해. 구마가 나올 수밖에 없게."

꽈아아앙!

벽우진의 말이 끝나는 순간 거대한 굉음이 터져 나왔다.

동시에 당문경의 앙천광소가 전장을 갈랐다.

혼자서 귀림마가주를 쓰러뜨리고서 수급을 높게 치켜들었던 것이다.

"귀림마가주는 죽었다!"

"야수마가주도 죽었다!"

그 모습에 보타문도들이 뒤늦게 소리쳤다. 둘의 죽음으로 인한 여파가 적지 않을 것임을 잘 알아서였다.

그리고 예상대로 두 마가주의 죽음에 마인들이 술렁였다. 밀어붙이는 건 자신들이었는데 두 마가주가 죽을 줄은 몰라서였다.

"우아아아!"

"이길 수 있다!"

"밀어붙여!"

동시에 무림맹 측의 기세가 돌변했다. 두 마가주가 쓰러지자 꺼져가던 투지와 투혼이 확 살아났던 것이다.

"상황이 재미있게 흘러가는 것 같습니다."

"쯧쯧! 그러기에 조심해야 한다고 그렇게 말했건만."

"저건 야수마가주가 멍청해서 그래. 왜 제 발로 사지를 들어가?"

"그걸 알았다면 애초에 달려들지도 않았겠지."

드높은 성벽 위에서 중년인들이 말을 주고받았다.

대부분이 야수마가주의 죽음에 혀를 차는 중이었다.

천년마교는 강했지만 중원무림 역시 만만치 않았다. 약했다면 지금껏 수도 없이 이어진 천년마교의 공세를 막아낼 리 없었다.

"확실히 저력이 있어. 북해빙궁에 오독문, 대막, 만병무제의 무덤까지 큰일을 네 번이나 겪었는데도 저 정도의 여력이 있다니."

"근데 그래서 더 재미있지 않나?"

한 자루 검을 품 안에 안고 있던 장년인이 옅게 웃었다.

곳곳에서 비명과 신음 소리가 터져 나오는데도 오히려 그는 음악을 듣는 것처럼 흥겨운 표정을 지었다.

⋯ 제5장 ⋯

구마(九魔)

"확실히 심심하지는 않을 것 같습니다. 약해 빠진 놈들을 상대하는 것만큼 시간을 낭비하는 것도 없으니까요."

맏형이자 대형이라 할 수 있는 검마(劍魔)의 말에 도마(刀魔)가 고개를 주억거렸다.

그러나 그의 말에 동조하는 이들은 없었다. 가장 연장자인 검마를 제외하면 다들 실력이나 나이대가 비슷해서였다.

"근데 기분이 좀 묘한데. 심심하지 않아서 다행이기는 한데, 또 쉽게 못 밀어붙이니까 답답하네."

"그럼 네가 직접 나가든가. 주군께서도 하고 싶은 대로 하라고 하셨으니까."

"흠."

손이 근질거린다는 듯이 연신 주먹을 쥐었다가 폈다가를 반복하는 권마(拳魔)를 향해 등에 궁을 멘 중년인이 한 마디를 툭 내뱉었다.

그런데 활은 가지고 있는데 화살이 들어 있는 전통(箭桶)은 몸 어디에서도 보이지 않았다. 활만 덩그러니 메고 있었던 것이다.

"근데 요마(妖魔)는 어디 갔어?"

"보나 마나 주군과 함께 있겠지. 자기가 책사인 양 늘 곁에 있잖아."

"책사는 무슨."

시종일관 두 눈을 감고 있는 백마(白魔)의 물음에 쌍둥이가 동시에 대답했다. 닮은 것이라고는 얼굴밖에 없는 둘이 동시에 툴툴거렸던 것이다.

"좋게 생각하게. 한 명 정도는 주군의 수발을 들어야 하지 않나."

"그건 그렇습니다만."

"그렇다고 요마가 일 처리를 못 하는 건 아니지 않나?"

"맞는 말씀입니다만……."

검마의 말에도 도마가 여전히 못마땅한 표정을 지었다. 자기가 2인자라도 되는 양 이래라저래라 하는 게 마음에 들지 않아서였다.

그리고 그건 다른 이들도 마찬가지일 거라고 생각했다. 실력이 아니라 미모와 아양으로 차지한 자리로밖에는 보이지 않았으니까.

"너무 미워하지 말게. 다 본교를 위해서라는 걸 자네도 알지 않는가."

"……그렇기는 합니다만."

"그나저나 패선이 자네를 그렇게 찾는다고 하던데."

검마의 시선이 조용히 성벽 아래를 응시하고 있는 남자에게로 향했다. 정확하게는 야수마인들이 시신이 있는 곳을 말이다.

"저도 들었습니다."

"아직까지도 나서지 않았다는 것으로 보아 자네를 기다리고 있는 것 같은데."

"무제와 권제도 아직 나서지 않았습니다."

"우리를 기다리는 것이겠지. 감히 본교를 상대하는 데 힘을 남겨놓다니."

곤마의 대답이 끝나기 무섭게 권마가 투덜거렸다. 허약한 무림맹 따위가 여력을 남겨놓는 것이 못마땅한 모양이었다.

"반대로 말하면 그 정도로 우리가 신경 쓰인다는 뜻이겠지. 무인들을 갈아 넣을 정도로 말이야."

검마의 시선이 성벽 아래로 향했다. 정확하게는 무림맹의 중군 쪽을 지켜보고 있었는데 중원 전역에서 모인 군소방파의 무인들이 제갈준과 제갈세가의 지휘를 받으며 악전고투하고 있었다.

하지만 처절하게 싸우고 있는 그들의 적은 천년마교가 아니었다. 마찬가지로 중원 전역에서 모여든 마도방파들의 마인들이 그들의 상대였다.

"보통은 난타전으로 가면 서로가 불리하지만, 저희는 좀 다르죠."

"우리 애들은 강하니까. 강자존의 세상에서 살아온 아이들이 약할 리가 있나."

"야수마가는 운이 없다고 봐야죠. 검후와 보타문이면 육대마가와 비교해도 크게 뒤지지 않은 명문이니."

도마의 시선이 현주혜에게로 향했다.

그런데 그녀를 쳐다보는 눈빛이 심상치 않았다. 호승심 반 호기심 반이 서려 있었던 것이다.

"그게 중요한 게 아니다. 야수마가주가 뒈졌다는 게 중요해. 결국 패배자라는 거지. 야수마가의 주인이라는 작자가 말이야."

"귀림마가주도 죽었는데?"

"허참."

권마가 기가 차다는 표정을 지었다. 설마하니 이렇게 빠른 시간에 두 마가주가 당할 줄은 꿈에도 예상하지 못해서였다.

그러나 놀라기만 했을 뿐 딱히 연민을 느끼지는 않았다. 전쟁에서 약한 자는 죽을 수밖에 없다는 걸 너무나 잘 알고 있어서였다.

"천패마가주도 위태위태하고."

"상대가 제왕검이면 그럴 만하지. 근데 의외이긴 하군. 팔을 하나 잃었음에도 건재하다니."

"은마각주가 말하길 예전보다 더 강해진 것 같다던데."

"팔을 잃은 대신에 깨달음을 얻었다는 건가."

백마와 궁마의 시선이 천패마가주를 밀어붙이는 남궁진에게로 향했다.

사실 그들은 남궁진에 딱히 관심을 두지 않았다. 소림무제와 무당권제와 비교하면 아무래도 무게감이 떨어진다고 생각해서였다.

그런데 천패마가주와 대결하는 모습을 보니 생각이 달라졌다.

"무너지지 않고 오히려 자양분으로 삼은 건가."

"그런 경우는 본교에도 제법 많지요."

도마의 시선이 백마에게로 향했다.

그러나 백마는 그의 시선을 느끼지 못하는 건지 아니면 무시하는 것인지 여전히 두 눈을 지그시 감고만 있었다.

"지켜만 보고 있을 거야? 무림맹 애들, 기가 살아나는데?"

"그래 봤자 이제 겨우 비등해진 정도야. 정 근질거리면 나가던가. 주군께서도 알아서 하라고 하셨으니까."

"흐음."

쌍마(雙魔) 중 소마(小魔)가 몸뚱이에 비해 유달리 큰 머리를 갸웃거리며 고민했다. 내려갈까 말까 고민하는 것이었다.

그러더니 이내 고개를 들어 옆에 서 있던 친형을 쳐다봤다.

"내려가고 싶어?"

"형은 심심하지 않아?"

"구경하는 것도 나름 재미가 있는데? 아직은 정리가 좀 덜된 거 같기도 하고."

대마(大魔)가 가볍게 전장을 훑었다. 성벽 아래의 평원은 말 그대로 난장판이었다. 수천 명이 뒤섞여 아비규환의 지옥도였다. 시산혈해라는 말이 절로 떠오를 정도로 곳곳에 시체의 산이 쌓여 있었다.

"대마의 말대로 우리가 날뛰기에는 판이 좀 더럽기는 하지. 아직 급에 맞는 녀석들도 나오지 않았고."

"오늘은 이대로 마무리 될 것 같은데. 소모전 양상으로."

도마와 궁마가 중얼거렸다. 구마라 불리는 자신들이 끼어들기에는 판이 아직 제대로 벌어지지 않은 것 같아서였다.

"그래서 지켜만 볼 거야? 이대로? 야수마가주와 귀림마가주가 죽었는데? 두 마가의 전력도 괴멸됐는데?"

"당연히 그럴 수는 없지. 두 마가주를 잃었으니 적어도 그에 준하는 네 명 정도는 죽어야 얼추 저울이 맞지 않겠어?"

"흐흐흐!"

권마의 대답에 소마가 흡족한 듯 히죽 웃었다. 원했던 대답이 나오자 미소가 절로 나왔던 것이다.

"그 네 명 중 한 명은 저 녀석이면 적당할 것 같은데."

"구절서생?"

"응."

궁마가 몸에 메고 있던 활을 들었다.

거리가 상당했지만 신궁이라 불리는 그에게는 그리 먼 거리가 아니었다. 더구나 제갈현은 전선을 지휘한다고 높은 가마에 탄 상태였기에 더더욱 조준하기가 편했다.

"우리의 등장을 알리는 시작으로 나쁘지 않지. 구절서생 정도면."

"피해도 상관없고. 다시 노리면 되니까."

"가면 너무나 좋고."

소마가 작은 몸을 들썩이며 맞장구를 쳤다.

그러는 사이 궁마가 활시위를 당겼다.

우우웅!

팽팽하게 당겨진 활시위에 검은빛 화살이 생성되었다. 놀랍게도 강기로 이루어진 화살이 나타났던 것이다.

"머리통을 날려 버리라고!"

쉬이이익!

신난 소마의 외침과 함께 궁마가 활시위를 놓았다.

그러자 미세한 파공성과 함께 한 줄기 묵빛 섬광이 제갈현에게로 쏘아졌다. 소마의 말대로 그의 머리를 노리고서 강기의 화살이 날아갔던 것이다.

스으윽.

활시위를 놓은 것과 동시에 궁마는 재차 활시위에 손을 댔다. 가능성이 희박하기는 하지만 만약에 제갈현이 피했을 때를 대비해 두 번째 공격을 하기 위해서였다.

'그럴 가능성은 낮지만.'

먼 거리에서 저격하는 공격이었다. 또한 화살을 날린 이가 천산의 신궁이라 불리는 자신이었다. 그런 만큼 궁마는 이번 공격을 제갈현이 피해낼 가능성은 거의 없다고 생각했다. 하지만 그럼에도 재차 활시위를 잡은 건 뜻밖의 결과에 대비하기 위해서였다.

'이왕이면 고통 없이 한 방에 가라고.'

빛살과 같이 날아가는 자신의 화살을 주시하며 궁마가 눈을 빛냈다. 자신의 명예를 위해서라도 가급적이면 한 방에 가는 게 좋아서였다.

"절대 혼자 싸우지 마라! 동료와 같이 싸우도록! 후방에 있는 무인들은 부상자부터 챙기고!"

전황을 한눈에 볼 수 있도록 높은 가마에 탄 제갈현이 고래고래 소리를 질렀다. 얼마나 답답했는지 일어선 채로 말이다. 하지만 목이 터져라 소리쳤음에도 불구하고 그의 목소리가 들리지 않는지 전장은 여전히 난장판이었다. 부상자와 사망자가 속출했던 것이다.

"어?"

그런데 그때 갑자기 모골이 송연해졌다. 전신의 털이란 털은 모조리 쭈뼛 서는 듯한 느낌이 들었던 것이다.

"고개 숙여!"

제갈현이 반사적으로 고개를 숙였다.

아니, 숙인 것을 넘어 가마 위에 엎드렸다. 등 뒤에서 들려온 당민호의 목소리에 다급함이 가득 담겨 있어서였다.

그래서 그는 본능적으로 몸을 낮췄다.

꽈아아앙!

간발의 차이로 무언가가 제갈현을 스치고 지나가 당민호와 격돌했다. 그런데 스친 것뿐인데도 제갈현의 이마에서 피가 주르륵 흘렀다. 무언가가 일으킨 바람이 그의 두피를 가른 것이었다.

뚝뚝.

이마를 가르며 흘러내린 피가 가마를 적셨다.

그러나 제갈현은 떨어져 내리는 피를 멍하니 바라보기만 할 뿐 지혈하지 않았다. 만약 당민호가 아니었다면 자신이 죽었을 거라 생각하자 머리가 새하얘졌던 것이다.

"아직 안 끝났어! 정신 차려!"

"흡!"

흐리멍덩하던 제갈현의 두 눈이 당민호의 일갈에 초점이 잡혔다.

동시에 다시 한번 느껴지는 소름에 제갈현이 황급히 가마를 박찼다.

콰아앙!

다행히도 이번에는 완벽하게 피해낸 제갈현이 창백해진 얼굴로 당민호의 옆에 섰다.

그러면서 가마를 들고 있던 가솔들을 빠르게 살폈다. 피한다고 정작 가솔들에게 아무런 말도 하지 않은 것 같아서였다.

"저, 저희는 괜찮습니다!"

"찰과상 정도입니다."

큼직한 폭발과 달리 두 명의 가솔은 멀쩡했다. 자잘한 상처를 입기는 했지만 치명상은 피한 듯했다.

"도대체 누가……."

가솔들이 무사한 것을 확인한 제갈현이 여전히 창백한 안색으로 고개를 들었다. 옆에 있는 당민호가 바라보는 곳을 향해 시선을 옮겼던 것이다.

"아무래도 구마 중 궁마인 것 같군."

"……역시 와 있었군요."

"성벽에서 지켜보고 있었던 모양이야. 그런데 귀림마가주와 야수마가주가 죽으니 더 이상 지켜보기 힘들었겠지. 아무리 천년마교라고 하더라도 두 사람이 전력에서 차지하는 비중이 결코 적지 않을 테니."

"그래서 절 노렸군요."

제갈현이 마른침을 삼켰다. 공격할 수 있는 방도가 없다면 모를까 궁마라는 패가 있는데 사용하지 않을 리 없었다.

더구나 자신은 무위가 특별히 뛰어나지 않은 만큼 단번에 보내기도 쉬웠을 테고 말이다.

"어떻게 보면 총군사만큼 위협적인 인물도 없으니까."

"위협적이라기보다는 껄끄러웠을 겁니다."

"그게 그 말이지. 근데 두 발 다 실패했으니 표정이 볼만할 거야."

"근데 의외네요. 한 번 더 노릴 줄 알았는데."

제갈현이 두 눈을 좁혔다. 시력에 진기를 집중해 성벽 위를 쳐다봤던 것이다.

"두 번이나 실패했는데 한 번 더 쏜다고 달라질까. 오히려 다른 표적을 노리는 게 낫지. 물론 성공하느냐는 다른 문제지만."

콰아아앙!

미세한 파공음도 없이 갑자기 날아드는 공격에 당문경이 펄쩍 뛰었다. 제갈현에게 쏘아지는 것을 봤기에 미리 대비했던 것이다. 게다가 날아오는 방향이 똑같았기에 알고 있다면 피하는 것은 어렵지 않았다.

"저놈의 새끼가. 내 아들이 만만하다 이거냐?"

근데 그게 당민호의 심기를 건드린 것인지 그가 노발대발했다.

두 번째로 아들을 노렸다는 건 달리 말하면 제갈현 다음으로 쉬운 상대라는 걸 뜻해서였다.

퍼퍼퍼펑!

그런데 그때 전장의 한복판이 갈라졌다. 난전으로 치달아가던 전장이 단 한 명의 등장으로 침묵에 빠졌던 것이다.

"으으으……!"

"미, 미친!"

저벅저벅.

천년마교의 진형을 거침없이 꿰뚫은 무상검이 긴 포물선을 그리며 벽우진에게 돌아왔다.

하지만 벽우진은 되돌아온 무상검을 잡지 않았다. 대신 뒷짐을 진 채로 무상검이 만든 길을 거닐었다.

스슥! 스스슥!

그런데 놀랍게도 누구 하나 감히 벽우진에게 달려들지 않았다. 오히려 하나같이 주춤주춤 뒤로 물러났다. 방금 전 벽우진이 보인 이기어검의 수법에 모두 다 압도당한 것이었다.

"뭣들 하는 것이냐! 저놈 역시 피륙으로 이루어진 인간에 불과하다! 우리와 똑같은 인간이란 말이다!"

"칼에 맞으면 뒈지는 건 똑같다! 공격해!"

아직 벽우진을 만나본 적이 없는 폭혈광마대와 잔영비마대가 소리쳤다.

이기어검이라는 놀라운 경지를 목도했지만 그렇다고 기죽지는 않았다. 괴물처럼 보여도 벽우진 역시 인간인 건 똑같아서였다. 마제처럼 신이 된 이라면 모를까 벽우진 정도는 자신들로 충분히 감당할 수 있다고 생각했다.

"용기는 가상하지만……."

"뒈져라, 이 새끼야!"

뒷짐을 진 채로 성벽을 향해 걸음을 옮기는 벽우진을 향해 수십 명이 일제히 달려들었다. 상대하던 무림맹의 무인들을 놔두고 모조리 벽우진에게 쇄도했던 것이다.

후우우웅!

그러나 그 누구도 벽우진에게 닿지 못했다. 갑자기 일어난 거센 바람이 그들을 끌어당겼던 것이다.

"아니……!"

"흐어어!"

무상검이 회전하면서 일으킨 바람은 무지막지한 흡인력을 뿜어내며 마인들을 집어삼켰다.

땅을 박찬 이는 물론이고 대지에 두 발을 대고 있던 마인들도 가리지 않고 빨아들였다.

그런데 신기한 것은 정작 벽우진에게는 아무런 영향을 끼치지 않는다는 점이었다.

"저게 무슨……!"

"대체 뭐야? 뭘 어떻게 한 거야?"

무상검이 일으킨 소용돌이에 빨려 들어간 마인들은 다시 나오지 못했다.

대신 하늘에서 혈우(血雨)가 쏟아졌다. 진짜 혈향을 풍기는 피가 이슬비처럼 추적추적 내렸던 것이다.

부르르르!

비명도 지르지 못한 채 갈려 나간 동료들과 동족들의 모습에 흉포하기 짝이 없었던 마인들이 질린 표정을 지었다. 상상하지도 못한 공격에 처음으로 겁을 먹은 것이었다.

그 사실을 증명하듯 지금껏 단 한 번도 뒷걸음질 친 적이 없던 마인들이 자기도 모르게 주춤거리며 물러서고 있었다.

저벅저벅.

하지만 정작 벽우진은 그런 마인들에게는 조금의 시선도 주지 않고서 걸음을 옮겼다. 느긋한 걸음걸이로 성벽을 향해 걸어갔던 것이다.

그리고 그런 벽우진을 핏방울 하나 없이 매끈한 자태의 무상검이 호위하듯 주위를 배회하며 뒤따랐다. 마치 누구의 접근도 허용하지 않겠다는 듯이 말이다.

"야."

손가락 하나 까딱하지 않고서 전장을 가로 지른 벽우진이 성벽 위를 쳐다봤다. 정확히 궁마가 서 있던 자리를 올려다봤던 것이다.

"면상 좀 꺼내지? 네놈을 만나러 이 몸이 여기까지 행차했는데. 면상은 꺼내야 하지 않겠어?"

"겁이 없는 건지 아니면 멍청한 건지 모르겠군. 여기를 혼자 찾아오다니."

한 손에 애병을 든 채로 궁마가 모습을 드러냈다. 싸늘한 눈으로 벽우진을 노려보며 입을 열었던 것이다.

하지만 그런 그의 말에도 벽우진은 되레 코웃음 쳤다.

"자신이 되게 대단한 존재라도 된다고 생각하는 모양이군."

"그 말 그대로 돌려주고 싶군. 복수심에 눈이 멀어 지금의 상황이 보이지 않는 모양이야."

"저딴 찌끄레기들을 믿고 있는 거냐? 아니면 나머지 구마를?"

대놓고 무시하는 발언에 다가오지는 못하고 포위망만 구축해 놓고 있던 마인들이 얼굴을 붉혔다.

그러나 누구도 감히 벽우진에게 달려들지 못했다. 등을 훤히 보이고 있음에도 어느 누구 하나 공격하지 못했던 것이다.

"난 나를 믿을 뿐이다."
"됐고. 넌 하나만 대답하면 된다."
"네 사제를 죽인 자 말이냐?"
"맞아."
여전히 뒷짐을 지고 있는 벽우진이 새하얀 이를 드러내며 웃었다.
그런데 그 웃음이 너무나 섬뜩했다. 얼굴은 그대론데 입술만 찢어졌던 것이다. 언뜻 귀기가 느껴지는 표정에 궁마가 순간적으로 움찔했다.
"내가 왜 말해줘야 하지?"
"안 해도 상관은 없는데, 만약 그러면 몸이 좀 고달파질 거야. 어쩌면 병신이 될지도 모르고."
"반대의 상황이 될 거라고는 생각하지 못하나?"
"할 수 있을 것 같아?"
벽우진이 대놓고 이죽거렸다. 어깨를 으쓱거리며 실소를 흘렸던 것이다.
그 모습에 궁마의 얼굴이 굳어졌다.
"크큭! 크하하핫! 저놈 물건인데?"
"패선, 패선 그러더니 다 이유가 있었어. 큭큭큭!"
궁마의 뒤에서 두 명의 파안대소가 들려왔다. 박수까지 치는지 손바닥이 부딪치는 소리도 들렸다.
하지만 벽우진의 표정은 시종일관 똑같았다. 싸늘한 눈으로 성벽 위를 올려다봤던 것이다.
"근데 하늘 밖의 하늘이 있다는 걸 모르는 거 같군. 중원이니까

패선이라는 별호를 얻었지 천산이었다면 패(霸)라는 글자는 붙지도 못했을 것이다."

"일단 천패마가가 가만히 있지 않겠지. 패라는 글자에 유독 집착하는 녀석들이니까."

권마의 말에 소마가 맞장구를 쳤다.

가문의 사람이라면 모를까 외인에게는 으뜸 패자를 허용하지 않는 게 천패마가였다.

"하늘 밖의 하늘이라고?"

"왜? 아닌 거 같나?"

권마가 솥뚜껑만 한 주먹을 들어 올리며 말했다. 원한다면 언제라도 증명해 주겠다는 듯이 말이다.

그런데 권마의 도발에 벽우진은 되레 피식 웃었다.

"네놈 정도로? 어이가 없군."

"뭐라고?"

권마의 얼굴이 일그러졌다. 대놓고 비웃는 행동에 심기가 크게 언짢았던 것이다.

동시에 그의 전신에서 아지랑이가 피어올랐다.

"시끄럽고 내 사제를 죽인 놈이나 데리고 나와."

"싫다면?"

"그럼 일단 너부터 뒈지게 맞겠지. 내 말에 고분고분하게 대답할 정도로."

"크큭! 크하하핫!"

권마가 고개를 젖히며 앙천광소했다.

그런데 웃음소리에도 내공을 담은 것인지 주변이 쩌렁쩌렁하게 울렸다. 상당히 떨어져 있던 마인들과 무림맹의 무인들이 얼굴을 찡그릴 정도로 말이다.

"저거 미친놈 아냐?"

"복수심에 눈이 돌아갔으니 생각이라는 게 제대로 되겠어."

"그래도 실력이 꽤 있다고 들었는데. 아쉽군."

궁마의 혀 차는 소리를 들으며 소마가 입맛을 다셨다.

패선이라 불리는 벽우진이라면 나름 상대할 맛이 날 것 같았는데 아무래도 그 기대는 버려야 할 것 같았다. 미치광이가 제대로 된 실력을 발휘할 수 있을 리 없어서였다.

"저놈은 내가 맡겠다."

"뭐?"

"미친놈에게는 매가 약이니까. 그리고 매에는 주먹이 제격이지."

권마가 주먹을 쥐어 보이며 히죽 웃었다. 거의 통보나 마찬가지였지만 의외로 궁마나 소마는 따지지 않았다.

"네가 하겠다면야."

"미친놈에게는 미친놈이 나서는 것도 나쁘지 않지."

"뭐라고?"

소마의 말에 권마가 눈알을 부라렸다.

그러나 권마에 비하면 어린아이처럼 보이는 소마는 그 시선을 피하지 않았다.

"왜? 내가 틀린 말 했어?"

"이게 보자 보자 하니까……!"

권마에게서 마기가 폭발했다.

하지만 소마도 기세로는 뒤지지 않았다. 작은 체구에도 불구하고 구마의 자리에 오를 수 있었던 것은 오로지 실력 덕분이었다. 그런 만큼 소마는 얼마든지 덤비라는 듯이 마기를 폭발시켰다.

"개판이구만."

"응?"

그때 낯선 음성이 성벽 아래에서 들려왔다. 새로운 인물이 벽우진의 옆에 내려섰던 것이다.

"저래서 마교 종자들이란."

"넌 왜 왔어?"

"친구 따라 왔지. 혼자 서 있는 게 너무 외로워 보였다고나 할까."

"퍽이나."

"총군사 말 못 들었어? 구마가 나타나면 우리도 나서기로 한 거."

구마를 앞에 두고서도 당민호는 농담을 했다.

그런데 나타난 건 그뿐만이 아니었다.

탁. 타탁.

두 사람의 주위로 사람들이 속속들이 모였다. 아미파의 금강신니를 시작으로 무당권제와 낭왕, 소소선자와 괴성이 모습을 드러냈던 것이다.

"이 정도면 얼추 숫자가 맞지 않겠습니까?"

"두 명이 부족하기는 하지만 그 정도는 우진이와 내가 감당할 수 있지."

마지막에 등장한 냉하성이 능글맞게 웃으며 말하자 당민호가 받았다. 일곱 명이라 구마를 상대하기에는 두 명이 부족했지만 그렇다고 크게 부족하다고 생각하지는 않았다. 벽우진과 자신의 역량이라면 충분히 감당할 수 있다고 여겼다.

"나는 왜 빼?"

"영화 사태야 이제 나이가 나이인지라."

"뭐라고?"

칠십이 넘었음에도 여전히 탱탱한 피부를 자랑하는 금강신니가 눈을 치켜떴다. 하지만 나이는 어쩔 수 없는지 그녀의 눈썹은 회색빛을 띠고 있었다.

"같이 늙어가는 처지니까 배려해 준 건데. 싫으면 어쩔 수 없고."

"말을 해도 예쁘게 해야지. 어 다르고 아 다른 게 말인데."

"미안, 미안. 근데 이놈들아. 나머지 여섯 놈들도 얼굴 좀 보이지 그러냐? 혹시 셋이 전부인가?"

"그럴 리가."

모여든 이들이 하나같이 거물이라서 그런지 다섯 명이 천천히 모습을 드러냈다.

홀로 앉아 있던 검마도 무거운 엉덩이를 떼었다. 전대와 당대를 대표하는 고수들의 등장에 호기심이 동한 것이었다.

"응? 하나가 비는데? 왜 여덟 명뿐이야?"

당민호가 미간을 좁혔다. 당연히 아홉 명이 있을 줄 알았는데 보이는 것은 여덟 명뿐이어서였다.

"요마가 없는 것 같군."

"유일한 여자이기에 신니에게 맡기려고 했건만."

"빈니는 남자든 여자든 상관없다."

벽우진과 당민호의 대화에 영화 사태가 무뚝뚝하게 입을 열었다. 그녀는 구마 중 누구든 상관이 없었다. 어차피 전부 다 쓰러뜨려야 하는 건 똑같아서였다. 그게 힘들다면 최소한 쫓아내야 했다.

"그럼 다들 한 명씩 정하지. 난 남은 두 명을 맡을 테니."

"난 딱 한 명이면 된다."

"알지. 너무나 잘 알지. 그래서 너에게 우선권을 주려고."

당민호의 시선이 성벽 위로 향했다. 하나같이 얼굴이 딱딱하게 굳어져 있는 구마에게로 말이다.

"그래서 누구냐? 내 동생 죽인 새끼가."

"……이놈이고 저놈이고. 하나같이 정상이 없구나."

"넌 몇 살인데 그따위로 말하는 거냐?"

"허!"

도마가 콧바람을 내뿜었다. 들으면 들을수록 가관이어서였다.

그런데 그건 다른 이들도 마찬가지인 듯 다들 표정이 살벌했다.

"패선과 독황이라면 대답해 줄 수 있지. 적어도 우리와 어울릴 급은 되니까. 근데 나머지는 영……."

"우리와 또래라는 건가?"

"빈니는 왜 빼는 거지?"

여전히 검을 품에 안고 있는 검마의 말에 영화 사태가 눈썹을 꿈틀거렸다. 벽우진, 당민호와 같은 세대인 자신을 무시하자 기분이 상한 것이었다.

"됐고. 누군지나 말해. 두려우면 도망쳐도 되고."

쓸데없이 길어지는 대화에 벽우진이 눈살을 찌푸렸다. 입이 많아서 그런지 말들이 너무 많은 것 같아서였다. 애초에 그가 여기에 온 건 청민을 죽인 놈을 찾기 위해서였는데 말이다.

"대벽검이라면 내가 보내주었소이다."

"곤마?"

"맞소."

조용히 있던 곤마가 처음으로 입을 열었다.

그리고 권마가 입맛을 다셨다. 곤마가 나선 이상 자신이 벽우진을 상대할 일은 없어서였다. 정상이 아닌 것 같기는 해도 벽우진은 당대의 중원제일인이었기에 권마는 내심 아쉬웠다.

"이제야 상판대기를 보게 되는구나."

쿠르르릉.

벽우진의 기운 때문인지 미약한 지진이 일어났다. 지금껏 억눌러 놓기만 했던 분노가 폭발하자 무시무시한 기운이 솟구치기 시작했던 것이다.

그걸 구마 역시 느낀 모양인지 표정이 순간적으로 싹 변했다.

"나머지도 내려와야지? 아니면 우리가 올라갈까?"

벽우진이 오직 곤마만을 쳐다보고 있을 때 당민호가 도발하듯 말했다. 손가락을 까딱거리며 나머지 일곱 명을 차례대로 쳐다봤던 것이다.

그 모습에 곤마를 제외한 일곱 명이 성벽 아래로 몸을 날렸다.

··· 제6장 ···

죽음에는 죽음으로

휘리릭!

전투가 시작된 것을 확인하기 무섭게 중군에 있던 제갈현이 옆에 있던 기수에게 지시를 내렸다. 전선을 유지하며 천천히 물러나라는 지시였다.

그러자 기수가 흔드는 깃발의 움직임을 본 무림맹의 무인들이 전방의 마인들을 주시한 채로 천천히 뒷걸음질 쳤다. 경계하면서 물러났던 것이다.

"응?"

그런데 그때 돌발 행동을 하는 이가 나타났다. 뜬금없이 종남파의 곽자량이 구마를 향해 몸을 날렸던 것이다.

"초, 총군사님?"

그 모습에 옆에 있던 군사부의 수하 한 명이 다급하게 제갈현을 불렀다. 계획에 없던 상황에 지시를 내려달라는 것이었다.

하지만 제갈현이라고 해서 뾰족한 수가 있는 건 아니었다. 저렇게 달려가는데 그가 부른다고 해서 멈춰 설 리가 없어서였다.

'어째서?'

대신 제갈현은 스스로 반문했다.

전체 회의를 할 때만 하더라도 곽자량은 별다른 말이 없었다. 그저 묵묵히 듣고만 있었다. 한데 갑자기 돌발 행동을 하자 제갈현은 당혹스러웠다.

'전공 욕심 때문인가?'

하지만 놀람은 잠시 제갈현은 빠르게 곽자량의 속내를 짐작해 냈다. 그것 말고는 딱히 다른 이유가 떠오르지 않았던 것이다.

'저건…… 무모해.'

제갈현은 이내 고개를 저었다.

분명 곽자량은 고수였다. 또한 구대문파 중 한 곳인 종남파의 장문인이었다. 그러나 상대가 구마라면 얘기가 달라졌다.

'구마가 절대 만만한 존재가 아니라는 걸 곽 장문인이 모를 리 없을 텐데?'

제갈현의 머릿속이 복잡해졌다. 도대체 무슨 생각으로 구마에게 달려든 것인지 알 수가 없어서였다.

차라리 동료들을 이끌고 갔다면 이해는 할 수 있었을 터였다. 하지만 지금 곽자량은 혼자서 구마에게 달려들고 있었다.

"이 몸이 종남의 곽자량이니라!"

"뭐야, 이놈은?"

순식간에 상대를 정하며 흩어진 다른 이들과 달리 혼자 남겨져 있던 권마가 한껏 거만한 어조로 소리치며 달려드는 곽자량을 보고선 헛웃음을 흘렸다. 제법 날카로운 기도를 흩뿌리고 있기는 했지만 다른 이들과 비교하면 턱없이 낮은 무위에 실소가 절로 나왔던 것이다.

"네놈을 여기서 끝장내 주마!"

"흥."

호기롭게 달려든 곽자량이 종남파의 비전절학인 천하삼십육검(天下三十六劍)을 전력으로 펼쳤다. 상대가 상대이니만큼 처음부터 전력을 다했던 것이다.

하지만 속내는 달랐다. 단칼에 구마의 일인을 절단내 버리겠다는 야욕이 가득 차 있었다.

'구마가 별거냐! 어차피 똑같은 인간인 것을!'

곽자량이 히죽 웃었다.

육대마가를 상대하며 자신감이 부쩍 늘었기에 구마라고 해서 특별히 다를 거라고 생각하지 않았다. 자신의 실력이라면 충분히 상대할 수 있다고 생각한 것이다.

거기에 초반의 기세만 잡으면 생각보다 쉽게 처치할 수 있을지도 몰랐기에 곽자량은 첫 공격에 모든 걸 쏟아부었다.

쩌저저적!

그러나 그게 얼마나 큰 오만이고 만용이었는지 깨닫게 되는 데는 그리 오랜 시간이 걸리지 않았다.

패기 있게 펼친 일검은 권마의 정권 찌르기 한 번에 산산조각 났다. 검강은 물론이고 장문령부이자 종남파의 보물이라 할 수 있는 검이 반토막 났던 것이다.

"꺼억!"

그뿐만 아니라 권마의 주먹은 그러고도 힘이 남았는지 곽자량의 왼쪽 어깨도 날려 버렸다. 함몰이 아니라 아예 가루로 만들어 버렸던 것이다.

"그래도 꼴에 반사 신경은 좋군. 심장을 노렸는데 피한 것을 보면."

"어, 어떻게 이런……."

곽자량의 동공이 멍해졌다. 예상했던 결과와는 정반대의 결과에 머리가 멍해졌던 것이다.

"왜 이렇게 됐냐고? 간단해. 네놈이 약해서 그런 거다. 거기에 제 주제도 제대로 못 파악했으니 이 꼴이 난 것이지."

"말도 안 돼……."

"불만은 저승에 가서 마저 해. 염라대왕한테 안부 전해주고."

퍼석!

권마의 검지가 곽자량의 미간을 꿰뚫었다. 장난기 가득한 한 마디와 함께 그의 머릿속을 헤집었던 것이다. 그 결과 곽자량이 눈동자에서 빛이 사라지며 바닥으로 허물어졌다.

"이놈!"

"참나. 급 떨어지게."

너무나 손쉽게 곽자량을 쓰러뜨린 권마가 멀지 않은 곳에서 들려오는 고성에 입매를 비틀었다.

무당권제나 금강신니, 만천독황을 상대하는 다른 이들과 달리 그에게 달려드는 이들은 고작해야 오대세가의 가주들 정도밖에 되지 않아서였다.

그마저도 떨거지들을 데리고 오는 모습에 권마는 얼굴 가득 못마땅한 표정을 지었다.

휘이이잉.

피 튀기는 격전이 치러지는 다른 곳들과 달리 곤마가 있는 곳은 조용했다. 묵직한 침묵과 함께 차가운 바람만 불었던 것이다.

'보통은 아닐 거라고 생각하긴 했지만.'

두 자루의 철곤을 든 채로 곤마가 벽우진을 쳐다봤다.

그러면서 그는 벽우진의 주위를 배회하는 무상검도 놓치지 않았다. 언제 어느 순간에 무상검이 날아올 줄 몰라서였다.

'근데 공력이 남아도나?'

느릿하게 배회하는 무상검을 힐끗 쳐다보며 곤마가 미간을 좁혔다.

이기어검을 펼칠 수 있다 하더라도 저렇게 아무 의미 없이 검을 띄우는 것은 공력 낭비였다. 필요한 순간에만 사용해도 모자랄 판에 하릴없이 무상검을 회전시키고 있자 곤마는 이해할 수가 없었다.

아무리 공력이 넘쳐나도 그라면 저렇게 하지 않을 터였다.

'상관없나. 나로서는 이득이니까.'

하수라면 이기어검을 보자마자 몸이 얼어붙을 것이었다. 감히 상대할 엄두를 내지 못할 테니까.

그러나 곤마는 달랐다. 이기어검을 익히 봐오기도 했을뿐더러 그 역시 펼치려고 하면 펼칠 수 있었다.

'어쩌면 주군의 가장 큰 방해물이 될지도 모르는 자. 이 자리에서 처리할 수 있다면 본교로서는 이득이지.'

중원제일인이라 불리는 인물이 벽우진이었다.

현재 무림맹주에 앉아 있는 소림무제보다도 더한 고수라 인정받는 인물이 바로 눈앞에 있는 벽우진인 만큼 곤마는 천년마교의 가장 큰 걸림돌이자 장애물이라고 생각했다.

그래서 이 자리가 중요했다. 만약 여기에서 벽우진을 처치한다면 중원정복을 절반은 이룬 것이나 마찬가지였다.

주르륵.

그런데 그때 곤마는 이상한 감각을 느꼈다. 갑자기 이마에서 땀방울이 흘렀던 것이다. 딱히 그가 긴장하거나 경직된 것은 아닌데 말이다.

'뭐지?'

느닷없이 흘러내리는 굵은 땀방울에 곤마가 어리둥절한 표정을 지었다. 이해할 수 없는 신체 변화에 살짝 당황한 것이었다.

"몸은 솔직한 법이지."

"……그게 무슨 말이지?"

"내가 설명해 줄 이유는 없는 거 같은데."

쐐애애액!

벽우진의 주위를 느릿하게 배회하던 무상검이 갑자기 방향을 틀었다. 갑자기 맹렬한 기세로 허공을 가로질렀던 것이다.

하지만 그럼에도 곤마는 반응하지 않았다. 무상검이 날아가는 궤적이 자신에게 향하지 않음을 본능적으로 알아차려서였다.

푹!

맹렬한 기세로 날아간 무상검은 그의 뒤쪽에 역으로 박혔다. 정말 아무 의미 없이 대지에 박혔던 것이다.

우득. 우드득.

의미를 알 수 없는 행동에 곤마가 미간을 좁힐 때 벽우진이 처음으로 뒷짐을 풀었다. 전신 관절을 요란하게 풀었던 것이다.

"쉽게 죽이면 안 되니까."

"뭐라고?"

알 수 없는 말을 중얼거리는 벽우진의 모습에 곤마의 얼굴에 짜증이 서렸다. 도대체 무슨 말인지 알 수가 없어서였다.

그러나 벽우진은 대답 대신 땅을 박찼다.

"흡!"

소리도, 기척도 없이 벽우진이 나타났다. 마치 공간을 뛰어넘은 것처럼 한순간에 그의 면전 앞까지 다가왔던 것이다.

하지만 곤마는 당황하지 않았다. 언제라도 반응할 수 있게 준비하고 있었기에 자연스럽게 쌍곤을 휘둘렀다.

쉬이익!

좌곤으로는 방어 자세를 취하고 우곤으로는 벽우진의 중단을 노렸다. 어느 쪽으로 피하든 곧바로 따라갈 수 있게 옆구리를 노린 것이다.

그런데 벽우진의 선택은 그의 예상과는 많이 달랐다.

따아아앙!

달려들던 벽우진은 팔뚝으로 곤마의 철곤을 받아냈다.

강철마저도 가볍게 우그러뜨리고, 거대한 바위도 단번에 박살 내는 그의 일격을 벽우진은 피륙으로 이루어진 팔뚝으로 막아냈다. 그것도 상처 하나 없이 말이다.

스슥!

하지만 곤마는 당황하지 않았다. 예상치 못한 결과가 나왔음에도 흔들리지 않고 공격을 이어갔다. 지금껏 쌓아온 수많은 경험이 그의 몸을 자연스럽게 이끌었던 것이다.

게다가 그에게는 아직 한 자루의 철곤이 더 있었다.

웅웅웅!

진기를 가득 머금은 철곤이 묵빛의 강기를 흩뿌리며 벽우진에게 벼락같이 쇄도했다.

거의 맞닿아 있다시피 가까운 거리였기에 피할 방법은 없었다. 피한다고 해도 가만히 지켜볼 생각도 없었고 말이다.

'마음껏 두들겨 주마!'

제 발로 자신의 권역에 들어온 벽우진을 보며 곤마가 씩 웃었다. 어쩌면 싸움이 쉽게 끝날지도 모른다는 생각이 들어서였다.

'응? 웃어?'

강기를 머금은 철곤이 정확히 벽우진의 관자놀이를 노리고서 쇄도했다.

그런데 곤마의 눈에 이상한 광경이 보였다. 마치 거울처럼 벽우진 역시 웃고 있었던 것이다. 자칫 잘못하면 이 한 방에 목숨이 날아갈 수도 있는데 말이다.

콰득.

그때 기이한 소리가 들렸다.

동시에 그의 시야가 뒤집어졌다. 돌연 세상이 뒤집어졌던 것이다.

콰아앙!

"큭!"

등짝에서 느껴지는 고통에도 곤마의 반응은 기민했다. 상황을 파악하기보다는 본능적으로 반격을 날렸던 것이다.

간격이 가까운 데다가 빈손인 벽우진과 달리 그에게는 비록 짧더라고 철곤이라는 무기가 있었다. 그 점을 곤마는 영리하게 이용했다.

파바바밧!

벽우진을 시야에서 놓쳤음에도 곤마는 감각적으로 철곤을 휘둘렀다. 상대방이 있을 법한 곳을 향해 철곤을 뿌렸던 것이다.

그러면서 그는 재빠르게 자세를 바로잡았다.

'크으윽!'

몸을 곧추세우는 순간 등골을 타고 찌릿한 고통이 올라왔다. 고통과 부상에 익숙한 그조차도 얼굴을 일그러뜨릴 정도의 고통이었다.

하지만 고통보다는 벽우진의 위치를 파악하는 게 먼저였다.

'눈에는 보이지 않아. 그렇다면…….'

자신이 바닥에 메다 꽂힌 충격으로 주위에는 흙먼지가 일어난 상황이었다.

게다가 사방에서 벌어지는 격전으로 먼지구름은 좀처럼 가라앉을 기미를 보이지 않았다. 곳곳에서 솟구친 먼지구름이 바람결에 따라 이리저리 휘날리니 흩어지는 것보다 채워지는 게 더 빨랐다.

'육감으로 찾는 게 더 빠르고 정확하다.'

인간은 의외로 시각에 집착하는 경향이 있었다. 시각이 늘 정확하고 옳은 사실만 보여주는 건 아닌데 말이다.

그걸 잘 알기에 곤마는 아예 두 눈을 감았다. 시각 대신 경험과 연륜으로 얻은 육감을 사용하기 위해서였다.

'뒤!'

곤마가 잽싸게 몸을 회전시켰다. 예민한 그의 감각에 등 뒤에서 접근하는 미세한 기척을 느낀 것이었다.

후우웅!

그러나 철곤이 쓸고 지나간 자리에는 아무것도 없었다. 철곤이 일으킨 바람에 먼지만 떠밀려서 사라졌다.

'속았다!'

철곤이 빈 허공을 가르는 순간 곤마는 알았다. 자신이 속았다는 사실을 말이다.

그래서 그는 반사적으로 땅을 박찼다. 이번 움직임으로 벽우진이 자신의 위치를 정확히 파악했을 게 분명했기에 곤마는 기척을 최대한 죽이면서 먼지구름 사이로 몸을 숨겼다.

'근데 어떻게 내가 있던 곳을 찾은 거지?'

곤마의 미간이 좁혀졌다.

먼지구름으로 인해 시야에 방해를 받는 것은 똑같았다. 그런데 분명 벽우진은 그를 정확히 노리고서 허초를 뿌렸다. 찔러보는 식이 아니라 정확히 그의 위치를 파악하고서 말이다.

'그 짧은 사이에 내 기척을 알아차렸단 건가? 그럴 리 없다.'

곤마가 냉정하게 고개를 저었다.

진명마가주와 야수마가주를 일대일로 쓰러뜨린 사실은 들어서 알고 있었다. 또한 천패마가주가 꺼려할 정도의 고수라는 사실도.

하지만 그렇다고 해서 곤마는 자신이 질 거라고는 절대 생각하지 않았다. 승부는 붙어봐야 알 수 있는 것이기 때문이다. 게다가 시작하기도 전부터 패배를 생각한다면 이길 싸움도 이길 수 없었다.

'강하긴 하지만 그렇다고 상대하지 못할 정도는 아니다.'

이기어검은 분명 대단한 경지였다. 하지만 이기어검을 자유자재로 펼칠 수 있는 고수는 천년마교에도 제법 있었다. 그 역시 이기어곤을 펼칠 수 있었고. 다만 내공 소모가 많아 비효율적이기에 평소에는 펼치지 않는 것뿐이었다.

'하수들을 상대할 때는 심리적으로 압박하기에 좋지만 비슷한 실력자를 상대로는 효율이 썩 좋지 않지.'

스스스슥!

곤마는 쉴 새 없이 움직였다. 기척을 최소화하면서 감각을 최대한 끌어 올렸다.

하지만 어디에서도 벽우진의 기척은 느껴지지 않았다. 대신 사방에서 치고받는 소리가 쉴 새 없이 귓전으로 파고들었다.

'나를 노린 만큼 도망치지는 않았을 터. 흉수를 찾겠다고 청성산까지 홀로 찾아간 자가 날 놔두고 물러났을 리가 없다.'

곤마는 차분하게 생각했다.

그로서는 급할 게 없었다. 오히려 다급한 쪽은 벽우진이었다.

그런 만큼 그는 이 상황을 이용해야 했다.

'쫓기는 건 패선 쪽이다. 나는 일단 충격부터 해소해야……!'

콰아아아!

곤마의 머리 위에 있던 먼지구름이 사나운 바람에 갈가리 흩어졌다.

그리고 그사이로 벽우진이 모습을 드러냈다. 놀랍게도 벽우진은 곤마의 머리 위에 있었던 것이다.

쿠웅!

하지만 곤마가 이상한 낌새를 느끼고 반응하는 것보다 벽우진의 발이 어깨에 닿는 게 조금 더 빨랐다.

"큭!"

천근추라도 사용한 것인지 어깨에서 느껴지는 무게감이 무지막지했다. 말 그대로 어깨를 아작 낼 기세로 짓눌렀던 것이다.

그러나 곤마도 만만치 않았다. 자세를 비틀어 벽우진의 발바닥을 흘려내면서 오른손에 든 철곤으로 정강이를 노렸다.

터엉!

하지만 그 수법을 예상했다는 듯이 벽우진은 너무나 가볍게 반대발로 그의 철곤을 차버렸다. 그러고는 벼락같이 반대쪽 어깨도 발꿈치로 찍어버렸다.

"끄윽!"

철곤을 차버린 것과 동시에 어깨를 찍어버리는 공격에 곤마의 얼굴이 잔뜩 일그러졌다. 양쪽 어깨에서 느껴지는 고통에 얼굴이 절로 구겨졌던 것이다.

한데 그러면서도 곤마는 계속해서 움직였다. 2연격에 무너지기보다는 몸을 빼내면서 반격을 시도했던 것이다.

부우웅!

양쪽 어깨에 일격을 맞았음에도 곤마의 철곤은 묵직했다. 마치 맞은 게 거짓말이라는 듯이 쌍곤은 쉴 새 없이 허공을 가르며 벽우진을 노렸다.

후웅! 후우웅!

칠흑빛 강기가 서린 철곤이 흉흉한 기세로 벽우진의 사혈만을 노리고서 파고들었다.

그러나 날카로우면서도 강맹한 파상 공세에도 벽우진의 몸에 닿는 것은 없었다. 종이 한 장 차이로 아슬아슬하게 닿지 못했던 것이다.

"이익!"

곤마의 얼굴에 다급한 기색이 떠올랐다.

어깨에 맞은 두 방이 생각보다 컸기에 어떻게든 비슷한 상황으로 만들어야 하는데 벽우진은 좀처럼 그의 공격을 허용하지 않았다. 닿을 말듯하면서도 끝내 닿지 않는 모습에 곤마가 이를 악물었다.

이대로라면 시간이 갈수록 불리해지는 것은 자신이었기에 곤마는 진기를 가일층 끌어 올렸다.

쑤아아앙!

묵빛을 머금었던 철곤이 순간적으로 길어졌다. 철곤을 휘감고 있던 강기가 일순 늘어나며 벽우진에게 파고들었던 것이다.

동시에 반대쪽 철곤이 무수한 변화를 일으켰다.

쿠아아아!

마치 벽우진이 피할 공간 자체를 원천 봉쇄하겠다는 듯이 수많은 곤영(棍影)이 해일처럼 일어났다.

시커먼 곤영이 공간을 집어삼켰던 것이다.

'이번 것은 피할 수 없을 거다!'

고통으로 인해 잔뜩 일그러진 얼굴로 곤마가 형형한 안광을 뿜어댔다. 상대가 요리조리 잘 피한다면 아예 피할 공간 자체를 주지 않으면 될 일이었다.

그리고 난타전으로 간다면 유리한 쪽은 자신이었다. 아무리 극한으로 육체를 단련했다고 해도 병기를 들고 있는 자신과 맨몸뚱이인 벽우진이 받는 충격은 다를 수밖에 없었다.

'끝장을 내자!'

전광석화처럼 뻗어 나간 곤강이 벽우진의 가슴으로 파고들었다. 그리고 후방을 제외한 모든 방향에서 곤영의 해일이 공간을 집어삼키며 벽우진을 덮쳐갔다.

터어엉!

곤마의 두 눈이 부릅떠졌다. 너무나 허망하게 튕겨지는 공격에 보고도 믿을 수가 없었던 것이다.

하지만 이건 시작에 불과했다.

콰앙! 콰아앙!

손등으로 곤강을 튕겨낸 벽우진은 그대로 주먹을 휘둘러 곤마의 두 번째 공격도 박살 냈다. 별다른 초식을 펼치지도 않고 단순히 정권으로만 그의 공격을 깨부쉈다.

"크으읍!"

그러나 곤마도 순순히 당하고만 있지는 않았다.

우직하게 밀고 들어오는 벽우진의 전신을 난타하겠다는 듯이 전력을 다해 쌍곤을 휘둘렀다.

콰앙! 쾅! 콰쾅!

애초에 곤마가 노렸던 대로 난타전 양상으로 싸움이 흘러갔다. 서로 한 치도 밀리지 않겠다는 듯이 정면의 상대방을 향해 공격을 퍼부었던 것이다. 그것도 정확히 상대방의 공격을 맞받아치면서 말이다.

'충격이 계속 누적되고 있을 터!'

곤마의 입가에 미세한 미소가 맺혔다.

아무리 진기로 육신을 강화했다고 해도 내구성에는 한계가 있었다. 더욱이 그의 무기는 철곤이었다.

거기다 막강한 진기까지 머금고 있는 만큼 벽우진의 내부에는 충격이 계속해서 축적되고 있을 터였다.

'검을 버린 게 크나큰 패착임을 깨닫게 될…….'

곤마의 상념은 이어지지 못했다. 단순 무식하게 주먹질만 하던 벽우진이 갑자기 손을 활짝 펼치며 그의 철곤을 붙잡았던 것이다.

콰드드득!

그리고 놀라운 일이 벌어졌다. 그의 진기를 가득 머금고 있던 철곤이, 수십 년의 세월 동안 함께했던 애병에 잔금이 가기 시작했던 것이다.

"무슨!"

그 말도 안 되는 광경에 곤마가 다급히 철곤을 당겼다. 철곤을 보호하기 위해 반사적으로 회수했던 것이다.

그러면서 반대쪽 철곤으로 벽우진의 손목을 노렸다. 철곤을 움켜잡고 있는 손목을 날려 버리려는 것이었다.

덥석!

그러나 반대쪽 철곤 역시 벽우진의 손에 잡혔다.

맹렬한 기세로 날아가던 철곤을 벽우진은 너무나 부드러운 손놀림으로 잡아냈다. 그러고는 똑같이 철곤을 우그러뜨렸다.

"이익!"

순식간에 쌍곤을 붙잡힌 곤마가 이를 악물었다. 이대로 애병을 잃을 수는 없기에 공력을 있는 대로 쏟아부었다.

하지만 그럼에도 잔금이 번져가는 걸 막을 수는 없었다.

터어엉!

이윽고 먼저 붙잡혔던 철곤이 산산조각 났다. 끝내 벽우진의 아귀힘과 공력을 견디지 못하고 박살 났던 것이다.

뒤이어 나머지 철곤 역시 쪼개지자 곤마가 아연실색한 표정을 지었다. 병기도 병기지만 내력 대결에서 그가 속절없이 밀렸다는 걸 뜻했기에 허망한 표정을 지었던 것이다.

"말했지. 쉽게는 안 죽인다고."

"컥!"

순식간에 쌍곤을 부숴 버린 벽우진이 주먹으로 곤마의 양쪽 어깨를 찍어버렸다. 반격은 아예 생각지도 못하게 두 팔을 망가뜨려 버렸던 것이다.

"그러니까 발악해 봐. 청민이 그랬던 것처럼."

퍼억!

벽우진의 발이 곤마의 하복부를 강타했다. 단전이 있는 부위를 정확히 가격했던 것이다.

하지만 단전을 부수지는 않았다.

"커헉!"

그러나 곤마에게는 단전이 박살 날지도 모른다는 아찔한 순간이었기에 뒤로 주춤주춤 물러났다. 양팔이 망가진 상태인데도 단전만은 어떻게든 지켜내겠다는 듯이 뒷걸음질 쳤던 것이다.

"왜 물러나지? 청민은 너보다 약하다는 사실을 알고서도 남았다. 또한 네놈과 끝까지 맞서 싸웠지. 그런데 네놈은 고작 두 팔이 망가졌을 뿐인데 도망치는 거냐."

"크으윽!"

대놓고 무시하는 말에 곤마가 이를 악물었다. 그러나 잔뜩 일그러진 얼굴과 달리 그의 두 다리는 사시나무처럼 떨리는 중이었다. 천년신교의 교도로서, 또한 구마의 일인으로서 당연히 달려들어야 했지만 곤마는 그러지 못했다.

애병이 박살 나는 순간부터 그는 깨달았다. 벽우진이 자신보다 훨씬 윗줄에 있는 고수라는 사실을 말이다. 또한 자신이 스스로를 얼마나 과대평가했는지도.

"비록 무공은 네놈보다 약했을지 모르나 무인으로서 청민은 네놈보다 더 강했다."

"닥쳐라!"

더 이상의 조롱은 듣지 못하겠다는 듯이 곤마가 이성을 잃고서 소리쳤다.

하지만 여전히 그의 두 다리는 움직이지 않았다. 악만 지를 뿐 벽우진에게 달려들지는 못했던 것이다.

스극.

그때 미세한 파육음이 들려왔다.

동시에 곤마가 신음을 흘렸다. 악을 쓰는 그 순간 소리 소문 없이 무상검이 날아와 그의 오른쪽 발목 인대를 베고 날아갔던 것이다.

"혹시 모르니까."

말 잘 듣는 강아지처럼 날아온 무상검을 회수한 벽우진이 천천히 곤마에게 다가갔다.

그러자 곤마가 주춤주춤 물러났다. 본능적인 움직이었던 것이다. 하지만 발목을 다쳤기에 그는 처음과 달리 거리를 많이 벌리지 못했다.

"실망인데. 나는 마인의 근성을 보여주었으면 했는데 말이지. 그래야 때릴 맛이 있지 않겠어?"

무표정한 얼굴로 벽우진이 말했다.

그런데 그게 곤마에게는 더욱 섬뜩하게 다가왔다. 절대 쉽게 죽이지 않겠다는 의지를 느낄 수 있었던 것이다.

'무, 물러나야 해. 혼자서는 감당할 수 없어.'

곤마의 머리가 맹렬히 회전했다.

지금의 상황에서 벽우진을 상대하는 건 무모했다. 자존심이 상했지만 일단 사는 게 먼저였다.

복수도 살아 있어야 할 수 있었기에 곤마는 눈알을 굴려 주변을 살펴보려고 했다.

퍼억!

"눈알 굴리지 마라. 무슨 생각하는지 다 아니까."

"커헉!"

곤마의 생각은 더 이상 이어지지 못했다. 순식간에 다가온 벽우진의 주먹이 그의 안면을 강타해서였다.

빠각! 빽!

지금까지는 말 그대로 간 보기였다는 듯이 벽우진은 곤마를 잘근잘근 밟았다. 무표정한 얼굴로 공력 없이 오로지 육신의 힘으로만 곤마를 두들겼던 것이다.

"고작 이 정도로 고통스러워하면 안 되지. 청민은 이것보다 더한 상처를 안고서 싸웠는데."

"제, 제발……!"

"시끄러워."

곤마의 이빨이 허공으로 비산했다. 싸대기 한 방에 이빨이 우수수 떨어졌던 것이다.

더불어 입술 역시 터져 나갔지만 벽우진의 폭력은 멈추지 않았다. 청민이 당한 것 그대로 곤마에게 되돌려 주었다.

"으, 어어어……."

무자비한 폭력이 이어질수록 곤마의 얼굴과 몸뚱이는 넝마가 되어갔다. 그리고 눈빛 역시 흐려졌다. 계속해서 이어지는 고통에 결국 정신을 놓아버린 것이었다.

하지만 그럼에도 벽우진은 멈추지 않았다.

퍼퍼퍼퍽!

그의 뇌리에 남아 있던 청민의 상처 그대로 곤마의 몸에 되돌려 주었다.

이런다고 한들 청민이 돌아오지 않는다는 걸 벽우진도 알고 있었다. 어쩌면 또 다른 원한을 만든다는 것도.

하지만 벽우진은 성인군자가 아니었다.

"여길 봐라, 벽우진!"

멀리서 누군가가 그를 불렀다.

그러나 벽우진은 부르거나 말거나 신경도 쓰지 않은 채 한손으로 곤마의 멱살을 붙잡고서 주먹을 날렸다. 이미 모든 걸 놓은 듯 축 늘어져 있는 곤마를 멈추지 않고 두들겨 팼던 것이다.

"멈춰라, 벽우진! 그렇지 않으면 이놈들이 죽을 것이다!"

"크으윽!"

고함과 함께 고통 가득한 신음 소리가 들렸다. 그것도 꽤나 익숙한 목소리가 말이다.

"나에게는 인질이 네 명이나 있다!"

인질이라는 말에 벽우진이 고개를 돌렸다. 그러나 여전히 한 손으로는 곤마의 멱살을 잡고 있었다.

"사, 살려주시오!"

"장문인!"

소리가 들려온 곳으로 고개를 돌리자 익숙한 네 명의 얼굴이 눈에 들어왔다.

그런데 다들 상태가 정상이 아니었다. 거구를 자랑하던 황보강과 팽무광의 사지는 기이학적으로 뒤틀려 있었고 악진광과 하후건은 굴욕적이게도 권마의 양손에 목이 붙잡혀 있었다. 완벽하게 제압당한 듯 축 늘어진 상태로 말이다.

"허."

그 모습에 벽우진이 헛웃음을 흘렸다. 예상치 못한 전개에 실소가 절로 나왔던 것이다.

그러나 그를 바라보는 두 사람은 절박했다.

"자, 장문인!"

"제발 도와주시오!"

부끄럽다는 듯이 고개를 숙이고 있는 황보강, 팽무광과 달리 권마의 손아귀에 있는 둘은 간절하게 벽우진을 쳐다봤다.

어떻게 보면 자신의 생사가 벽우진에게 달려 있었기에 절실하게 그를 부를 수밖에 없었던 것이다.

"이제야 대화할 마음이 생긴 모양이군."

"대화?"

"그래, 너 역시 이대로 이놈들이 죽기를 바라지는 않을 거 아냐?"

꿀꺽!

죽음이라는 말에 악진광과 하후건이 마른침을 삼켰다. 새삼 죽음이 코앞까지 다가왔음을 느낄 수 있어서였다. 막연하게 느끼는 것과 코앞까지 다가온 것은 너무나 달랐다.

게다가 문제는 벽우진의 손에 있는 이가 곤마뿐이라는 사실이었다.

"전쟁 중에 패배자가 죽는 건 당연한 일 아닌가?"

"오대세가와 명문세가의 수장들을 살릴 수 있는 기회가 있는데도?"

"인질 교환이라도 하자는 거냐?"

벽우진이 축 늘어져 있는 곤마를 툭 던졌다.

그러나 살아 있음에도 곤마는 미동도 하지 않았다. 던져진 채로 숨만 쉬었던 것이다.

"못할 것도 없지."

빠르게 곤마의 상태를 살핀 권마가 말했다.

곤죽이 되어 있었지만 그래도 아직 단전은 멀쩡했다. 외상만 지독할 뿐 본교의 의술이라면 충분히 치료할 수 있었기에 권마는 내심 안도의 한숨을 쉬었다.

"내가 그래야 할 이유가 없는데."

"그래서 이들이 죽게 내버려 두겠다고?"

"끄아아악!"

하후건과 악진광이 비명을 질러댔다. 갑자기 목을 조이자 어마어마한 고통이 느껴졌던 것이다.

하지만 두 사람의 비명 소리에도 벽우진은 눈 하나 깜빡이지 않았다.

"기 싸움을 하려는 것이라면, 애초부터 방향을 잘못 잡았다고 말해주고 싶군. 난 복수를 위해 이 자리에 있는 거지 네놈이랑 기 싸움을 하려고 온 게 아니거든."

"……복수가 더 중요하다는 거냐?"

"그래."

벽우진이 일말의 망설임도 없이 대답했다.

분명 네 사람은 중원무림에 있어서 매우 중요한 사람들이었다. 하지만 엄밀히 따지자면 곤륜파와는 남이었다. 또한 청민과 비교할 수도 없는 인물들이었다.

"벽 장문인!"

"제발 저희 가주님을 구해주십시오!"

"한 번만, 한 번만 다시 생각해 주십시오!"

벽우진의 고개가 옆으로 돌아갔다. 무림맹의 병력이 모여 있는 곳에서 그를 부르는 소리가 들려서였다.

"부탁드립니다! 제발 저희 가주님을!"

"도와주십시오, 장문인!"

애절하게 벽우진을 부르는 이들은 바로 사로잡힌 가주들의 가솔들이었다.

특히 산동악가와 하후세가의 무인들이 유독 크게 소리쳤다. 권마의 손아귀에 붙잡혀 있는 이상 언제 죽어도 이상할 게 없어서였다.

"이거 분위기가 인질 교환을 하지 않으면 천하의 나쁜 놈이 될 것 같은데?"

"……."

권마가 히죽 웃었다. 상황이 그에게 유리하게 흘러가서였다.

"이제는 슬슬 결정을 내려야 할 것 같은데."

"얕은 수작 부리지 마라. 어차피 네 명 다 보낼 생각도 없는 주제에."

"생명의 무게는 똑같으니까. 그러니 넌 선택만 하면 된다. 누구를 맞바꿀 것인지를."

부르르르!

붙들려 있던 두 사람이 몸을 떨었다. 그토록 피하고 싶었던 최악의 결과가 나와서였다.

동시에 둘 다 빠르게 궁리했다. 무슨 말을 해야 벽우진의 선택을 받을 수 있을지 고민했던 것이다.

"어, 어!"

"그게 무슨 말이냐!"

그리고 당혹감에 빠진 건 네 가문의 사람들도 마찬가지였다. 인질 교환만 생각했지 넷 중 한 명만 돌아올 거라고는 생각하지 못해서였다.

하지만 몇몇은 빠르게 상황 파악을 하고 머리를 굴리기 시작했다. 가주들처럼 어떻게 해야 살릴 수 있는지를 궁리했던 것이다.

"원한다면 선택지를 줄여줄 수도 있다. 크흐흐흐!"

"해."

"뭐라고?"

"하라고."

비릿하게 웃던 권마가 순간 멍한 표정을 지었다. 설마하니 이런 상황에서도 벽우진이 뜻을 굽히지 않을 줄은 몰라서였다.

"패배한 순간부터 이미 죽은 목숨이나 마찬가지지. 죽을지도 모른다는 걸 모르고 여기에 온 것도 아니고. 오히려 지금까지 살아 있는 게 더 치욕적일걸."

붙잡혀 있는 둘의 동공이 흔들렸다.

틀린 말이 아니었지만 두 사람은 살고 싶었다. 이렇게 허무하게 죽으려고 여기까지 온 게 아니었기에 둘은 눈빛으로 벽우진에게 말했다.

하지만 두 사람의 간절한 눈빛을 보고도 벽우진의 표정은 일절 변화가 없었다.

"끝까지 복수를 포기하지 못하겠다?"

"대신 한 가지는 확실하게 약속해 주지. 저놈을 곧바로 보내주마."

악진광과 하후건의 두 눈이 감겼다. 둘은 벽우진의 말뜻을 단박에 이해했던 것이다.

반면에 권마는 갑자기 소름이 돋았다. 벽우진의 말이 허언처럼 들리지 않아서였다.

"저들이 가만있을 것 같으냐!"

"착각한 모양인데 넷을 죽인 건 너지 내가 아냐."

권마가 네 가문을 거론했지만 벽우진은 꿈쩍도 하지 않았다. 그저 무심한 눈으로 권마를 주시하기만 했다.

콰콰콰쾅!

그러는 사이에도 주변에서는 격렬한 전투가 한창이었다. 상대를 쓰러뜨리기 위해 각자 전력을 다했던 것이다.

"네놈이 그러고도 명문대파의 수장이라 할 수 있느냐!"

우드득! 우득!

권마가 떠들거나 말거나 벽우진은 발을 들어 곤마의 발목을 짓이겼다.

잠시 지연되었을 뿐 청민의 복수는 아직 끝나지 않았다. 그 사실을 벽우진은 행동으로 보여줬다.

"이놈!"

거침없이 곤마를 짓밟는 모습에 권마도 더 이상 참지 않았다. 쥐고 있던 하후건의 목을 분질러 버렸던 것이다.

이윽고 목뼈가 꺾인 하후건이 혀를 내밀며 죽었다.

"끅!"

그러나 권마는 거기서 멈추지 않았다. 반대쪽의 악진광 역시 하후건과 똑같이 목을 부러뜨렸다.

"가, 가주님!"

"크흐흑!"

순식간에 절명한 두 사람의 모습에 산동악가와 하후세가의 무인들이 울부짖었다.

그러나 누구도 권마에게 달려들지는 않았다. 달려들어 봤자 개죽음일 뿐이라는 사실을 본인들 스스로가 잘 알아서였다.

"이 둘은 네놈이 죽인 거다."

순식간에 둘을 죽인 권마가 으르렁거렸다.

하지만 벽우진은 그러거나 말거나 곤마의 사지를 분질렀다. 그에게는 둘의 죽음보다 청민의 복수가 더욱 중요했기 때문이다.

"끝까지 그렇게 나오겠단 말이지!"

"쫑알쫑알 되게 시끄럽네."

"흡!"

따로 빼놓았던 황보강과 팽무광을 향해 손을 뻗던 권마가 숨을 들이켰다. 갑자기 무지막지한 인력이 느껴져서였다.

그래서 그는 진기를 일으켜 대항했다.

"왜? 나랑 한판 붙고 싶은 거 아니었어?"

"이 자식이!"

인력의 주인이 벽우진이라는 것을 확인한 권마가 저항하는 것을 멈췄다.

대신 땅을 박차며 벽우진에게 달려들었다. 인력을 이용해 더욱 빠르게 접근했던 것이다.

웅웅웅!

동시에 솥뚜껑만 한 두 주먹에 진기를 집중했다. 평생토록 고련한 붕천마공(崩天魔功)을 극성으로 일으켰던 것이다.

흥분했어도 권마는 한줄기 이성은 유지하고 있었다. 곤마가 속수무책으로 당한 걸 봤기에 절대 방심하지 않았던 것이다.

쑤아아앙!

순식간에 간격을 좁힌 권마가 마기를 잔뜩 머금은 일권을 내질렀다. 평생 동안 갈고 닦은 정권 찌르기를 펼쳤던 것이다.

쩌어어엉!

굉음과 함께 땅이 뒤흔들렸다.

그러나 권마의 시선은 조금도 흔들리지 않았다. 이번 공격이 막혔음을 본능적으로 느껴서였다.

하지만 그렇다고 해서 당황하지는 않았다.

웅웅웅!

한 번에 안 되면 두 번을, 두 번도 안 되면 세 번을 날리면 되었다. 제아무리 단단한 철벽도 수없이 두드리다 보면 결국에는 부서졌다.

그렇기에 권마는 멈추지 않았다. 한 번에 어떻게 할 수 있는 상대가 아니란 것도 알고 있었고 말이다.

스으으윽.

쉴 새 없이 이어지는 주먹질 사이로 새하얀 손이 나타났다. 시커먼 마기로 이루어진 권강들 사이에서 나타났기에 더더욱 선명하게 눈에 들어왔다.

그런데 그 손을 봤음에도 권마는 어쩌지 못했다. 워낙에 절묘한 순간에 파고들었기에 미처 반응하지 못했던 것이다.

덥석!

너무나 자연스럽게 파고 들어온 손은 권마의 팔뚝을 잡았다. 그러고는 그대로 들어서 바닥에 메다꽂았다.

콰앙!

순식간에 벌어진 일에 권마는 반항도 하지 못하고 바닥에 처박혔다.

그를 들은 힘도 힘이지만 원체 몸이 단단했기에 땅이 갈라지며 그 사이로 권마가 박혔다.

"크아아아!"

하지만 권마는 곧바로 뛰쳐나왔다. 충격이 상당했지만 그렇다고 못 견딜 정도는 아니었던 것이다.

거기다 속절없이 당했다는 사실이 그의 자존심을 건드렸기에 권마는 사납게 포효하며 재차 벽우진에게 달려들었다.

그러나 안타깝게도 결과는 달라지지 않았다.

"큭!"

권마의 맹렬한 파상 공세에도 벽우진은 꿈쩍도 하지 않았다.

오히려 정면으로 권마의 공격을 맞받아쳤다. 날아드는 권마의 강권을 정확히 타격했던 것이다.

그리고 그럴수록 권마의 얼굴은 일그러졌다.

투두둑.

그뿐만 아니라 권마의 주먹에서는 어느새 피가 흐르고 있었다. 강철보다 단단한 그의 주먹이 벽우진과의 격돌로 인해 찢겨지고 갈라졌던 것이다.

"제기랄!"

반면에 벽우진의 손은 그대로였다. 처음 봤던 모습과 똑같이 새하얗고 말끔한 모습을 보였다.

심지어 긁힌 자국도 없는 모습에 권마가 이를 악물었다. 누가 봐도 그가 현격하게 밀리고 있음을 알 수 있어서였다.

"하아압!"

거기까지 생각이 닿은 권마가 단전의 공력을 모조리 끌어 올렸다. 이번이 마지막이라는 생각으로, 반드시 벽우진을 죽이겠다는 의지로 최후의 절초를 준비했던 것이다.

이윽고 권마의 전신이 검게 물들었다. 그러더니 이내 검은 기운이 한곳에 집중되기 시작했다.

쿠르르릉!

오른손 주먹에 집중되는 무시무시한 기운에 대지가 흔들렸다. 그 정도로 어마어마한 기운이 응축되었던 것이다.

기운의 주인인 권마조차도 힘겨워할 정도로 응축된 마기가 일순 쏘아졌다. 부지불식간에 공간을 꿰뚫으며 벽우진에게 쇄도했던 것이다.

"죽어라!"

모든 것을 한순간에 쏟아낸 권마가 자신만만하게 웃었다. 이번 공격은 제아무리 벽우진이라도 별수 없을 게 분명해서였다. 지금까지 단 한 번도 그를 실망시킨 적이 없는 수법이기도 했고 말이다.

"제일 쓸 만하네."

"어?"

"근데 부족해."

까드드득!

권마의 모든 것이 담겨 있던 강탄(罡彈)이 벽우진의 손바닥에 막혔다. 별다른 기운 하나 서리지 않은 장심에 막혀 더 이상 나아가지 못했던 것이다.

그뿐만 아니라 권마의 혼신의 힘이 담긴 강탄은 벽우진의 손아귀에서 너무나 허무하게 박살 났다. 벽우진이 장난감을 부수듯 너무나 쉽게 권마의 강탄을 바스러뜨렸던 것이다.

"……!"

그 믿을 수 없는 광경에 권마의 두 눈이 튀어나올 정도로 크게 떠졌다. 두 눈으로 보고도 믿겨지지 않았던 것이다.

하지만 권마의 수난은 지금부터가 시작이었다.

"날 부르지 않았다면 그래도 살 수는 있었을 텐데. 뭐, 자업자득이니까 스스로를 탓하도록."

"크윽!"

강탄을 가루로 만든 벽우진이 다시 손을 펼쳤다. 예의 허공섭물을 펼친 것이었다.

그러자 권마의 몸이 두둥실 떠올랐다. 악착같이 버티려는 기색이었지만 공력을 방금 전 일격에 전부 다 쏟아부었기에 그가 할 수 있는 건 신음을 흘리는 것밖에 없었다.

턱!

너무나 쉽게 날아온 권마의 머리를 벽우진은 움켜잡았다.

그러자 기다렸다는 듯이 권마가 연체동물처럼 벽우진의 몸을 휘감았다. 비록 내공은 한 톨도 없었지만 수십 년 동안 고련한 육체와 체력은 멀쩡했기에 그 점을 이용해 관절기를 펼친 것이다.

"소용없다니까."

"끄으읍!"

그러나 몸을 조이는 것보다 벽우진의 침투경이 훨씬 빨랐다.

굳이 손을 쓰지 않고 공력을 이용해 권마의 내부 혈맥을 헤집은 벽우진은 그대로 무림맹 쪽으로 던졌다. 산동악가와 하후세가의 무인들이 모여 있는 곳을 향해 권마를 집어 던졌던 것이다.

"네놈이 가주님을!"

"곱게 죽을 거란 생각은 하지 마라!"

푸푸푸푹!

사슴을 사냥하는 늑대들처럼 두 가문의 무인들은 권마가 바닥에 떨어지기 무섭게 달려들었다.

그러고는 가장 먼저 단전부터 박살 냈다. 공력을 다 소모한 걸 알았지만 그래도 혹시 몰라서였다.

"끄어어억!"

잠시 후 권마의 처절한 비명성이 들려왔지만 벽우진은 시선 한 번 주지 않았다. 자업자득이라고 생각해서였다. 그리고 죽은 이들에게 약속하기도 했고.

거기다 인질로 붙잡혀 있던 황보강과 팽무광을 개왕이, 악진광과 하후건의 시체를 정은 사태가 수습하는 걸 확인한 벽우진은 몸을 돌려 한쪽에 널브러져 있는 곤마에게 걸어갔다.

"다른 일은 다 정리되었으니 이제 우리 일을 마무리해 볼까?"

"……."

정신줄을 놓은 것인지 흐리멍덩한 눈동자의 곤마는 미동도 하지 않았다. 그저 숨만 쉬고 있었다.

"몸뚱이는 그만하면 되었으니 이제 목숨값을 받아야지."

벽우진은 만신창이가 된 곤마를 내려다봤다.

하지만 그의 말에도 곤마는 대답이 없었다. 모든 것을 놓아버린 듯 대(大) 자로 뻗어 있기만 하는 모습에 벽우진은 무상검을 뽑았다. 곤마의 목을 베기 위해서였다.

서걱.

작은 파육음과 함께 곤마의 머리가 몸통과 분리됐다. 피 한 방울 흘러나오지 않는 말끔한 절단이었다.

"시원하군."

다른 이들은 말한다. 복수를 정작 하면 허탈한 심정뿐이라고. 딱히 달라질 게 없다고 말이다.

하지만 벽우진의 생각은 달랐다. 할 수 있는 건 하는 게 나았다. 용서는 성인군자나 약자만 하는 것이었다.

스윽.

곤마의 머리를 챙겨 든 벽우진은 몸을 돌렸다. 볼일을 다 봤으니 다른 이들의 전투를 지켜볼 생각이었다.

콰콰콰쾅!

"크아아압!"

벽우진의 시선이 한 자루 검을 귀신같이 다루는 장년인과 싸우고 있는 당민호에게 향했다. 아무래도 친구인 당민호에게 가장 먼저 시선이 갈 수박에 없었던 것이다.

"고, 곤마도 죽었다고 합니다."

널찍한 대전 가장 안쪽에 위치한 태사의를 향해 오체투지를 한 채로 은마각주가 입을 열었다.

그런데 그의 목소리가 심하게 떨렸다. 권마에 이어 곤마마저 죽었다고 하자 입을 열기가 쉽지 않았던 것이다.

"패선에게 죽은 모양이야?"

"그렇습니다."

태사의의 옆에 서 있던 여인이 고개를 주억거렸다.

이미 진명마가주와 야수마가주를 쓰러뜨렸던 이가 벽우진이었다. 그런 만큼 곤마가 당했다고 해서 이상하지는 않았다. 더구나 벽우진은 중원제일인이라 불리는 무인이었다.

"권마에 이어 곤마라. 근데 둘 다 패선에게 당했단 말이지."

"예, 주군."

"심지어 곤마를 상대한 후에 권마를 상대했다고?"

"보고에 의하면 아예 상대가 안 되는 수준이라고……."

은마각주가 교주의 눈치를 살폈다. 아무래도 교주에게 있어 구마는 친위대라 할 수 있는 만큼 단어 선택을 조심할 수밖에 없어서였다.

"역시 저력이 있는 곳이라니까."

"저는 두려운데요, 주군."

"그렇게 말하는 것 치고는 표정이 너무 생글거리는데?"

"그야 주군이 곁에 있으니까요. 저 혼자서 싸워야 한다면, 그때는 무서울 것 같아요."

요마가 한순간에 표정을 싹 바꿨다.

구마의 일인으로 불리는 고수가 바로 그녀였지만 그렇다고 곤마나 권마를 그리 쉽게 제압할 수는 없었다. 때문에 요마는 혼자서 벽우진을 상대하는 건 벅차다고 결론을 내렸다.

'적어도 셋은 모여야 승산이 있겠지. 근데 구마 중 셋이 협공해야 하는 무인이 중원에 있을 줄이야……'

요마의 머릿속이 복잡해졌다.

사실 그녀는 이번 대계가 상당히 쉬울 거라 생각했다. 어쩌면 역대 정마대전 중 가장 싱거운 정마대전이 아닐까 싶을 정도로. 그런데 막상 뚜껑을 열어보니 결과는 예상과 너무나 많이 달랐다.

'첫 전투에서 구마 중 둘이 사망할 줄이야.'

중원무림의 저력에 대해서는 귀에 딱지가 생기도록 들었었다. 나약한 놈들이지만 무시할 정도는 아니라고 말이다.

그래서 그녀는 과거와 달리 많은 준비를 했었다. 다양한 방법을 이용해 중원무림의 전력을 깎아내기 위해서 말이다.

'그랬는데도 소용없다는 건가.'

요마의 얼굴이 어두워졌다. 노력이 별다른 효과가 없는 것 같아서였다.

"머리가 복잡한 모양이야."

"저 정도의 고수가 있을 줄은 몰랐어요."

"너무 쉬운 것보다는 낫잖아? 무혈입성보다는 훨씬 낫다고 생각하는데. 전쟁은 전쟁다워야지. 그래야 침공한 의미가 있지."

"소녀는 당연히 본교가 이길 거라고 생각해요. 다만 생각했던 것보다 피해가 너무 큰 것 같아서요."

"약자는 죽고 승자는 살아남는다. 둘 다 약했기에 죽은 것뿐이야. 그리고 전쟁 속에서 새로운 강자가 탄생하는 법이고. 빈자리는 다시 채우면 된다."

친위대라 할 수 있는 둘이 죽었음에도 교주는 딱히 슬퍼하지 않았다. 약육강식의 세계에서 살아온 그에게 죽음은 친숙했다. 더구나 비겁한 술수에 당한 것도 아니고 정당하게 싸우다 죽은 것이니만큼 분노하거나 슬퍼할 이유는 없었다. 단지 은원을 기억할 뿐.

"다른 이들의 대결은 어떻게 되고 있지?"

"아직 결판이 나지 않았다고 합니다."

"그렇게 쓸려 나갔는데도 여전히 고수들이 남아 있단 말이지."

요마가 못마땅한 표정을 지었다. 어째 자꾸만 불길한 생각이 들어서였다.

"나가자."

"직접 보시게요?"

"재미있을 것 같지 않아? 패선의 얼굴이 궁금하기도 하고. 무림맹주도 아직 안 나섰다며?"

교주가 태사의에서 일어났다.

그러자 기다렸다는 듯이 요마가 보필하듯 따라붙었다.

"딴에 교주님을 기다리고 있는 모양입니다."

"내가 나서지 않았으니 자신도 나서지 않겠다는 건가. 하긴 소림사의 방장이라면 그럴 자격은 충분하지. 중원무림의 태산북두 아니더냐."

"그래 봤자 교주님과 비교하면 조족지혈일 뿐입니다."

은마각주가 여전히 엎드린 자세로 말했다.

진심을 담아 우렁차게 대답했던 것이다.

"그래서 궁금하네. 무림맹주도, 패선도."

"뭐 해? 얼른 일어나서 앞장서지 않고."

"예!"

요마의 닦달에 은마각주가 벌떡 일어났다.

그러고는 구부정한 자세로 두 사람을 안내했다.

콰콰콰쾅! 꽈앙!

성벽에 가까워질수록 굉음과 폭발음이 커졌다. 싸우는 이들은 몇 안 되었지만 워낙에 고수들이었기에 소리가 요란했던 것이다.

“박빙인가.”

곤마와 권마를 제외한 여섯 명이 각자의 상대를 앞에 두고서 안간힘을 쓰는 모습에 교주가 미소를 지었다. 구마가 싸우는 모습을 보니 피가 끓었던 것이다.

하지만 지금은 그가 나설 때가 아니었다.

스윽.

구마를 한 번씩 본 교주의 시선이 좀 더 먼 곳으로 향했다. 바로 무림맹주가 있는 곳을 쳐다봤던 것이다.

“소림무제입니다.”

“그래 보여.”

말없이 응시하는 교주를 향해 은마각주가 설명하듯 입을 열었다.

하지만 굳이 그가 설명하지 않아도 교주는 한눈에 법무를 알아봤다. 승복을 입고 있었기에 몰라볼 수가 없었던 것이다.

게다가 풍기는 존재감 역시 도마와 싸우고 있는 무당권제를 제외하면 가장 강렬했다.

“패선은?”

“저기에 있습니다.”

그러나 요마는 곤마와 권마를 죽인 벽우진이 더 궁금한 모양인지 은마각주를 재촉했다.

이윽고 그녀의 시선이 곤마의 수급을 발아래 둔 채로 구마의 대결을 지켜보고 있는 벽우진에게 닿았다.

"나조차도 볼 수 없을 정도라고?"

벽우진을 본 요마의 동공이 흔들렸다. 강할 거라고 예상하기는 했지만 자신의 눈으로도 경지를 가늠하지 못할 줄은 몰라서였다.

물론 경지가 높을수록 자신의 무경을 감출 수 있다고 하지만 엇비슷한 수준이라면 어느 정도는 엿볼 수 있었다.

그런데 지금 그녀의 눈에는 아무것도 보이지 않았다.

"호오."

법무를 일별한 교주의 시선이 벽우진에게 닿았다.

한데 그때 벽우진 역시 교주를 쳐다봤다. 시선을 느낀 듯 그를 향해 고개를 돌렸던 것이다.

똑똑똑.

벽우진이 가볍게 문을 두드렸다.

그러자 안에서 당민호의 목소리가 들렸다.

"들어와."

"누군 줄 알고 들어오래야?"

"대놓고 기운을 흘리는데 모를 리가 있나?"

"완전 중환자인데?"

방 안으로 들어간 벽우진이 피식 웃었다. 얼굴을 제외한 모든 신체 부위에 붕대가 감겨져 있어서였다.

"죄다 스친 건데 애들이 심각하게 반응한 거야. 침만 바르면 다 낫는 상처들인데."

"그럼 피로 물든 붕대는 뭐야?"

벽우진의 시선이 당민호의 몸 곳곳에 닿았다. 벌겋게 물들어 있는 부위를 눈으로 정확하게 짚어주었던 것이다.

"스쳐도 피는 나오니까."

"허세는. 만신창이가 된 거 이미 다 봤는데."

"살갗만 베인 거라니까!"

당민호가 버럭 소리를 질렀다.

곤마와 권마를 때려잡은 벽우진과 달리 그는 도마 한 명을 상대로 절절맸다. 구마의 수좌라는 검마도 아니고 고작 도마 한 명에 고전했던 것이다. 그렇기에 당민호는 자신의 상처를 인정할 수 없었다.

"지금 왼팔은 아예 들지도 못하는 것 같은데?"

"끄응! 대신 그놈은 왼쪽 다리를 못 움직이고 있을 것이야!"

"어제 보니까 쩔뚝거리기는 하더라."

"그치?"

당민호가 반색한 표정을 지었다. 역시 알아볼 줄 알았다는 얼굴이었다.

"근데 신체 재생 쪽은 천년마교 쪽이 우위에 있지 않나. 야수마가주도 멀쩡하게 날뛰던데. 그 정도 의술이면 도마도 금세 회복될 거 같은데?"

"……내가 환골탈태를 한 번 더 했었어야 했는데."

당민호의 입에서 깊은 한숨이 흘러나왔다.

늙어버린 육신은 회복력도 더뎠다. 가뜩이나 체력도 예전 같지 않은데 회복력까지 더디자 나오는 것은 탄식뿐이었다.

"어쩔 수 없지. 세월 앞에 장사 없는 법이니까."

"넌 빗겨 갔잖아."

"그럼 너도 58년 동안 갇혀 지내던지."

"그건 너무 끔찍해."

당민호가 몸을 부르르 떨었다. 상상만 해도 두렵고 끔찍했던 것이다. 젊어지고 고수가 되는 건 좋았지만 아무도 없는 공간에서 혼자 58년을 보낼 자신은 없었다.

"난 오죽했겠냐."

"너야 원래부터 독한 놈이었으니까 가능한 거고."

"부상이 심각해서 걱정됐었는데 말하는 본새 보아하니 괜찮은 것 같네."

"몇 번이나 말했잖아. 나 멀쩡하다고. 이깟 상처 하루면 다 낫는다. 본가는 의술도 천하일절이니까."

전신을 붕대로 감고 있음에도 당민호는 콧대를 세웠다.

그런데 틀린 말이 아니었기에 벽우진은 딱히 부정하지 않았다.

"하루는 개뿔. 비천단이나 소환단, 소청단이면 모를까 하루 만에 회복되는 건 불가능할 것 같은데."

"……문병을 온 거냐, 내 속을 긁으러 온 거냐?"

"둘 다?"

"이 자식이!"

당민호가 발끈하며 소리쳤다.

그렇지만 침상에서 내려오지는 못했다.

멀쩡하다고 말했지만 사실 그의 부상은 심각했다. 거의 난도질을 당한 상태이다 보니 운신이 힘든 수준이었다.

"얼른 나아라. 그래야 복수를 하지. 이대로 판정패를 받고 끝낼 순 없잖아?"

"판정패라니! 내상은 그 녀석이 더 깊어! 난 외상이 심한 거고!"

"이제야 인정했네. 긁힌 거라더니."

"으윽!"

당민호의 얼굴이 일그러졌다.

좀 격하게 소리쳤더니 상처가 벌어지며 찌릿한 고통이 전해졌던 것이다.

동시에 상처 주변의 붕대가 축축해지는 게 실시간으로 느껴졌다.

"쉬고 있어. 그래야 빨리 회복이 되지."

"내일이면 다 낫는다."

"만수신의가 봐줘도 그건 힘들 것 같은데."

벽우진이 자리에서 일어났다. 멀쩡한 걸 확인했으니 이제 다른 볼일을 보러 갈 생각이었다.

"두고 봐. 내일은 멀쩡히 걸어 다닐 테니까."

"그래, 그래."

호언장담하는 당민호를 향해 벽우진은 손을 흔들며 방에서 나왔다.

그런데 그가 나오기 무섭게 문 너머에서 끙끙 앓는 소리가 들려왔다.

··· 제7장 ···

천년마교의 지배자

온갖 서류들로 한가득인 책상에 앉아서 제갈현이 연거푸 한숨을 내쉬었다.

어제 격전에서 저격당해 죽을 뻔했지만 정작 그는 그 사실에 대해서는 신경도 안 쓰고 있었다.

벽우진의 말마따나 전장에서 죽음은 비일비재한 일이었다. 총군사라고 해서 죽음에서 벗어날 수는 없었다.

"피해가 너무 커."

이제 고작 첫 번째 전투를 치렀을 뿐인데 예상했던 것보다 피해가 막심했다.

종남파의 장문인인 곽자량이 죽었고 황보세가주와 하북팽가주는 당장 전투에 참여할 수 없을 정도로 중상을 입었다.

명문세가라 할 수 있는 하후세가와 산동악가는 가주를 잃었고 말이다.

물론 천년마교 역시 야수마가주, 권마, 곤마가 죽고 천패마가주가 중상을 입긴 했지만 전체적으로는 무림맹의 피해가 더 컸다.

"인해전술까지 펼쳤는데도 승기를 잡지 못하다니."

제갈현의 표정이 어두워졌다.

천년마교 역시 상당한 출혈이 있었지만 아무리 봐도 무림맹보다는 피해가 적었다. 핵심 전력 역시 크게 잃지 않았고 말이다.

"구마가 그 정도로 강할 줄이야."

제갈현이 책상을 두드렸다.

강할 거라고 예상을 하기는 했었다. 역사적으로 봐도 교주의 친위대는 늘 강했으니까.

숫자는 늘 달랐지만 한 가지만은 동일했다.

"권제와 독황께서 그렇게 고전하실 줄이야."

곤마와 권마도 벽우진이 아니었다면 처치하지 못했을 터였다. 종남파의 장문인인 곽자량조차도 권마와 십 합을 채 겨루지 못했다. 오대세가의 수장인 황보강, 팽무광이 악진광, 하후건과 협공을 했음에도 권마를 쓰러뜨리지 못했다.

그 정도로 강력한 마인인 구마가 아직도 일곱이나 남아 있다는 사실에 제갈현은 가슴이 무거웠다. 절대고수에게 숫자는 큰 의미가 없다는 걸 그는 너무나 잘 알고 있었기 때문이다.

"질로만 승부를 보던 천년마교가 이제는 숫자로도 밀어붙이니."

구마도 구마였지만 더 큰 문제는 숫자로도 크게 차이가 나지 않는다는 점이었다.

가뜩이나 단일 세력으로는 최강이라 불리는 곳이 천년마교인데 이번 정마대전에는 중원과 새외의 마인들도 모조리 끌어모았다. 과거처럼 인해전술에는 당하지 않겠다는 듯이 말이다.

거기다 북해빙궁, 오독문, 대막과의 전쟁으로 인해 축적된 피해도 상당했기에 제갈현은 머리가 아파 왔다.

"오독문도 신경 써야 하고."

모든 이들이 눈앞의 천년마교만 생각하고 있었지만 그는 달랐다. 늘 오독문을 염두에 두고 있었다. 언제든지 독이 잔뜩 묻은 비수가 턱밑으로 파고들 수 있었기에 신경을 안 쓸 수가 없었다.

똑똑.

"나야, 총군사."

"아, 들어오시지요."

문밖에서 들려오는 익숙한 음성에 제갈현이 헐레벌떡 일어났다.

총군사직에 있는 그였지만 목소리의 주인공은 그로서도 예를 다해야 하는 인물이었다. 또한 이번 정마대전에서 핵심 전력이라 할 수 있는 이였고.

달칵.

다급히 옷매무시를 가다듬은 제갈현이 허리를 곧추세울 때 집무실의 문이 열리며 벽우진이 모습을 드러냈다.

늘 그렇듯 뒷짐을 지고서 여유롭게 걸어오는 모습에 제갈현은 저도 모르게 미소 지었다.

어제 전장을 가로지를 때도 벽우진은 저 자세였다. 하지만 어느 누구 하나 감히 벽우진의 앞을 가로막지 못했다.

"이거 차 한 잔 얻어 마시기 미안할 정도인데?"

"다른 자리가 있습니다. 이 책상은 업무용입니다. 다탁은 따로 있지요."

"아, 그래?"

"예, 이리 오시죠."

제갈현이 창가 쪽으로 벽우진을 이끌었다.

그러자 과연 그의 말대로 창문 앞에 작은 다탁과 두 개의 의자가 소담스럽게 자리하고 있었다.

"정신없지?"

"아무래도 피해가 피해이다 보니까요. 하후세가와 산동악가뿐만 아니라 죽은 이들이 너무 많습니다."

"종남파도 난리더만."

"장문인이 죽었으니까요. 그것도 불명예스럽게 돌아가셨으니."

제갈현이 입맛을 다셨다.

차라리 멋지게 전사했다면 이해라도 했을 것이다. 하지만 곽자량은 호기롭게 달려든 것과 너무나 비교되게 허망하게 죽었다. 권마에게 별다른 상처도 입히지 못한 채로 말이다.

"상대가 너무 강했어. 만만하게 보기도 했고."

"그래도 다행히 장문인께서 복수를 할 수 있게 도와주셔서 아직까지는 큰 탈이 없습니다."

"분위기만 안 좋을 뿐이지."

"예, 보통은 가족이 죽으면 분기탱천하는 게 인지상정인데 지금은 다들 몸을 사리고 있습니다."

"전공도 중요하지만 더 중요한 건 자기 목숨이니까. 근데 그건 어쩔 수 없어."

벽우진이 차를 홀짝이며 대답했다.

목숨이 한 개인 만큼 몸을 사리는 것은 당연했다. 정의의 기치 아래 모였지만 그렇다고 모든 이가 협의지심을 가지고 있는 건 아니었다.

"저도 이해는 하지만 아쉬운 것도 사실입니다."

"사기가 많이 좋지 않지?"

"예, 아무래도 다들 충격이 큰 모양입니다."

"그걸 이겨내야 하는데 말이지."

강대한 적을 마주했을 때 맞서 싸우는 이는 의외로 드물었다. 투쟁심은 모두에게나 있는 게 아니었다.

그래서 앞장서는 이들이 중요했다. 사기를 진작시키고 투지를 끓게 만들 이가 현재 무림맹에는 필요했다.

"그래도 긍정적인 것은 해볼 만하다는 것입니다. 피해가 크기는 하지만 그래도 병력은 계속 증원되고 있으니까요."

"이대로 시간을 끌면 유리한 건 확실히 우리 쪽이지. 천년마교는 원정군이니까."

"하지만 절대 가만히 있지 않을 것입니다."

"그럴 테지. 정복하려고 온 이들인데 가만히 있을 리가 있나. 장기전을 좋아하는 성향도 아니고."

"문제는 구마입니다. 다치신 분들보다 구마의 회복이 빠르다면 피해가 기하급수적으로 늘어날 것입니다."

제갈현의 목소리가 무거워졌다. 그 역시 야수마가주의 경우를 떠올리는 모양이었다.

"골치 좀 썩이겠어."

"후우. 쪽잠도 제대로 자지 못하고 있습니다."

"언제 푹 자기는 했어?"

"그렇긴 합니다만, 걱정이 이만저만이 아니라서요."

제갈현이 벽우진의 눈치를 살폈다.

늙어서 회복이 더딘 당민호와 금강신니와 달리 벽우진은 지금이 전성기였다. 아니, 어쩌면 이번 전쟁을 계기로 더욱더 성장할지도 몰랐다. 지금만 하더라도 괴물이라 불리기는 했지만 말이다.

'그러고 보니 끝을 본 적이 있나? 전력을 다한 걸 본 적이 없는 거 같은데.'

제갈현이 자기도 모르게 고개를 갸웃거렸다.

지금껏 벽우진과 이래저래 얽혀서 만나왔지만 단 한 번도 그가 전력을 다한 걸 본 적이 없는 것 같아서였다. 하다못해 힘겨워했던 모습도 보지 못했다.

"젊고 쌩쌩한 애들 아직 많이 있잖아. 갑자기 고수가 떡 하니 튀어나올 수도 있고."

"검후와 보타문이 있어 참 든든합니다. 그만한 전력은 구파일방과 오대세가 말고는 없으니까요. 특히나 세력이 약해진 지금은 더더욱 말이지요."

제갈현의 뇌리로 공동파, 청성파, 점창파가 떠올랐다. 반파를 넘어 거의 멸문에 가깝게 피해를 입은 곳만 세 곳이었다.

그렇다고 다른 구대문파들이 멀쩡한 것은 아니었다. 무당파와 아미파, 형산파 정도만 본래의 전력을 구축하고 있었다.

"확실히 생각지도 못한 지원군이기는 하지. 아마 천하무림 비무대회가 아니었다면 인연이 닿지 못했을 거야."

"그리 말씀해 주셔서 감사합니다. 아참, 그리고 장문인께 한 가지 부탁드리고 싶은 게 있습니다."

"부탁?"

벽우진이 고개를 갸웃거렸다.

지금까지 인연을 이어오면서 제갈현이 부탁을 한 경우는 거의 없어서였다. 전쟁이야 이미 충분히 제 몫을 하고 있다고 생각하고 있었고. 사실 투지는 그리 크게 일지 않았지만 말이다.

"예, 청룡단과 백호단을 한번 찾아가 주셨으면 합니다."

"아, 두 단의 피해가 상당하다는 소식은 들었어. 만용을 부리다가 죽은 후기지수들이 상당하다고."

"……예, 아직 꽃을 피우지 못한 이들이 많이 죽었습니다. 부상자도 많은 상태이고요."

"반면에 폭혈광마대를 제외하면 네 부대는 건재한 편이고."

제갈현이 이마를 짚었다. 어제 있었던 청룡단과 백호단의 모습이 떠오른 모양이었다.

하지만 벽우진은 소식만 전해 들었을 뿐 직접 보지는 못했다. 모든 신경이 곤마에게 향해 있었기에 그쪽 전투에는 시선도 두지 않았었다.

"급하게 충원은 하고 있는데 반복될까 봐 걱정입니다."

"그러니까 내가 가서 쓴소리하고 오라는 건가? 깝치지 말고 주어진 지시 사항이나 잘 준수하라고?"

"허허허."

제갈현이 겸연쩍게 웃었다. 너무나 직설적인 말에 살짝 당황했던 것이다.

하나 부정하지는 않았다. 그리고 다른 사람이 그러면 비틀어서 받아들이겠지만 벽우진이 그러면 그러려니 할 가능성이 높았다.

"호통 반, 독려 반인 건가. 근데 나는 그런 쪽으로는 재능이 없는데 말이지. 총군사도 알다시피 나는 무공과 입에 재능이 모조리 집중된 인간이라."

"가셔서 한마디만 해주셔도 다들 기뻐할 것입니다. 다름 아닌 패선이시지 않습니까. 예전에도 그랬지만 지금 장문인을 우상으로 삼는 이들이 상당히 많습니다. 특히 후기지수들 중에서요."

"우상은 무슨."

벽우진이 손사래를 쳤다. 우상이라는 말을 들을 정도로 자신은 대단한 인물이 아니라고 생각해서였다. 다른 이들에게 존경을 받고 싶은 마음도 없었고.

그저 그가 바라는 건 곤륜파가 완전하게 부활하고 제자들이 잘 먹고 잘살면 그걸로 족했다.

"장문인을 닮고자 하는 이들이 상당히 많습니다. 목표로 잡은 이들도 많고요."

"나보다는 맹주가 더 나을 것 같은데."

"그럼 같이 가시지요."

"그렇다면야."

벽우진이 어쩔 수 없다는 듯이 어깨를 으쓱거렸다. 이렇게까지 말하는데 거절하기도 애매했던 것이다.

"태상가주님은 어떠십니까?"

"입만 살아 있어. 나머지는 안 좋아."

"아……."

"적어도 5일 정도는 푹 쉬어야 할 것 같아. 늙은 몸뚱이라 회복이 더디거든."

제갈현의 표정이 더욱 어두워졌다. 어째 상황이 악화일로로 달려가고 있는 것 같아서였다.

물론 상대였던 도마 역시 멀쩡하지는 않았지만 당민호의 부재는 무림맹 입장에서는 상당히 컸다.

"하긴. 나이가 있으시니까요."

"그래도 황보세가주나 하북팽가주보다는 낫지. 직접적인 전투는 힘들어도 하독은 가능하니까."

"아!"

"도마에게 당해서 독이 아주 바짝 올라 있더라고."

제갈현이 눈을 빛냈다. 하독 정도라면 중상을 입었어도 충분히 가능할 것 같아서였다. 게다가 당민호의 수준이라면 피는 물론이고 침조차도 맹독이라 할 수 있었다.

다다다다!

제갈현이 반색한 표정을 지을 때 멀리서 다급함이 느껴지는 달음박질 소리가 들려왔다. 무엇이 그리 급한 것인지 전력으로 그의 집무실을 향해 달려왔던 것이다.

"초, 총군사님!"

"무슨 일이냐. 벽 장문인도 계신 마당에."

근엄한 얼굴로 제갈현이 수하를 타박했다. 아무리 급하다고 해도 예의에 어긋난 짓이어서였다.

그러자 사내가 식겁한 얼굴로 벽우진과 제갈현을 향해 머리가 바닥에 닿을 듯이 숙였다.

"죄, 죄송합니다."

"됐어. 급한 일부터 처리하자고."

"교주가 나왔습니다, 총군사님."

"교주? 천년마교주?"

"예, 구마만 대동하고서 성문 밖으로 나왔습니다."

제갈현의 눈동자가 순간 멍해졌다. 이게 무슨 말인가 싶었던 것이다. 반면에 벽우진은 흥미롭다는 표정을 지었다.

"일곱 명만 대동하고서 나왔다고?"

"예."

"전언은?"

"아직 없습니다. 마교주가 나온 것을 확인하자마자 보고하러 달려온 것입니다."

제갈현이 자리에서 벌떡 일어났다. 상황이 상황이니만큼 직접 확인하러 가기 위해서였다.

"맹주에게는?"

"맹주님께도 사람을 보냈습니다."

"가자고."

"예."

벽우진도 자리에서 일어났다.

그러고는 제갈현과 함께 방을 나섰다.

휘이이잉-!

팔짱을 낀 채로 섭무천이 전방을 바라봤다.

그의 등장에 모두가 하나같이 긴장한 채로 이쪽을 쳐다보고 있었다. 무거운 침묵을 동반한 채로 말이다.

"슬슬 반응이 올 때가 되었는데 말이지."

"보고는 진즉에 올라갔을 거예요."

"시작은 총군사겠지?"

"복수에 눈먼 놈들이 달려들지도 몰라요. 물론 그런다고 한들 주군의 옥체에 손 하나 까딱하지 못하겠지만 그래도 조심해서 나쁠 것은 없다고 생각합니다. 무림맹 놈들이 워낙에 교활하지 않습니까."

요마가 매서운 눈으로 무림맹 진형을 살폈다.

어제의 그 격전을 치르고도 무림맹의 숫자는 크게 줄어든 것 같아 보이지 않았다. 지금 그녀가 서 있는 땅만 하더라도 여전히 붉게 물들어 있는데 말이다.

"궁마가 있는데 무슨 걱정이야? 그리고 명분을 따지는 녀석들이 비겁한 짓을 하겠어? 제 얼굴에 침 뱉기인데."

"전쟁이지 않습니까."

"뭐, 날아온다고 해서 내가 다칠 일도 없지만."

섭무천이 히죽 웃었다.

사실 그는 내심 기대하고 있었다. 위에서 지시만 내리는 일은 너무나 따분했다. 구경은 이제 진절머리가 났기에 섭무천은 잔뜩 기대한 얼굴로 무림맹 쪽을 주시했다.

"제가 막을게요."

"그래도 되고. 오, 이제야 반응이 있군."

요마는 물론이고 뒤에 시립하듯 서 있던 다섯 명도 날카로운 눈으로 소란이 있는 쪽을 쳐다봤다.

이윽고 진형이 갈라지며 일단의 무리가 모습을 드러냈다.

"무림맹주예요."

"소림무제라. 수뇌부가 다 나왔군."

섭무천이 흡족한 표정을 지었다. 원하는 이들이 죄다 나와서였다.

"어제 보였던 이들 중 몇몇이 없는 걸 보니 부상이 심각한 모양이에요, 주군."

"아무래도 나이는 어쩔 수 없으니까."

"호호호호!"

뒤에서 통쾌한 기색의 웃음소리가 흘러나왔다.

도마가 주인공이었는데 당민호가 모습을 드러내지 않은 걸 보고 자신이 승리했다고 생각하는 모양이었다.

"많이 부실해졌어요."

"그럴 수밖에. 다른 곳도 아니고 본교와 싸웠는데."

저벅저벅.

약간의 소란과 함께 모습을 드러낸 수뇌부가 앞으로 걸어 나왔다. 그와 구마가 있는 곳을 향해 천천히 다가왔던 것이다.

"이렇게 마주 보는 건 처음이구려."

"어제 바람맞힌 게 계속 기억에 남더라고. 그래서 좀 늦긴 했지만 기대에 부응해 주려고. 사실 많이 심심하기도 했고."

"크흠!"

심심하다는 소리에 무림맹 측 수뇌부들이 언짢은 기색을 대놓고 드러냈다. 생사가 오고 가는 전쟁에서 심심하다고 하니 어처구니가 없었던 것이다.

하지만 그런 이들의 매서운 눈빛에도 섭무천은 오히려 웃었다.

"불만이 있으면 지껄여 봐. 들어는 줄게. 아니, 손을 써도 돼. 내 특별히 어울려 주지. 혼자서 무서우면 여럿이서 덤벼도 좋고."

"이익!"

면전 앞에서 하는 도발에 몇몇의 얼굴이 시뻘겋게 달아올랐다.

그러나 히죽거리는 섭무천을 향해 호기롭게 달려드는 이는 없었다. 당장에라도 달려들 것처럼 몸을 들썩이지만 정작 두 다리는 땅에서 떨어질 기미를 보이지 않았다.

"쯧쯧!"

그 모습에 섭무천의 옆에 서 있던 요마가 혀를 찼다. 암만 봐도 나잇값을 하지 못하는 것 같아서였다.

그런데 그녀의 조롱에도 누구 하나 나서지 않았다.

"이렇게 나섰다는 것은 대화를 하자는 뜻으로 받아들여도 되겠소?"

"대화라. 뭐, 그것도 나쁘지 않지. 근데 의외로 멀쩡해 보이네. 어제 머리에 구멍이 뚫릴 뻔했는데."

섭무천이 싱글거리며 말했다. 마치 재미있는 장난감을 앞에 두고서 말하는 모양새였다.

하지만 그럼에도 제갈현은 평정심을 잃지 않았다. 장난꾸러기 같은 모습을 보여도 섭무천은 천년마교의 정점이자 지배자였다.

"언제 죽어도 이상하지 않은 곳이 전장이지 않소이까. 죽음은 늘 염두에 두고 있소이다."

"오호. 역시 붓을 많이 잡아본 이야. 평범한 말도 그럴듯하게 잘 말하는데."

"어인 이유로 이곳까지 왔소?"

"말했잖아. 심심해서 왔다고."

섭무천의 뒤에 있던 구마들이 킥킥거렸다. 무림맹 측의 표정들이 하나같이 웃겨서였다. 특히 모욕이라도 당한 것처럼 얼굴을 붉히는 이들의 표정이 가장 웃겼다.

"……진짜 그 이유 때문이오?"

"겸사겸사 얼굴들도 좀 보고 말이지. 어제는 너무 멀리서 봤거든."

제갈현조차 얼굴을 굳혔으나 섭무천은 천연덕스러웠다. 시종일관 웃는 얼굴로 그를 비롯해서 수뇌부들을 둘러봤던 것이다.

"그리고 손이 근질근질거리기도 했고. 어제 애들 싸우는 거 보니까 나도 피가 끓어오르더라고."

"흠!"

섭무천의 시선이 제갈현을 지나 법무에게로 향했다.

그런데 그 눈빛이 너무나 분명했다.

"본좌가 여기까지 왔는데 도망치지는 않겠지? 아, 떼거지로 덤벼도 상관은 없어. 그것도 다 감안하고 왔으니까."

"본 맹은 비겁한 짓은 하지 않소이다."

"그거야 모르지. 지금이야 괜찮지만 상황이 달라지면 마음 역시 달라지는 법이니까. 뭐, 떼로 덤비는 게 민망하면 두셋도 괜찮아."

섭무천이 어느 쪽도 상관없다는 듯이 검지를 흔들었다.

그러자 남궁진과 혜량의 얼굴이 딱딱하게 굳어졌다. 처음부터 내내 하수를 대하듯 말하자 심기가 불편해졌던 것이다.

"혼자서도 충분하외다."

"그래? 그럼 그렇게 해."

두 사람만큼은 아니지만 법무의 표정 역시 심상치 않았다. 아무리 불제자라고 하지만 이렇게 무시를 당하는 데 기분이 좋을 리가 없었다. 더구나 그는 지금 맹주의 자리에 있었다.

그뿐만 아니라 맹도들의 자존심 역시 걸려 있었기에 법무는 망설임 없이 승복을 펄럭이며 앞으로 나섰다.

"물러나 있겠습니다. 주군."

"아아."

경직된 얼굴로 천천히 다가오는 법무를 슬쩍 쳐다보며 요마가 뒤로 물러났다.

하지만 표정은 할 수만 있다면 자신이 나서고 싶다는 얼굴이었다. 법무가 무림맹주라고 하지만 그녀가 생각하기에 섭무천과 같은 급이라고는 생각되지 않아서였다.

'무당권제가 검마 오라버니와 비슷한 수준이니까.'

중원에서는 천하제일을 다툴지 모르나 천년마교에서는 다섯 손가락 안에 들어갈까 말까 한 실력이었다.

그렇기에 요마는 입맛을 다셨다. 소림무제 정도는 검마 선에서 해결이 될 거라는 생각이 들어서였다.

'그나저나 패선은 어디 있지? 혹시 부상을 당했나?'

검마의 곁으로 다가가며 요마가 요사스러운 눈알을 굴렸다. 묘하게 선홍빛을 띠는 눈으로 무림맹의 수뇌부가 모여 있는 곳을 살폈던 것이다.

하지만 어디에서도 벽우진의 모습은 보이지 않았다.

"패선이 안 보이는데."

"저도 그래서 둘러보고 있었어요."

"어제 부상을 당했나? 겉보기에는 멀쩡해 보였는데."

"복수를 했다고 곤륜산으로 되돌아갔나?"

검마가 고개를 갸웃거렸다. 알려진 벽우진의 성격을 생각하면 곤마를 잡았다고 당장 곤륜산으로 되돌아가도 이상할 게 없었다. 물론 무림맹 측에서 쉽게 보내주지 않겠지만 벽우진이 고집을 부린다면 또 몰랐다.

"혹시 암습을 준비하는 것은 아닐까요."

"곤륜파의 도사가? 그럴 가능성은 희박할 것 같은데."

도마가 넌지시 의견을 제시했지만 검마는 고개를 저었다. 어제 하는 행동을 보면 그럴 확률은 거의 없다는 생각이 들어서였다.

차라리 제갈현이 따로 병력을 운용하면 모를까 일파의 수장인 벽우진이 그럴 것 같지는 않았다.

"몇 초나 버틸 것 같아?"

"글쎄. 그래도 명색이 무림맹주이니까 한 십 초식은 견뎌내지 않을까?"

소마가 큰 머리를 흔들며 키득거렸다.

섭무천이 마음먹고 일격을 뿌리면 단번에 죽겠지만 가지고 논다면 십 초는 충분히 버텨내지 않을까 싶어서였다.

"그렇게나 길게?"

"형이 보기에는 주군이 금방 끝낼 것 같아?"

"하긴. 정말 오랜만에 나서시는 것이니 쉽게 끝내지는 않으시겠군."

"게다가 상대가 소림무제라고. 저번에 지나가는 식으로 소림사와 무당파의 무공이 궁금하다고 하셨어."

대마가 고개를 끄덕였다. 오래전 일이지만 그 역시 들은 적이 있어서였다.

근데 검마와 겨루던 무당권제를 봤을 때 딱히 대단하다는 느낌이 들지는 않았다. 자신이 싸운다면 쉽지는 않겠지만 그렇다고 질 것 같다는 생각은 안 들었다.

"근데 소림사라고 해서 별거 있겠어? 무당권제도 별거 없던데."

찌릿!

말이 끝나기 무섭게 날카로운 시선이 느껴졌다. 제법 먼 거리이지만 못 들을 것도 없는 거리였기에 혜량이 그의 말을 듣고서 노려봤던 것이다.

그러자 대마 역시 눈을 부라렸다.

"동감. 별거 없더라고. 근데 저놈이 형 노려보는데?"

"우리 대화를 들었겠지. 그 정도 실력은 되니까."

"주군만 안 계셨으면 아가리부터 날렸을 텐데."

얼굴을 붉히며 이쪽을 죽일 듯이 노려보는 혜량을 마주 보며 소마가 주먹을 쥐었다가 폈다가를 반복했다. 섭무천만 없었다면 당장 주먹이 날아갔을 거라는 듯이 말이다.

부르르르!

그 모습에 혜량의 볼이 격렬하게 떨렸다. 극도로 분노한 것이었다.

"장문인."

그때 제갈현이 나지막하게 혜량을 불렀다. 혹시라도 흥분한 혜량이 달려들 것을 저어해 말리기 위해서였다.

"후우. 걱정할 것 없네. 이성은 유지 중이니까."

"다행입니다."

"하나 저 치들은 절대 가만두지 않을 것이야."

혜량이 평소와 달리 무시무시한 안광을 뿌렸다. 자신은 물론이고 사문까지 싸잡아 무시한 만큼 이대로는 절대 지나칠 수 없었다. 검마와 아직 못다한 승부가 있었지만 그보다 이쪽이 더 먼저였다.

섭무천의 앞에 선 법무가 호흡을 가다듬었다.

그러고는 날카로운 눈으로 섭무천을 살폈다.

서 있는 자세, 무장, 호흡, 눈빛 등 볼 수 있는 모든 것을 확인했다. 천년마교주와 무림맹주의 대결인 만큼 어느 것 하나 허투루 여기지 않은 것이다.

'무림맹 전체가 날 지켜보고 있다.'

뒤에 있는 수많은 이들의 시선을 느끼며 법무가 주먹을 그러쥐었다. 중원무림의 대표로 이 자리에 선 만큼 패배는 있을 수 없었다. 지고 싶은 생각도 없었고 말이다.

그리고 달리 생각하면 지금의 대결은 기회였다.

'여기서 마교주를 쓰러뜨리면 그대로 마인들을 밀어버릴 수 있다.'

초대 천마에 비견되는 무인이라는 소문이 돌 정도로 눈앞의 마교주는 강하다고 알려졌다.

하지만 실질적으로 그의 무공을 본 이들은 드물었다. 검을 뽑은 지도 오래되었다고 들었고.

"준비하시오."

"난 아까부터 다 됐는데?"

팔짱 낀 자세 그대로 미동도 없는 섭무천을 향해 입을 열었던 법무가 눈썹을 꿈틀거렸다. 그런 그의 시선은 섭무천의 허리춤에 매달려 있는 검으로 향했다.

"그렇소이까."

"응, 그러니까 얼마든지 들어와. 아무 걱정하지 말고."

무림맹주이자 소림사의 방장을 눈앞에도 두고도 섭무천은 여전히 장난기 가득한 얼굴로 말했다. 팔짱을 낀 상태에서 손만 펼쳐 흔들었던 것이다.

그 모습에 법무는 더 이상 말하지 않았다.

파아앗!

상대가 자신을 경시한다면 그걸 이용하면 그만이었다. 방심을 이용해 쉽게 쓰러뜨릴 수 있다면 그것보다 좋은 것은 없었다.

우우우웅!

땅을 박찬 법무의 신형이 순식간에 섭무천의 코앞까지 다다랐다. 극성에 이른 대나이신법(大挪移身法)이었다.

거기에 법무는 백보신권(百步神拳)도 더했다. 간격이 좁혀지는 그 찰나의 순간조차도 허투루 버리지 않았던 것이다.

퍼퍼퍼펑!

이윽고 무형의 권강이 섭무천의 전신을 두들겼다. 백 보 밖의 바위조차 으스러뜨리는 막강한 권격이 폭우처럼 섭무천의 전신에 쏟아졌던 것이다.

"흐읍!"

전후좌우 할 것 없이 백보신권을 쏟아내던 법무가 두 손을 활짝 펼쳤다. 코앞에 도착하자 관음청강수(觀音靑剛手)로 자연스럽게 바꾸었던 것이다.

쐐애애액!

장정만 한 거대한 수강이 벼락같이 섭무천의 머리 위로 떨어져 내렸다.

동시에 지축이 뒤흔들렸다. 웅혼한 법무의 내력을 가득 머금은 일격에 지진이라도 난 것처럼 땅이 흔들렸던 것이다.

하지만 법무는 공격을 멈추지 않았다.

'기세를 잡았을 때 몰아붙여야 한다.'

당했을지도 모른다고 생각해 지켜보다가 역으로 당하고 싶은 마음은 눈곱만큼도 없었다. 아무리 가벼워 보인다고 하더라도 섭무천은 천년마교의 주인이었다. 오직 힘의 논리만 통하는, 강자존의 세상에서 교주의 자리에 오른 이였다.

그렇기에 법무는 공력을 가일층 끌어 올렸다.

콰콰콰쾅! 꽈아앙!

관음청강수를 시작으로 대력금강장(大力金剛掌), 항마복호장(降魔伏虎掌), 수미불면장(須彌佛面掌), 금강복마권(金剛伏魔圈)이 연이어 펼쳐졌다.

소림사의 자랑인 칠십이종절예가 물 흐르듯이 자연스럽게 이어져서 펼쳐졌던 것이다.

그런데 막강한 위력에도 불구하고 법무의 표정은 시간이 갈수록 굳어져 갔다. 분명 제대로 두들기고 있는데 손맛이 느껴지지 않아서였다.

'벽을 때리는 느낌이다.'

폭발은 계속해서 일어났지만 정작 신음 소리는 들리지 않았다. 또한 파육음이나 뼈가 부러지는 소리도 없었다.

그게 법무의 마음을 불안하게 만들었다.

'더 강력한 공격을 날려야 해!'

판단을 내린 법무가 모든 힘을 끌어올렸다. 끔찍한 상상이지만 만약 그가 생각하는 게 맞는다면 이번이 처음이자 마지막 기회일 터였다.

그렇기에 법무는 망설이지 않았다. 고민하다가 기회를 날려 버리기보다는 최악을 상정하고 싸우는 게 백번 나았다.

웅웅웅웅!

법무의 전신이 은은한 금광에 휩싸였다. 소림사의 비전절학이자 칠십이종절예 중에서도 최상위 신공이라 할 수 있는 불광대승신공(佛光大乘神功)을 극성으로 일으킨 것이었다.

부정하고 사이한 모든 것들을 정화하고 소멸시키는 부처의 기운이 순식간에 주변을 휩쓸었다.

"이번 것은 좀 쓸 만한데?"

불광대승신공이 흩뿌리는 막대한 기파에 주변을 가득 채웠던 먼지구름이 일시에 밀려났다.

그러자 쑥대밭이 되어 있는 곳에 고고하게 서 있는 섭무천의 모습이 드러났다. 법무의 예상대로 호신강기 안에서 멀쩡히 서 있었던 것이다.

그 모습에 법무가 이를 악물었다.

"하아아압!"

처음 모습 그대로 여전히 팔짱을 끼고 거만하게 서 있는 섭무천을 향해 법무가 땅을 박찼다.

그런데 그 순간 법무가 나눠졌다. 몸이 떠오른 순간 하나였던 법무가 땅에 닿을 즈음에는 아홉 명이 되었던 것이다.

그 아홉 명은 순식간에 팔방으로 흩어져 섭무천을 포위했다.

"호오. 이게 그 유명한 연대구품(蓮臺九品)인가? 워낙에 익히기가 난해해 대성한 이가 극히 드문 무공이라던데."

팔짱을 끼고 있던 섭무천이 눈을 빛냈다.

지금까지 펼친 무공은 딱히 특별함을 느낄 수 없었는데 이번은 달랐다. 하나하나가 각기 다른 자세를 취할뿐더러 허상이 아니었다. 놀랍게도 모두가 법무 본신이었던 것이다.

쌔애애액!

불광대승신공을 일으킨 상태에서 연대구품을 펼치고 거기다 각기 다른 칠십이종절예를 뿌려대는 법무의 모습에 섭무천이 처음으로 고개를 끄덕였다. 이제야 제법 어울려 줄 만한 모습이 보였기에 섭무천이 씩 웃으며 팔짱을 풀었다.

그러나 검을 뽑지는 않았다.

"영광으로 알라고. 천마의 무공을 직접 경험하게 된 것을 말이야."

꽈아아아앙!

활짝 펼쳐진 손바닥에서 거대한 무언가가 뿜어져 나왔다. 지옥의 심연처럼 깊고 어두운 기운이 한순간에 사방팔방을 잠식해 갔던 것이다.

별다른 형태가 없는 그저 단순한 기운일 뿐인데 그를 향해 달려들던 아홉 명의 법무가 하나씩 사라졌다. 사마(邪魔)의 기운과 극성이라고 할 수 있는 불광대승신공을 오로지 힘으로 눌러 버린 것이었다.

"크윽!"

분신이 하나둘씩 사라져 갈수록 법무의 얼굴이 사정없이 일그러졌다. 소림사가 자랑하는 항마의 기운도 극에 이른 마기에는 속수무책이었던 것이다.

치이이익!

섭무천의 장심에서 흘러나온 기운은 순식간에 사방을 잠식하고도 모자라 본신만 남은 법무도 집어삼키려 했다.

상극의 기운 따위 더 강한 힘으로 찍어 누르겠다는 듯이 검은 안개는 집요하고 끈질기게 법무를 물고 늘어졌다.

그러자 법무를 휘감고 있던 금광이 서서히 약해지기 시작했다. 끊임없이 달려드는 마기로 인해 빛이 점차 시들어졌던 것이다.

'이렇게까지 차이가 난단 말인가……!'

시간이 갈수록 흐릿해져 가는 금광에 법무의 두 눈이 흔들렸다. 강할 거라고 예상을 하기는 했지만 격차가 이 정도로 날 줄은 몰라서였다.

하지만 그렇다고 포기할 수는 없었다.

'아직 끝나지 않았다. 아직 승부는 나지 않았어!'

법무가 두 눈에 힘을 줬다. 상황이 좋지 않음에도 그는 포기하지 않았던 것이다.

쿠웅!

금방이라도 꺼질 것처럼 일렁이던 금광이 진각과 함께 다시금 맹렬히 타올랐다. 법무의 의지에 따라 불광대승신공 역시 힘을 내기 시작했던 것이다.

"그래, 무인이 그 정도 근성은 있어야지. 더구나 소림사의 방장인데 못난 모습을 보이면 쓰나."

어금니를 악문 채로 꾸역꾸역 다가오는 법무의 모습에 섭무천이 흡족한 듯 고개를 주억거렸다. 겁에 질려 도망치는 것보다는 이쪽이 훨씬 나았다.

자고로 무인은 무인다워야 했다. 깨질 것을 뻔히 알면서도 달려들어야 하는 독기가 있어야 성장도 있는 법이었다.

'물론 그렇다고 해서 잡혀줄 마음은 조금도 없지만.'

스윽.

뻗고 있던 손을 섭무천은 가볍게 흔들었다.

하지만 그로 인해 일어난 변화는 결코 가볍지 않았다. 그의 손짓에 주변을 잠식해 있던 기운이 합쳐지며 다가오는 법무를 후려쳤던 것이다.

짜아악!

찰진 소리와 함께 법무의 승복이 찢겨져 나갔다. 동시에 금광 역시 크게 흔들렸다.

그러나 법무는 갑작스러운 일격에도 당황하지 않고 꿋꿋하게 섭무천과 거리를 좁혔다.

"아미타불!"

불호와 함께 법무가 재차 진각을 밟았다.

동시에 다시 한번 칠십이종절예가 폭발적으로 터져 나왔다. 이름조차 생소한 온갖 무공들이 쏟아져 나와 주변의 마기를 밀어버렸던 것이다.

"그런 식으로 나오겠단 말이지."

쉴 새 없이 뿜어져 나오는 금광과 강기에 섭무천이 재미있다는 표정을 지었다. 한순간에 일어난 폭발적인 기운의 원천이 무엇인지 그는 단번에 파악했던 것이다.

"나와 함께 가시구려!"

선천진기를 불태워 막강한 힘을 손에 넣은 법무가 결연한 얼굴로 섭무천에게 쇄도했다. 어느새 두 사람의 거리는 손이 맞닿을 정도로 가까워졌던 것이다.

더불어 법무의 전신에서 터져 나오는 금광 역시 그 어느 때보다 찬란하게 빛났다. 거리가 제법 떨어져 있던 구마조차도 법무에게서 흘러나오는 항마의 기운으로 인해 눈살을 찌푸릴 정도였다.

"에이. 그럴 수는 없지. 이제 막 중원에 왔는데."

온몸에서 금광을 흩뿌리는 법무가 섭무천을 껴안으려는 듯이 두 팔을 활짝 벌렸다. 자신을 희생해서라도 섭무천을 함께 데려가려는 것이었다.

하지만 그건 법무만의 생각이었다. 섭무천은 이대로 이승을 하직할 마음이 전혀 없었다.

콰득!

쫙 펼쳐진 섭무천의 손이 무언가를 움켜잡듯이 쥐어졌다.

그러자 금광에 휩싸인 채로 득달같이 달려들던 법무가 움찔거렸다. 징조도 없이 그의 오른쪽 어깨가 우그러졌던 것이다.

하나 이건 시작일 뿐이었다.

콰직!

섭무천의 손이 펴졌다가 조여지기를 반복할수록 법무의 신체부위가 망가졌다. 반대쪽 어깨, 무릎, 골반 등등이 순식간에 박살나자 법무의 신형이 힘없이 비틀거렸다.

그러나 법무는 그럼에도 주저앉지 않았다. 자신에게 주어진 시간이 얼마 없기에 악착같이 섭무천을 향해 손을 뻗었다.
"끄흐읍!"
이미 일그러질 대로 일그러진 얼굴로 법무가 손을 뻗었다. 이제는 흐릿해진 금광으로 휩싸인 손을 말이다.
"안타깝지만 여기까지다."
"이, 이렇게는……."
"여기까지 온 것만으로도 대단한 거다. 본좌가 이 정도 힘을 썼는데도 내 몸에 닿은 건 구마조차도 하지 못한 일이다. 그러니 영광으로 알고 가도록."
부르르르!
섭무천의 어깨에 닿은 법무의 손이 격렬하게 흔들렸다. 하지만 말 그대로 몸에 닿았을 뿐 더 이상 그의 손은 금광에 휩싸여 있지 않았다.
그리고 그건 그의 육신도 마찬가지였다.
"아아……."
목숨까지 희생하며 모든 걸 쏟아부었음에도 그가 할 수 있는 건 고작 손 하나 뻗은 것뿐이었다.
그 사실이 법무를 절망에 빠뜨렸다. 막아내려고 그렇게 노력했음에도 불구하고 결국 아무것도 하지 못했기 때문이다.
"먼저 가서 기다리고 있어. 반가운 얼굴들이 곧 찾아갈 테니."
툭.
흐릿하던 안광이 결국 빛을 잃었다.
소림무제라 불리며 중원무림의 정신적 지주였던 법무가 끝내

숨이 다한 것이었다. 그것도 만신창이가 된 몸으로 서서 죽은 모습에 무림맹의 진형 곳곳에서 장탄식이 흘러나왔다.

하지만 몇몇은 슬픔도 잠시 현실을 직시했다.

'맹주께서…….'

그중 한 명인 제갈현의 동공이 사시나무처럼 떨렸다. 하필이면 최악의 결과가 나와서였다.

게다가 제3자의 시선으로 봤기에 제갈현은 명확하게 평가할 수 있었다. 마제라 불리는 섭무천의 무위가 상상을 초월한다는 걸 말이다.

"으음!"

"허어!"

그 사실을 증명하듯 분위기가 무겁게 침체되어 있었다. 누구 하나 법무의 죽음에 울분을 토하며 달려들지 못했던 것이다.

"총군사님."

차갑고 묵직한 침묵이 좌중을 짓누를 때 중후한 음성이 제갈현을 불렀다.

그리고 여러 명의 인기척이 느껴졌다.

"여러분들은……."

자신에게 다가오는 이들을 본 제갈현의 얼굴이 굳어졌다.

다름 아닌 소림사의 팔대호법과 나한승들이 그에게로 걸어왔던 것이다. 그것도 하나같이 무엇을 결심한 듯한 얼굴로 말이다.

"소승들이 나가겠습니다."

"이런 말씀 드리기 송구하지만, 위험합니다."

"알고 있습니다. 허나 방장님의 시신만큼은 챙기고 싶습니다."

"혼자 가겠다는 게 아닙니다. 팔대호법 전원이 나설 생각입니다."

제갈현의 만류에도 노승들의 의지는 확고했다. 시신이라도 제대로 챙기고 싶다는 의지가 가득했던 것이다.

하지만 제갈현은 선뜻 결정을 내릴 수가 없었다. 소림사의 팔대호법에게 이래라저래라 할 자격도 없었고 말이다.

"이번에는 여덟 명인가? 나는 괜찮으니까 얼마든지 들어와. 협공해도 괜찮으니까 들어와."

법무를 상대했음에도 전혀 지친 기색 없이 섭무천이 천진난만하게 웃었다. 오히려 기대된다는 듯이 방긋 웃으며 손짓했던 것이다.

그러나 팔대호법은 그 모습에도 흥분하지 않았다. 소림사의 방장이자 무림맹주인 법무를 어린아이 다루듯 상대했던 고수가 섭무천이었다. 그렇기에 팔대호법은 흥분하는 대신 그 어느 때보다 냉정하게 부동심을 유지했다.

"우리가 죽더라도 총군사를 탓하는 제자들은 없을 것이오."

"호법님들 다음에는 저희가 나설 것입니다."

팔대호법의 뒤에 서 있던 나한승들이 눈을 빛냈다. 강력한 적이 있음에도 그들의 눈동자에서는 한 줄기의 두려움도 찾아볼 수 없었다.

"으음!"

제갈현이 두 눈을 질끈 감았다. 무림맹주인 법무도 당한 마당에 팔대호법이라고 해서 결과가 딱히 달라질 것 같지는 않아서였다.

물론 가능성은 있었다. 하지만 그 희박한 가능성에 기대어 팔대호법을 보낼 수는 없었다.

'권제께서도, 남궁가주님도 몸 상태가 정상은 아니다.'

제갈현의 머릿속에 혜랑과 남궁진이 떠올랐다.

현재 무림맹에서 법무와 비견될 만한 무인은 몇 없었다. 그런데 문제는 그들의 몸 상태가 정상이 아니라는 점이었다. 구마와의 격돌로 대부분이 크고 작은 상처를 입은 상태였다.

'더욱이 협공을 받아들일 가능성도 적다.'

제갈현이 입술을 깨물었다.

무당권제, 제왕검이라 불리는 그들이 섭무천을 상대로 협공을 할 리 만무하다는 걸 너무나 잘 알아서였다. 일파와 한 가문의 수장인 그들인 만큼 자존심 역시 높았다.

"빈니도 한 손 보태지. 맹주와는 남이 아니기도 하고."

"금강신니님."

영화 사태가 낡은 승복을 휘날리며 다가왔다.

그러자 팔대호법이 놀랐다. 설마하니 금강신니가 자신들과 함께하겠다고 말할 줄은 몰라서였다.

"맹주가 갔는데 빈니가 간다고 해서 이상할 것도 없고. 그리고 소림사와는 궁합이 나름 잘 맞기도 하고."

"……감사합니다, 신니님."

팔대호법의 수장인 법허가 합장을 하며 허리를 깊게 숙였다. 영화 사태가 얼마나 큰 결심을 한 것인지 모를 수가 없어서였다.

그래서인지 다른 팔대호법과 나한승들도 그녀를 향해 깊게 고개를 숙였다.

"몸 상태가 좋지 않다고 들었습니다."

"최상은 아니네. 하지만 그렇다고 싸우지 못할 정도도 아니지. 게다가 적이 만만치 않기도 하고."

영화 사태의 심유한 눈동자가 섭무천에게 닿았다.

그는 어느 쪽도 상관없다는 듯이 여유롭게 서 있었는데 그럼에도 빈틈이 보이지 않았다. 편안히 서 있는 것뿐인데도 딱히 공략할 곳이 안 보였던 것이다.

"이렇게 된 거 아예 다 같이 나서는 것은 어떻겠습니까?"

"음?"

"이미 모양 빠지게 된 거 그냥 물량으로 밀어붙이는 것이죠."

한쪽에 조용히 있던 개왕이 입을 열었다.

그러고는 개방의 신물이라 할 수 있는 타구봉을 꺼냈다. 자신도 지금 나서겠다는 듯이 말이다.

"방주님."

"거지에게 자존심은 없으니까. 자긍심은 있지만 지금은 중원을 지키는 게 먼저지. 안 그런가?"

개왕이 넉살 좋게 웃었다.

왼쪽 발을 잃은 후 과거의 실력을 상당 부분 잃었지만 여전히 그는 개왕이었고 개방의 방주였다. 오왕의 일인인 것이다.

그가 합세한다면 승률은 확실히 오를 터였다.

"문제는 저치가 그 꼴을 가만히 지켜볼까 하는 건데."

"지 입으로 말하지 않았습니까. 얼마든지 들어오라고."

"숫자가 많아지면 뒤에 있는 구마가 나설지도 모릅니다."

제갈현의 시선이 섭무천의 어깨너머로 향했다.

언제라도 싸울 수 있는 건 구마 역시 마찬가지였다.

"그러니까 제대로 몰아가야지. 마교주가 빠져나갈 수 없게."

개왕의 말에 제갈현의 시선이 혜량과 남궁진에게로 향했다. 지금의 전력에 두 사람이 가세한다면 결과는 어떻게 될지 모른다는 생각이 들어서였다.

'사실 가장 좋은 패는 따로 있지만.'

제갈현의 뇌리에 한 사람이 떠올랐다.

법무마저 당한 이 순간에 그가 믿을 수 있는 사람은 한 명뿐이었다. 아니, 어쩌면 지금 이 자리에 있는 모두가 그를 떠올리고 있을지도 몰랐다.

"생각을 달리하는 건 어때?"

"장문인!"

깊은 상념에 빠져 있던 제갈현이 익숙한 음성에 고개를 퍼뜩 돌렸다.

그런데 그건 다른 이들도 마찬가지였다. 축 처져 있던 분위기가 한 사람의 등장으로 인해 달라졌다.

"한 명에게 차륜전과 인해전술을 펼치는 느낌이잖아. 그건 좀 그렇지. 보는 눈이 한둘도 아닌데."

오늘도 어김없이 뒷짐을 진 자세로 느긋하게 걸어오며 벽우진이 눈짓했다.

그런 그의 시선은 모여 있는 무림맹도들에게로 향했다.

"그렇지만……."

"이왕 싸울 거 정정당당하게 싸우는 게 맹도들의 사기에도 좋지 않겠어? 그리고 풀어야 할 것들이 있는 사람들도 있는데."

벽우진의 시선이 어제 구마와 겨루었던 이들에게로 향했다.

그러자 다들 하나같이 눈을 빛냈다.

안 그래도 흐지부지 끝났던 대결로 인해 다들 속이 영 개운치가 못했었다. 한데 이렇게 판을 벌여주자 다들 기다렸다는 듯이 투지를 일으켰다.

"음!"

"마무리는 확실하게 지어야지. 다들 한가락씩 하는 인물들인데."

"태상가주께서는……."

"빈자리에 다른 사람이 채우면 되는 일이고."

"아버지의 자리는 내가 채우지."

벽우진의 뒤로 당문경이 모습을 드러냈다. 거동이 편치 않은 당민호를 대신해 사천당가주인 그가 나섰던 것이다.

그리고 그 뒤로 어느새 사천당가와 곤륜파, 보타문의 무인들이 나타났다.

"우리도 있고."

"시작을 했으니 끝을 맺어야지."

낭왕과 냉하성, 소소선자도 다가왔다.

어제의 마무리가 못마땅한 건 세 사람도 마찬가지였다.

"저놈은 나에게 맡기고. 과거의 빚도 있으니."

벽우진이 고개를 돌렸다.

그런데 때마침 섭무천 역시 그를 보고 있었다.

“재미있는 대화를 하는 것 같은데.”

“이왕이면 깔끔한 게 좋으니까. 뒤에 있는 녀석들도 심심한 거 같은데.”

“그러니 애들 먼저 놀게 하자?”

“두들겨 팼는데 힘이 빠진 상태에서 싸운 거였다고 투덜대는 꼴은 보고 싶지 않거든.”

“푸하하핫!”

팔짱을 끼고 있던 섭무천이 파안대소를 터뜨렸다. 진심으로 웃기다는 듯이 고개를 뒤로 젖히며 크게 웃었던 것이다. 반면에 섭무천의 뒤에 있던 구마들은 얼굴을 사납게 일그러뜨렸다.

“왜? 꼬와? 그럼 덤비던가.”

부르르르!

벽우진이 구마를 한 명, 한 명 마주하며 도발했다.

하지만 누구 하나 선뜻 달려들지 못했다. 곤마와 권마를 때려잡던 모습이 선명했기에 섣불리 움직이지 않았던 것이다.

“크크크!”

“어우, 속 시원하다!”

그런데 그 모습이 무림맹의 무인들에게는 통쾌하게 다가온 모양인지 곳곳에서 웃음소리가 들렸다.

동시에 한없이 내려가던 기세 역시 반등했다.

벽우진의 등장과 거침없는 말에 무림맹의 사기가 서서히 제자리를 찾았던 것이다.

"쫄리는 주제에 눈을 부라리기는. 덤비지도 못할 거면 눈깔아, 이 자식들아."

으드드득!

일곱 명이 이 가는 소리가 여기까지 들어왔다.

동시에 구마에게서 살기가 폭사되었다.

"패선의 입담이 대단하다더니. 역시 허명이 아니었어."

"그쪽도 만만치 않은 것 같은데."

"본좌는 이쪽에는 재능이 있어서 말이지."

섭무천이 키득거렸다. 다른 이라면 모를까 벽우진 정도면 그와 어울릴 자격이 있었다.

"그건 좀 더 두고 본 후에 결정하는 걸로."

스윽.

벽우진이 손을 뻗었다. 그러자 여전히 서 있던 법무의 시신이 허공으로 두둥실 떠올랐다. 거리가 상당함에도 벽우진은 딱히 어렵지 않게 허공섭물을 펼쳤다.

"가져가. 시체를 모으는 취미는 없으니."

"막아도 가져가려고 했다."

"하긴."

짧은 대화였지만 벽우진의 성격을 파악하기에 모자람은 없었다. 게다가 굳이 시체 가지고 다툴 필요도 없었기에 섭무천은 의외로 순순히 법무를 데려가는 걸 허락했다. 개인적으로 법무가 마음에 들기도 했었고 말이다.

"가, 감사합니다!"

"정말 감사합니다, 장문인!"

"고마워할 것 없어. 법무는 나에게도 좋은 녀석이었으니까."

팔대호법이 눈물을 글썽거렸다. 온전히 돌아온 법무의 시신을 껴안으며 연신 허리를 숙였다.

"그래도 감사합니다!"

"일단 시신부터 챙겨. 이곳은 곧 전장으로 돌변할지도 모르니까."

저벅저벅.

벽우진의 말이 끝나기 무섭게 혜량을 필두로 남궁진과 당문경, 금강신니와 정은 사태, 소소선자, 낭왕, 냉하성이 앞으로 걸어 나갔다.

그러다가 숫자를 파악하고는 모두가 눈치를 살폈다. 일곱만 남은 구마와 달리 이쪽은 여덟 명이었던 것이다.

"천패마가주를 부르면 될 것 같은데."

"불러."

남궁진의 중얼거림을 들은 모양인지 섭무천이 명령을 내렸다. 이왕 구경하는 거 제대로 하는 게 나을 것 같아서였다. 그리고 천패마가주 역시 내심 기다리는 것 같기도 했고 말이다.

휘이익!

섭무천의 지시가 떨어지기 무섭게 성벽 위에서 한 명이 떨어져 내렸다. 바로 붕대를 감고 있던 천패마가주였다.

그 역시 재대결이 기껍다는 듯이 두 눈을 형형하게 빛내며 구마가 있는 곳으로 다가왔다.

"이번에야말로 끝장을 내주마."

"누가 할 소리!"

모이기 무섭게 싸움이 시작되었다. 이미 어제 한 번 붙었었기에 각자 상대는 정해져 있었고, 나눌 대화가 있는 것도 아니었기에 열여섯 명은 마주하자마자 달려들었다.

"신명 나는구나!"

곳곳에서 터지는 폭발과 귀청을 쩌렁쩌렁하게 울리는 굉음에도 섭무천은 박수를 쳤다.

거리가 그리 멀지 않았기에 온갖 바람과 강기의 파편들이 쏟아졌지만 정작 섭무천의 몸에 닿는 것은 없었다. 그 어떤 여파도 그의 호신강기를 뚫지 못했던 것이다.

터터터텅!

그리고 그건 무림맹의 수뇌부 측도 마찬가지였다. 가장 앞에서 벽우진이 서 있었기에 수뇌부는 안전하게 열여섯 명의 격전을 지켜볼 수 있었다.

콰아앙! 콰앙!

곳곳에서 치열한 접전이 벌어졌다. 목숨은 물론이고 자존심이 걸려 있는 대결이다 보니 다들 악착같이 상대방을 쓰러뜨리려 했던 것이다.

하지만 실력이 크게 차이 나지 않았기에 승부는 의외로 빨리 나지 않았다.

불끈!

곳곳에서 벌어지는 혈투에 무림맹의 무인들이 하나같이 손을 움켜쥐었다. 손에 땀을 쥐게 하는 격전에 다들 자기도 모르게 손을 쥐었던 것이다.

그러면서 그들은 속으로 응원했다. 정도가 마도를 물리치기를 마음속으로 끊임없이 염원했던 것이다.

"컥!"

그런데 그때 한 줄기 신음 소리가 흘러나왔다. 금강신니가 우뚝 멈추더니 피를 토했던 것이다.

"사, 사고!"

그 모습에 아미파의 장문인인 정은 사태가 몸을 들썩이며 소리쳤다.

하지만 금강신니와 싸웠던 대마 역시 멀쩡하지는 않았다. 양쪽 어깨가 뭉개진 채로 바닥을 나뒹굴었다.

"아미타불!"

"대머리 년이 감히!"

핏기 하나 없이 창백한 얼굴로 불호를 외던 금강신니의 몸이 반으로 접혔다. 대마가 쓰러지자 친동생인 소마가 상대인 소소선자를 버려두고 그녀의 등 뒤에서 단검을 찔러 넣었던 것이다.

"언니!"

그 모습에 소소선자가 화들짝 놀라며 옥소(玉簫)를 휘둘렀다. 금강신니를 공격하느라 훤히 드러나 있는 소마의 등을 옥소로 찌른 것이다.

"크윽! 이 년이……!"

등에서 느껴지는 화끈한 고통에 소마가 얼굴을 잔뜩 일그러뜨리며 왼손의 단검을 휘둘렀다. 치명상을 입었음에도 끝까지 반격했던 것이다.

하지만 힘이 실리지 않았고, 소소선자에게는 훤히 보이는 공격이었기에 어렵지 않게 피해내고는 그대로 소마의 뒷목을 수도로 후려쳤다.

"죽어!"

"꺽!"

진기를 가득 머금은 일격에 소마의 목이 꺾였다. 죽는 순간까지도 분하다는 듯이 이를 악문 채로 죽었던 것이다.

"어, 언니!"

"나 좀 아이들에게 데려다주겠니?"

"흑!"

소마를 쓰러뜨렸지만 금강신니를 구해내지는 못했다. 이미 척추를 부수고 내부를 모조리 헤집어놓았기에 대라신선이 와도 살릴 수 없는 상태였던 것이다.

"쌍마를 죽이고 네가 살았으면 남는 장사 아닐까?"

"언니……."

"후후. 난 괜찮으니까 울지 마."

금강신니가 옅게 웃으며 소소선자의 머릿결을 쓰다듬었다. 어느새 차가워진 손으로 말이다.

그것을 느끼기 무섭게 소소선자는 황급히 몸을 돌렸다.

푸푹!

"허!"

"궁마 따위와 양패구상이라니. 이건 자존심이 너무 많이 상하는데."

"내가 할 소리를 하는군. 쿨럭!"

낭왕이 가슴을 내려다보며 말했다. 정확하게는 어린아이 주먹만 한 구멍이 뻥 뚫려 있는 자신의 심장 부위를 말이다.

그런데 마주 보고 있는 궁마의 상태도 썩 좋지만은 않았다. 애병인 철궁은 반토막이 난 상태였고 상반신은 거치도에 베인 것처럼 너덜너덜해져 있었다. 늑골은 물론이고 심장과 폐가 훤히 보일 정도로 말이다.

"그래도 이기는 건 나다. 나보다는 네놈이 먼저 죽을 테니까."

"……과연 그럴까?"

낭왕과 궁마가 서로를 노려봤다. 죽음을 앞에 두고서도 승부를 가리려고 했던 것이다.

어떻게든 상대방보다 늦게 죽겠다는 듯이 두 사람은 눈을 부릅뜨고서 흩어져 가는 내공을 부여잡았다. 죽음은 피할 수 없지만 그래도 최대한 늦추려고 했던 것이다.

··· 제8장 ···

천하제일인(天下第一人)

상황은 다른 곳도 크게 다르지 않았다.

완벽하게 승리를 차지한 이는 아무도 없었던 것이다.

"으음!"

검마를 쓰러뜨렸으나 대신 손가락 세 개를 잃은 혜량이 허탈한 표정을 지었다. 마지막의 마지막까지 버티는 검마로 인해 결국 왼손의 손가락 세 개를 잃었던 것이다. 그로 인해 주먹을 쥘 수 없게 되었으니 왼손을 잃었다고 해도 과언이 아니었다.

"자, 장문인."

그때 제법 떨어진 곳에서 힘없는 목소리가 들려왔다. 남궁진이 다 죽어가는 목소리로 그를 불렀던 것이다.

"남궁가주!"

씁쓸한 기색을 숨긴 혜량이 화들짝 놀라며 몸을 날렸다.

피투성이가 된 채로 땅바닥에 누워 있는 남궁진의 모습에 식겁

해서 달려간 것이다.

"지혈을 부탁……."

힘겹게 입을 연 남궁진의 고개가 뒤로 넘어갔다. 결국 정신을 잃은 것이었다.

그 모습에 혜량이 다급히 상처 부위를 지혈하며 금창약을 뿌렸다.

○

"우아아아!"

"이겼다!"

마지막까지 발악하던 도마가 당문경의 암기에 맞고 중독되어 절명하자 무림맹 쪽에서 우레와 같은 함성이 터져 나왔다. 지금껏 쌓아두기만 했던 울분을 한순간에 모조리 터뜨렸던 것이다.

수천 명이 일시에 터뜨리는 함성에 대기가 쩌렁쩌렁 울렸다.

"이번에는 우리가 이긴 것 같은데."

"흠."

만신창이가 되었고 몇몇이 죽었지만 중요한 건 무림맹 측이 이겼다는 점이었다.

여덟 명 중 세 명이 죽은 무림맹과 달리 구마와 천패마가주는 목숨을 잃었다. 그것도 비겁하거나 치졸한 수 없이 정면 대결로 말이다.

"뭐, 따질 게 있다면 들어는 주지."

"없다. 그 어떤 상황에서라도 이겨야 하는 게 진정한 강자의 덕목이니까. 불리한 상황이었던 것은 맞으나 그걸 넘지 못했다면 죽어도 할 말은 없지."

친위대나 마찬가지인 구마가 모두 죽었음에도 섭무천의 표정은 딱히 변화가 없었다. 씁쓸함도, 아쉬움도, 슬픔도 전혀 없었던 것이다.

"냉정한 수장이로군."

"약해서 죽은 거니까. 네 말대로 정정당당한 대결이기도 했고."

섭무천이 어깨를 으쓱거렸다. 따질 게 전혀 없는 승부였기에 그는 순순히 결과를 받아들였다.

물론 그렇다고 해서 복수할 생각이 없는 건 아니었다. 수족이나 다름없었던 구마인 만큼 복수는 확실하게 해줄 생각이었다.

'그전에 이 녀석부터 쓰러뜨려야겠지만.'

섭무천의 시선이 벽우진에게로 향했다.

도복을 입고 있었지만 도사 같은 느낌은 전혀 들지 않았다. 오히려 뺀질거리게 생긴 게 뒷골목이나 돌아다닐 것 같은 파락호처럼 보였다.

하지만 은연중에 흘러나오는 기도는 결코 만만치 않았다.

"인정이 빠른데."

"인정하지 못할 것도 없지. 다만 문제는 나만 그렇다는 것이지."

쿠그그긍.

섭무천의 말이 끝나기 무섭게 성문이 활짝 열리며 천년마교의 마인들이 우르르 몰려나오기 시작했다. 하나같이 흉흉한 살기를 흩뿌리며 평원으로 달려 나왔던 것이다.

"전군-!"
그 모습을 보기 무섭게 제갈현이 목소리에 내공을 담아 소리쳤다. 승패가 갈릴 때부터 그는 대비하고 있었던 것이다.
구그그궁!
제갈현의 외침에 무림맹의 무인들이 일사불란하게 움직였다.
특히 오단의 움직임이 어제와는 확연히 달랐다. 혈기를 주체하지 못하고 제멋대로 날뛰던 어제와 달리 오늘은 제갈현의 지시를 완벽하게 이행했던 것이다.
동시에 제갈현은 부상자들을 황급히 복귀시켰다.
이기기는 했으나 세 명이 죽고 나머지도 부상이 심각한 상태였다. 다시 싸우기는 힘들어 보였기에 제갈현은 망설이지 않고 부상자들을 후방으로 보냈다.
'왜 저렇게 냉정하지?'
순식간에 전투태세를 취하면서도 제갈현은 미간을 좁혔다.
흥분해서 발작해도 모자랄 상황임에도 별다른 반응을 보이지 않는 섭무천이 이상했던 것이다.
특히나 요마는 알려지기로 섭무천의 정부라 했었다. 그런 그녀가 죽었음에도 섭무천은 딱히 슬퍼하지도, 애석해하지도 않았다.
"전쟁은 지금부터 시작이야."
"어제부터 아니었나?"
"어제는 전초전이었을 뿐이고. 내가 나서지 않았으니까."
살기등등한 기세로 성안에서 쏟아져 나오는 교도들을 슬쩍 쳐다보며 섭무천이 말했다.

구마와 천패마가주의 죽음 때문인지 아니면 자신이 나선 것 때문에 그런 건지 확실하게 알 수는 없었지만 한 가지만은 분명했다.

어제보다 더한 기세로 달려들고 있었기에 섭무천은 웃었다.

"아래 있는 것들이 힘들었겠어. 자뻑이 심한 상관을 모셔야 했으니."

"자뻑이라니. 엄연히 실력인데. 난 늘 증명해 오기도 했었고, 강자들을 군말 없이 다루기 위해서는 윗사람 역시 강해야 하는 법이니까."

꽈아아앙!

그때 한 곳에서 무시무시한 존재감이 갑작스레 터져 나왔다.

더불어 처절한 단말마가 하늘 높이 솟구쳤다. 무지막지한 강자들의 등장에 무림맹 쪽의 무인들이 말 그대로 쓸려 나갔던 것이다.

"허!"

그 광경에 벽우진이 처음으로 놀란 표정을 지었다.

구마와 천패마가주가 죽었기에 이제는 나름 균형추가 맞지 않을까 했는데 역시나 천년마교는 천년마교였다. 구마가 죽자 구마보다 더한 괴물들이 쏟아져 나왔다.

"왜 그래? 알고 있지 않았어? 본교에는 장로원이 있다는 사실을."

"……아직도 저런 놈들이 남아 있었단 말이지."

"정마대전에 사활을 건 것은 너희뿐만이 아니다. 우리도 마찬가지지. 오히려 실패하면 타격이 더 큰 것은 우리 쪽이야."

"끄아아악!"

전성기는 한참 전에 지나간 육신이었지만 대신 막대한 공력이 있었다. 그걸 천년마교의 장로들은 십분 활용했다. 육체를 직접적으로 움직이기보다는 공력 위주의 공격을 펼쳤던 것이다.

그 결과 장로들의 주변은 삽시간에 쑥대밭으로 변했다.

"으음!"

말 그대로 존재 자체가 재앙이라는 듯이 무자비하게 전장을 휩쓰는 장로들의 모습에 제갈현의 얼굴이 딱딱하게 굳어졌다.

그리고 그건 구파일방과 오대세가를 비롯한 수뇌부들 역시 마찬가지였다. 무지막지한 공력을 앞세워 전장을 쓸어버리는 장로들의 모습에 참담한 심정을 감출 수가 없었던 것이다. 더구나 숫자 역시 스무 명을 훌쩍 넘었기에 그들이 느끼는 부담감은 어마어마했다.

"……준비한 수로도 막아내기 힘들 것 같은데."

"목숨을 걸어야 할 것 같습니다."

"그건 다들 걸었어. 다만 문제는 목숨을 걸고도 막을 수 있느냐이지."

개왕이 암담한 얼굴로 말했다.

구마와 천패마가주가 죽고 그는 내심 기대했었다. 어쩌면 역대 정마대전 중 가장 빨리, 그리고 쉽게 전쟁을 끝낼 수 있을지도 모른다고 말이다.

하지만 그건 착각일 뿐이었다.

"그래도 해보는 데까지는 해봐야지요. 준비한 것을 최대한 활용하면서요."

"후우! 그래. 해보는 데까지 해봐야지. 여기까지 왔는데 물러설 수도 없고. 순순히 보내줄 리도 없으니."

개왕이 타구봉을 움켜잡았다.

이렇게 된 이상 이판사판이었다. 막지 못하면 다 죽는 것이니 목숨을 걸고 싸울 수밖에 없었다.

"잘 부탁드립니다, 방주님."

"그래도 기세가 나쁘지 않아. 적어도 어제보다는 훨씬 나으니."

어제의 격전 이후 무림맹의 분위기는 썩 좋지 않았다. 많은 위기를 견뎌내고 이겨냈지만 천년마교의 막강함을 직접 경험해 보자 다들 기가 질렸던 것이다.

그런데 무림맹주의 죽음과 구마와의 승패가 분위기를 반전시켰다. 현실을 직시하게 되면서 무조건 이겨야 한다는 생각이 모두의 뇌리 속에 떠올랐던 것이다.

"이 기세를 살려야 합니다."

"그래야지. 얘들아 가자!"

"예이!"

개왕이 짐짓 패기 있게 소리쳤다.

기죽은 채로 싸우면 이길 싸움도 지게 마련이었다.

더구나 그는 일파의 수장이었다. 그런 만큼 힘들어도 힘든 티를 내지 않고 힘을 내야 했다.

파파파팟!

개왕의 뒤로 지금껏 보조만 하던 개방도들이 모조리 튀어나왔다.

지금까지는 개개인의 실력이 뒤떨어졌기에 자질구레한 일들만 맡았었는데 이번은 달랐다. 하나같이 투지 넘치는 눈빛을 뿌리며 개왕의 뒤를 따랐다. 특이하게도 모두 방망이나 몽둥이를 든 채로 말이다.

"타구진(打狗陣) 개진이다아-!"

"예이-!"

천여 명에 가까운 개방도들이 개왕의 포효에 특유의 추임새를 넣었다. 개왕과 마찬가지로 개방도들 역시 죽음을 각오한 것이다.

그리고 그 기세는 산불처럼 사방으로 번지기 시작했다.

"백팔나한진(百八羅漢陣) 개진!"

"매화검진(梅花劍陣) 개진!"

"오행검진(五行劍陣) 개진!"

개방에서 시작된 투혼이 소림사, 화산파, 무당파로 번져갔다.

특히 소림사의 기세가 유독 폭발적이었다. 법우에 이어 법무까지도 전쟁에서 잃게 되자 모든 제자가 살계를 열겠다는 듯이 무시무시한 살기를 뿌려대기 시작했던 것이다.

투명했던 눈동자가 혈안으로 변하며 소림사의 모든 제자들이 죽기 살기로 천년마교를 향해 달려들었다.

"아미타불!"

"가만두지 않으리라!"

"복호진(伏虎陣)을 펼쳐라!"

거기에 금강신니를 잃은 아미파까지 합세하자 기세만으로는 천년마교에 밀리지 않았다.

오히려 겉으로 보이는 기세는 무림맹이 좀 더 강했다. 인원 역시 배에 가깝게 많았고 말이다.

콰콰콰쾅!

다만 문제는 역시나 고수층이었다.

장로원의 등장으로 인해 소실되었던 고수들을 대번에 회복한 천년마교는 파죽지세의 기세로 무림맹을 밀어붙였다. 단순히 힘만으로 무림맹을 출렁이게 만들었던 것이다.

"하아압!"

그 차이를 좁히기 위해 제갈현은 온갖 방법을 동원했다.

제갈세가의 무인들을 군졸처럼 사용하는 것은 물론이고 천년마교에는 없는 독인(毒人)들을 모조리 활용했다. 사천당가의 독인들을 이용해 전투 중에 하독하는 것을 망설이지 않았던 것이다.

하지만 온갖 방법을 동원했음에도 불구하고 압도적인 전력 차를 메우기란 쉽지 않았다.

"걱정되는 모양이지?"

"뭐가?"

"제자 사랑이 끔찍하다고 하던데."

"내 울타리 안에 있는 이들을 모두 다 사랑하는 것뿐이다."

치열하다 못해 지옥도를 방불케 할 정도의 격전이 치러지는 중이지만 딱 한 곳만큼은 평온했다. 격전지에서 오직 한 곳만큼은 누구도 감히 발을 들이지 않았던 것이다.

"사랑이라. 재미있군."

"천년마교에는 없는 거겠지."

"있다. 다만 방식이 다를 뿐이지."

"제자가 둘 남은 것으로 알고 있는데."

"셋째가 너에게 죽었지."

섭무천이 대수롭지 않게 말했다.

제자가 세 명이었지만 그는 딱히 아끼거나 애지중지하지 않았다. 결국 경쟁 끝에 한 명만이 남는다는 사실을 너무나 잘 알고 있어서였다. 그렇기에 본교가 강한 것이었고 말이다.

"곧 보겠군."

"내 생각은 좀 틀린데. 내가 셋째를 보는 것보다 네가 사제를 보는 게 더 빠를 것 같거든."

"그리 생각하고 싶겠지."

키이이잉!

두 사람의 사이에서 기이한 소성이 들려왔다. 검을 맞대고서 긁는 듯한, 듣기 불편한 소리가 사방에서 들려왔던 것이다.

하지만 그럼에도 두 사람은 눈 하나 깜빡이지 않고서 상대방을 응시하기만 했다. 각자 팔짱과 뒷짐을 지고서 말이다.

쩌저적! 쩌저저적!

그런데 그저 응시하고 있을 뿐인데도 땅이 갈라졌다. 두 사람이 뿌리는 무형지기에 대기는 물론이고 대지가 찢어발겨지기 시작했던 것이다.

동시에 섭무천의 입가에 미소가 맺혔다. 역시나 기대했던 대로의 실력이어서였다.

"재미있군. 중원에 이만한 강자가 있을 거라고는 전혀 생각하지 못했는데."

"우물 안에만 있으니 딱 우물만큼의 하늘만 보였겠지."

"크하하핫!"

섭무천이 파안대소를 터뜨렸다. 대놓고 무시하는 말인데 상대가 상대라서 그런지 화가 나기보다는 흥분되었다.

적수가 없어 하릴없이 시간만 보내던 그에게 있어 벽우진은 너무나 재미있는 장난감이었다. 그것도 어제 처음 본 장난감 말이다.

"자만은 결국 스스로를 잡아먹게 되는 법이지."

"너는 그런 말을 할 자격이 있다. 다른 이라면 머리부터 터뜨렸겠지만 너는 그래도 된다. 그럴 만한 자격이 충분히 있으니까."

섭무천이 광오한 얼굴로 말했다.

하지만 그 모습이 벽우진에게는 가소로워 보였다. 마치 자신이 뭐라고 되는 양 말하는 것처럼 보였던 것이다.

물론 그렇다고 해서 섭무천을 무시하는 것은 아니었다.

'사는 게 시시했겠지. 마땅한 상대가 없었으니까.'

뒷짐을 진 벽우진이 마치 다 안다는 눈빛으로 섭무천을 쳐다봤다.

천년마교주 섭무천은 소문대로 제2의 천마 소리를 들을 정도의 고수였다. 마교 내에서도 최상위에서 군림하는 구마조차도 감히 비교하기에 힘들 정도의 강자가 섭무천이었다. 심지어 전대 마인들로 이루어진 장로원의 장로들조차도 섭무천과는 감히 비교할 수 없었다.

스으윽.

하나 그게 섭무천에게는 독으로 작용했다. 적수가 없으니 향상심 역시 꺾였던 것이다.

"지금의 눈빛, 많이 거슬리는데?"

섭무천의 눈썹이 꿈틀거렸다. 자신을 바라보는 벽우진의 눈빛이 심히 거슬렸던 것이다.

동시에 섭무천에게서 흘러나오는 마기가 더욱 강렬해졌다. 그의 의지를 따라 마기가 흉포해졌던 것이다.

키이이! 끼이이잉!

하지만 흉포한 마기의 공세에도 벽우진의 꼿꼿한 자세는 변함이 없었다. 아니, 벽우진에게서 흘러나오는 기도를 마기는 조금도 뚫지 못했다.

"흐음!"

그게 마음에 들지 않는다는 듯 섭무천의 입술이 비틀렸다.

벽우진의 수준이 상당하다는 것은 알고 있었지만 이렇게 완벽하게 막히는 건 상상하지 않았었다.

그렇기에 섭무천은 공력을 좀 더 끌어올렸다.

'최강자는 나다. 인간 중에 나보다 더 강한 자는 존재하지 않는다.'

확신이 서린 눈동자로 섭무천이 마기를 내뿜었다.

이윽고 그의 전신에서 시커먼 마기가 먹물처럼 사방을 집어삼켰다. 지상 최강, 최악의 무공이라 일컬어지는 천마신공의 마기가 본격적으로 펼쳐진 것이다.

후우우웅!

하지만 결과는 썩 달라지지 않았다.

소림무제라 불리던 법무조차도 속수무책으로 당했던 천마신공은 벽우진의 무형지기를 뚫지 못했다. 밀고 밀리기를 반복할 뿐

정작 벽우진에게 접근조차 못 했던 것이다.

"참 나."

그 광경에 섭무천이 진심으로 놀란 표정을 지었다.

무림맹의 다른 무인들과 수준이 다르다는 건 알고 있었지만 설마 천마신공의 마기조차도 이렇게 확실하게 막아낼 줄은 몰라서였다.

"천마신공을 대성했다고 해서 전부가 아니지."

"아직 거들먹거리기에는 이른 것 같은데 말이지. 대결은 시작도 안 했어."

완벽하게 막아낸 것에 자존심이 상한 모양인지 섭무천의 표정이 달라졌다. 얼굴에 은은하게 서려 있던 장난기가 완전히 사라졌던 것이다. 동시에 그의 기도가 다시 한번 달라졌다.

"말로만 떠들지 말았으면 좋겠는데."

츠츠츠츠!

벽우진이 씩 웃으며 기운을 끌어 올렸다. 곤륜파의 비전절학이자 천하에서도 손꼽히는 신공인 상청무상신공(上淸無上神功)의 진기를 본격적으로 드러냈던 것이다.

그러자 섭무천이 뿌리던 천마신공의 기운이 크게 출렁거렸다. 상극이라고 할 수 있는 기운에 일순 밀린 것이었다.

"흥!"

그 모습에 결국 섭무천이 먼저 칼을 빼 들었다. 더 이상의 입씨름은 하기 싫다는 듯 드디어 팔짱을 풀었던 것이다.

동시에 마기가 더욱 강대해졌다.

"진즉에 그렇게 나왔어야지."

사나운 기세와 함께 사방이 삽시간에 어두워졌다. 어둠이 내린 듯 섭무천에게서 흘러나온 마기가 주변을 무서운 속도로 잠식해 갔던 것이다.

쌔애애액!

그뿐만 아니라 섭무천은 허리춤에 있던 검을 뽑았다.

보는 이의 심령마저도 빼앗을 듯이 묘한 기운을 흩뿌리는 검을 쥐고서 벽우진을 향해 거칠게 휘둘렀다.

쩌저저적!

섭무천의 마기를 잔뜩 머금은 검이 대지를 갈랐다. 단순한 종베기에 땅이 갈라졌던 것이다.

그뿐만 아니라 섭무천의 검강은 벽우진의 무형지기는 물론이고 멀찍이 떨어져 있던 무림맹의 무인들도 절단 내버렸다. 이유도 모른 채 수십 명이 섭무천의 검강에 썰려 나갔던 것이다.

꽈과과광!

하지만 이건 시작에 불과했다. 본격적으로 힘을 드러낸 섭무천의 무력은 그야말로 무시무시했던 것이다.

땅이 뒤집어지고 하늘이 갈라지는 위력에 무림맹은 물론이고 천년마교의 마인들 역시 감히 두 사람의 권역 안으로 들어가지 않았다. 아니, 어떻게든 피하려는 모습을 보였다.

꽈아앙!

벽우진을 제외하면 그 누구도, 심지어 압도적인 무력을 선보이고 있는 장로원의 노마두들조차도 접근을 피했다. 괜히 휘말렸다가는 늙은 몸뚱이가 남아나질 않으리라는 것을 잘 알고 있었던 것이다.

꽈앙! 콰쾅!

섭무천과 마찬가지로 뒷짐을 푼 벽우진이 두 손을 쉴 새 없이 움직였다.

남들의 눈에 보이지는 않지만 섭무천의 마기는 지금 이 순간에도 끊임없이 벽우진을 노렸다. 벽우진의 무형지기 역시 마찬가지였고 말이다.

거기에 무지막지한 검강이 폭격처럼 쏟아져 내렸기에 벽우진도 마찬가지로 두 손을 멈추지 않고 움직였다.

퍼퍼퍼펑!

벽우진의 양손에서 뿜어져 나오는 곤륜파의 절기에 허공 곳곳에서 폭발이 일어났다. 두 사람 다 한 치도 밀리지 않고 정면으로 상대방의 공세를 맞받아쳤던 것이다.

"꺼어억!"

거기에 벽우진은 받았던 빚도 갚아주는 걸 잊지 않았다.

처음 일검에 무림맹의 무인들이 썰려 나간 것처럼 벽우진 역시 태청신권(太淸神拳)으로 천년마교의 마인들을 밀어버렸다. 무지막지한 권강으로 마인들을 압살시켰던 것이다.

"그렇게 나온단 말이지!"

거대한 망치에 찍힌 것처럼 곤죽이 되어 즉사한 교도들의 모습에 섭무천의 눈빛이 달라졌다.

자신은 무림맹도들을 죽여도 되지만 벽우진은 아니었다. 그렇기에 섭무천이 서늘한 표정을 지으며 검을 고쳐 잡았다.

쿠그그긍!

한데 단순히 마음을 고쳐먹은 것뿐인데도 지축이 뒤흔들렸다. 섭무천의 전신에서 흘러나오는 어마어마한 마기에 대지가 비명을 지르는 것이었다.

쉬이이익!

이윽고 한 줄기 섬광이 허공을 갈랐다. 아니, 천지를 갈라 버렸다.

섭무천의 검격이 천하를 양분했던 것이다.

스릉.

소리 없이 공간을 베어오는 무시무시한 참격에 무상검이 저절로 뽑혀져 나왔다. 벽우진의 의지를 받들어 잡히기 좋은 위치로 떠올랐던 것이다.

쩌어어엉!

부드럽게 무상검을 잡은 벽우진이 가볍게 휘둘렀다. 별다른 초식도 아닌 가벼운 횡 베기를 펼쳤던 것이다.

그런데 그로 인해 벌어진 후폭풍은 무시무시했다. 허공 한가운데서 충돌한 두 기운으로 인해 어마어마한 폭발이 일어났던 것이다.

콰르르릉!

땅이 뒤집어지는 것은 물론이고 지상에서 해일이 일어난 것처럼 땅거죽이 출렁거렸다.

그로 인해 격전이 잠시나마 멈출 정도였다.

쩌엉! 쩌어엉!

그러나 두 사람의 대결은 지금부터가 시작이었다.

지금까지는 전초전일 뿐이었다는 듯이 무시무시한 굉음과 함께 허공에서 폭발이 연쇄적으로 일어났다.

'무상검으로는 역시 힘들군.'

전신을 난자할 기세로 쏟아지는 섭무천의 검격을 일일이 튕겨내며 벽우진이 미간을 좁혔다.

분명 무상검은 희대의 명검이라 불리기에 모자람이 없는 검이었지만 섭무천이 들고 있는 마검은 상고무림 시대 때부터 천하에 이름이 드높았던 병기였다.

흔히 말하는 신병이기가 바로 섭무천의 신마검(神魔劍)이었다. 마검이되 신검이기도 한.

끼기긱!

초대 천마가 사용했던 검으로도 유명했던 신마검은 마물이자 요물이었다. 그렇기에 부딪치면 부딪칠수록 무상검이 비명을 질렀다.

병장기에 크게 구애받지 않는 벽우진이었지만 상대가 상대이다 보니 무상검을 보호하기가 쉽지 않았다.

웅웅웅웅!

거기다 무상검 역시 비명을 지르기는 해도 대결을 피하지는 않았다.

영성이 확실히 잡히지는 않았지만 무상검 역시 배율석이 장인으로서의 혼을 불태우며 만든 명검이었다.

그런 만큼 무상검은 자존심을 굽히지 않았다. 괴롭더라도 어떻게든 버텨내며 신마검과 싸웠다.

'네 의지가 그렇다면야.'

섭무천은 인간의 끝에 다다른 무인이었다. 극마(極魔)를 넘어 초마(超魔)를 이룬 무인이 섭무천이었다.

그렇기에 벽우진도 섭무천을 경시할 수 없었다.

구마야 크게 위협이 되지 않았지만 섭무천은 달랐다.

쩌어어억!

흘려 보낸 섭무천의 검강이 대지를 갈랐다. 길이만 해도 오십 장이 훌쩍 넘는 거대한 균열이 일어났던 것이다.

그러나 위력으로 따지자면 벽우진 역시 만만치 않았다.

뻐어어엉!

벽우진의 일검도 섭무천에 비해 조금도 뒤떨어지지 않았던 것이다.

거기다 벽우진은 무형지기뿐만 아니라 손발 역시 쉬지 않고 움직였다. 단순히 검공을 펼치는 것을 넘어 권장각도 연거푸 뿌렸다.

"흡!"

현란하다 못해 아름답기까지 한 벽우진의 공세에 섭무천 역시 천마신공 상의 무공을 모조리 펼쳤다. 그러지 않고는 벽우진의 공격을 막아내기가 쉽지 않았던 것이다.

하지만 그를 가장 놀라게 하는 건 따로 있었다.

'어떻게 아무렇지도 않지?'

섭무천의 눈동자에 한 줄기 의심이 짙게 떠올랐다.

천마신공은 만마(萬魔)를 아우르고 지배하는 무공이었다. 상극이라는 불문과 도문의 무공조차 힘으로 찍어 누르는 게 바로 천마신공이었다. 그 사실을 소림무제를 때려잡음으로써 만천하에 증명하기도 했고.

한데 벽우진에게만큼은 이상하게 아무런 영향을 끼치지 못하는 듯했다.

'어째서지?'

신마검을 거칠게 휘두르며 섭무천이 의문 가득한 표정을 지었다.

자신의 마기에 점차 짓눌려야 하는 벽우진은 시간이 흘러도 달라지는 게 없었다. 그 점이 섭무천은 이해가 되지 않았다.

까아아앙!

게다가 벽우진의 검술 역시 만만치 않았다. 초대 천마와도 비견되는 그의 검을 벽우진은 어렵지 않게 막아냈던 것이다.

심지어 그러면서도 무형지기와 권장각도 물 흐르듯이 펼쳤다. 단순히 검공을 펼치는 것을 지나 만류귀종의 경지를 몸으로 재현하는 듯했다.

'곤륜파에 이 정도의 무공이 있다고? 그럴 리가!'

섭무천의 신마검이 벽우진의 전신 요혈을 노렸다. 하나같이 치명적인 사혈만을 노리고서 찔러 들어갔던 것이다.

그런데 그 개수가 수십 개가 넘었다. 일검에 수십 개의 검영이 뿌려졌던 것이다.

터터터텅!

하지만 벽우진도 순순히 당하지 않았다. 놀라운 검예를 선보이며 그의 검격을 모조리 튕겨냈던 것이다.

"흐음!"

그 모습이 섭무천은 너무나 못마땅했다. 빌빌대며 금방이라도 쓰러질 듯이 휘청거려야 할 벽우진이 너무나 멀쩡히 자신의 공세를 받아내는 게 마음에 들지 않았던 것이다.

그것도 고작해야 곤륜파의 무공으로 말이다.

'심지어 내가 나섰는데도 말이지.'

놀람은 잠시뿐이고 이내 짜증이 치솟아 올랐다.

재미있는 장난감도 결국에는 질리게 마련이었다. 더욱이 원하는 모습이 보이지 않으면 싫증이 나는 건 당연했다.

그리고 그건 인간의 극에 이른 섭무천이라고 해서 다르지 않았다.

'슬슬 보여줄 때도 되었지. 교주의 압도적인 무력을 말이야.'

지금만 하더라도 어느 누구도 감히 두 사람의 영역에 들어오려 하지 않았다. 자칫 휘말리기라도 하면 뼈도 못 추린다는 사실을 잘 알고 있어서였다.

구마조차도 한 수 접고 들어가는 장로들도 감히 엄두를 못 내는 게 두 사람의 대결이었다.

하지만 이 정도로는 부족했다.

콰우우우!

"이제 슬슬 마무리하자고. 노는 건 이 정도면 되었으니까."

섭무천의 눈동자가 사라졌다. 검은 동공이 사라지고 흰자위도 사라졌다.

그리고 그 자리에는 새카만 어둠이 자리했다. 최강이자 최악의 마공이자 인세의 재앙으로 불리는 천마신공을 극성으로 펼친 것이었다.

쿠아아아!

동시에 섭무천의 등 뒤에서 사두팔비(四頭八臂)의 괴물이 모습을 드러냈다.

이윽고 영혼을 찢어발기는 듯한 괴성이 사방에 울려 퍼졌다.

"으으으……!"

"크허허헉!"

단순히 모습을 드러낸 것만으로도 사위에 침묵이 내려앉았다.

심지가 약한 이들은 전투 중인 것을 잊은 듯 바닥에 주저앉았다. 괴물의 포효에 다리가 풀린 것이었다.

저벅저벅.

압도적인 존재감을 뿌리는 괴물을 데리고서 섭무천이 걸음을 옮겼다. 벽우진을 똑바로 직시하며 접근했던 것이다.

"대성을 이룬 천마신공인가."

"……아무렇지도 않나?"

의기양양하게 다가오던 섭무천이 당혹스러운 표정을 지었다. 수십 장 떨어져 있는 무인들조차 그의 존재감에 제대로 서 있지 못하는데 지근거리에 있는 벽우진이 아무렇지 않아 보이자 이상했던 것이다.

아무리 상극이라고 하지만 그렇다고 한계가 없는 것은 아니었다. 더구나 곤륜파가 구대문파의 일좌를 차지하고 있다고 하나 감히 천년마교에 비할 바는 아니었다.

한데 그럼에도 벽우진은 별다른 영향을 받지 않는 듯이 서 있었다.

"아무렇지 않으니까 이렇게 멀쩡히 서 있겠지?"

"어떻게?"

섭무천이 황당하다는 표정을 지었다.

그러는 사이 그의 등 뒤를 지키던 사두팔비의 괴물이 다시 한 번 포효했다. 자신의 포효에도 무릎을 꿇지 않는 벽우진이 마음에 들지 않는다는 듯이 거칠게 울부짖었던 것이다.

쿠아아아-!

분노와 살기가 담긴 포효가 사위를 쩌렁쩌렁 울렸다.

적아를 구분하지 않는 포효에 무림맹의 무인들은 물론이고 천년마교의 마인들 역시 주저앉았다.

그 정도로 사두팔비의 괴물이 뿜어대는 존재감은 어마어마했다. 멀리 떨어져 있음에도 두 다리가 후들거릴 정도로 말이다.

"시끄럽네."

하지만 단 한 명, 벽우진에게만큼은 통하지 않았다. 괴물이 아무리 울부짖어도 벽우진은 고고히 서서 눈살을 찌푸리기만 했다.

그게 섭무천은 믿기지 않았다. 천마신공을 극성으로 일으킨 적이 몇 번 없기는 하지만 그래도 이런 경우는 없었다.

"……너 뭐냐?"

보고도 믿기지 않는 상황에 얼빠진 표정을 짓던 섭무천이 이내 미간을 좁혔다. 하나의 가설이 그의 뇌리를 관통했던 것이다.

그러나 섭무천은 묻고도 그럴 가능성은 절대 없다고 생각했다.

"뭘 거 같냐?"

"흥!"

되레 반문하는 벽우진의 모습에 섭무천이 콧방귀를 뀌었다.

그와 동시에 천지를 가르는 일검이 펼쳐졌다. 단 일검으로 하늘을 가를 법한 참격이 뿌려졌던 것이다.

하지만 벽우진은 천마신공을 극성으로 펼친 상태에서 뿌린 참격을 가볍게 튕겨냈다. 무상검으로 참격의 궤적만 살짝 비틀었던 것이다.

쩌저저적!

그것도 천년마교의 마인들이 모여 있는 곳을 향해 비틀었기에 수백 명이 일시에 썰려 나갔다.

하지만 벽우진의 노림수에도 섭무천은 당황하지 않았다. 죽은 수백 명보다 눈앞에 있는 벽우진이 훨씬 더 중요해서였다. 수백 명을 희생해서 벽우진을 잡을 수 있다면 그게 더 남는 장사였다.

웅웅웅!

섭무천의 주위로 여덟 개의 검이 솟구쳤다. 사두팔비의 괴물이 각각의 손에 마기로 이루어진 검이 쥐어졌던 것이다.

"이번 건 좀 색다른데."

"언제까지 여유를 부릴 수 있을까나!"

괴물의 포효와 함께 여덟 개의 검이 벽우진을 노렸다.

하나하나가 지금까지 섭무천이 펼쳐 보였던 검공과 똑같은 수준의 검세에 벽우진이 처음으로 놀란 표정을 지었다. 괴물이 들고 있는 검이 기형검(氣形劍)의 묘리를 품고 있음을 그는 단박에 알아차렸던 것이다.

"물러나라!"

"더 뒤로 물러나!"

그리고 그걸 깨달은 이들은 전투를 중지하며 수하들을 물렸다. 지금의 거리로도 자칫하면 휩쓸릴 수 있음을 파악하고서는 싸우기보다 물러나는 쪽을 택했던 것이다.

그러면서 그들은 하나같이 경악한 표정으로 둘을 쳐다봤다. 강하다는 건 알았지만 설마 이 정도일 줄은 몰라서였다.

꽈과과광!

신마검을 포함해 총 아홉 자루의 검이 벽우진에게 쏟아졌다. 무자비한 폭격이 벽우진을 향해 퍼부어졌던 것이다.

그런데 이번 공격만큼은 벽우진도 쉽지 않은 모양인지 옷이 금세 만신창이가 되었다.

"크크크!"

순식간에 넝마가 되어버리는 모습에 섭무천이 이제야 만족스럽다는 듯이 웃음을 흘렸다.

그가 기대하고 보고 싶었던 광경이 바로 지금의 모습이었다. 벽우진이 속수무책으로 밀리는 광경 말이다.

하지만 그는 보지 못했다. 벽우진의 두 눈에는 조금의 당혹감도, 두려움도 없다는 사실을 말이다.

웅웅웅웅!

섭무천의 파상 공세를 막아내는 벽우진의 귓가에 묘한 공명음이 들렸다. 사방에서 폭발과 굉음이 난무하는데도 익숙한 공명음이 그의 귀를 간질거렸던 것이다.

'이때를 위해서 남겨주신 것이었나.'

양손에서 느껴지는 격렬한 진동에 벽우진이 속으로 웃었다.

처음에는 어째서 일월쌍환(日月雙環)을 남겨준 건지 이해가 가지 않았었다. 일월쌍환은 현재에 필요한 무구가 아니었기 때문이다. 무구나 병기라기보다는 보패에 가까운 물건이 일월쌍환이었기에 늘 의문이 들었었는데 이제는 이해가 되었다.

"크하하핫! 이대로 갈가리 찢겨 죽거라!"

막기만 하는 벽우진의 모습에서 자신의 승리를 자신한 듯 섭무천이 포효했다. 스스로의 무력에 도취되어 앙천광소를 터뜨렸던 것이다.

그런데 그때 미세하지만 큰 변화가 일어났다.

우우우웅!

파괴의 신 마냥 사방팔방을 짓뭉개고 박살 내던 괴물이 갑자기 멈칫거렸다. 미친 듯이 날뛰던 좀 전과 달리 두려움이라도 느끼는 것처럼 몸을 떨었던 것이다.

그 모습에 두 눈을 검게 물들인 섭무천이 얼굴 가득 의아한 기색을 띠었다. 지금껏 단 한 번도 이런 모습을 보이지 않았기에 놀란 것이었다.

파아아앗!

겁에 질린 것마냥 사두팔비의 괴물이 움찔거릴 때 벽우진의 양손에서 신비로운 서광이 뿜어져 나왔다.

동시에 벽우진은 느릿하게 무상검을 집어넣었다. 일월쌍환을 사용하기로 마음먹었기에 무상검을 납검한 것이었다.

그런데 그 모든 광경을 보고도 섭무천은 아무것도 할 수 없었다.

"이익!"

그가 아무리 명령을 내려도 사두팔비의 괴물은 꼼짝도 하지 않았던 것이다.

마치 겁에 잔뜩 질려 얼어버린 것 같은 괴물의 모습에 섭무천이 이를 드러내며 진기를 끌어 올렸다. 그의 마기로 일으킨 괴물인 만큼 강압적으로라도 조종하기 위해서였다.

"소용없어."

"뭐라고?"

"아무리 발악해 봤자 달라지는 것은 없다고."

스르륵!

서광이 가라앉으며 일성검(日星劍)과 월야검(月夜劍)이 모습을 드러냈다.

동시에 괴물이 주춤거리며 뒤로 물러나려고 했다. 어떻게든 두 자루의 검에서 멀어지려고 했던 것이다.

"도대체 그 쌍검이 무엇이기에……!"

"천마신공과는 상극인 물건이지. 인세에 남은 마지막 보물이라고나 할까."

우우웅!

오랜만에 바깥세상에 모습을 보인 일성검과 월야검이 포효하듯이 울부짖었다.

그러자 사두팔비의 괴물이 몸을 떨었다. 일성검과 월야검의 공명음에 사시나무처럼 사정없이 몸을 떨었던 것이다.

반면에 일성검과 월야검은 기세등등한 공명음을 토해냈다.

"우우욱!"

한데 그 소리를 듣기 무섭게 섭무천이 비틀거렸다. 두 자루의 검이 토해내는 공명음을 듣기 무섭게 속이 울렁거렸던 것이다.

금방이라도 토를 할 것 같은 울렁거림에 섭무천이 입을 앙다물었다. 벽우진을 앞에 두고서 추잡한 꼴을 보이고 싶지는 않아서였다.

서걱.

그러는 사이 벽우진은 왼손에 들고 있던 월야검을 휘둘렀다.

달의 정기를 품고 있는 월야검은 벽우진의 선기(仙氣)를 잔뜩 머금고서 사두팔비의 팔 중 하나를 잘라 버렸다.

"큭!"

섭무천의 두 눈이 화등잔만 하게 커졌다. 강기조차도 우습게 튕겨내는 괴물의 팔이 너무나 쉽게 절단되었다는 것이 믿기지 않아서였다. 게다가 잘린 부위에서 파고든 기이한 기운으로 인해 섭무천이 느끼는 고통은 배가 되었다.

사두팔비의 괴물과는 심령으로 연결되어 있기에 피만 흘리지 않을 뿐이지 그 역시 고통은 똑같이 받았다.

크르르르!

한순간에 팔 하나를 잃은 사두팔비의 괴물이 낮게 으르렁거렸다. 더 이상 접근하지 말라고 경고하는 것이었다.

그러면서 괴물은 위협적으로 일곱 개의 팔을 들어 올렸다.

스슥.

하지만 벽우진은 괴물이 그러거나 말거나 양손에 검을 쥔 채로 천천히 다가갔다. 스스로 패선무(覇仙舞)라 이름 붙인 무공을 펼치기 시작했던 것이다.

전장과는 어울리지 않는 한 폭의 아름다운 검무와도 같은 패선무가 공간에 수를 놓자 섭무천은 속절없이 뒷걸음질 쳤다. 별거 아닌 것처럼 보이는 검무가 그에게는 그 어떤 공격보다도 위협적으로 다가왔던 것이다.

치이익! 치익!

심지어 벽우진의 쌍검과 부딪칠수록 그의 마기가 녹아내리는 것 같았다.

아니, 실제로 녹아내렸다. 쌍검과 닿는 족족 천마신공의 마기가 뭉텅이로 소멸했던 것이다.

"도대체 왜!"

얼굴이 잔뜩 일그러진 섭무천이 흥분하며 소리쳤다. 그로서는 지금의 상황이 이해가 되지 않았던 것이다.

천마신공을 대성한 후 그는 적어도 하계에서 자신의 상대는 없을 거라고 생각했다.

그 정도로 그가 이룩한 경지는 대단했다. 초대 천마가 아니라면 비교 대상이 없을 정도로 말이다.

한데 그런 자신이 벽우진에게 밀린다는 게 믿기지 않았다.

"흐아아압!"

솟구치는 울분을 터뜨리며 섭무천이 재차 천마삼검을 펼쳤다.

천년마교 최강의 무공이자 초대 천마가 말년에 남긴 그리고 그 후로 제대로 익힌 이조차 없다는 최강의 검초를 현세에 현현시켰다.

푸스스스…….

그러나 천마삼검 최후의 절초도 천마신공과 마찬가지로 벽우진의 쌍검에 닿기 무섭게 소멸했다. 여명에 닿은 안개가 흩어지듯 너무나 무기력하게 사그라졌던 것이다.

그 모습에 섭무천이 멍한 표정을 지었다.

'설마?'

그리고 그 순간 아주 오래전, 사부이자 전대 마제가 죽기 전에 남긴 말이 떠올랐다. 지나가듯이 한 말이 갑자기 그의 뇌리에 떠올랐던 것이다.

서걱. 슥.

그러는 사이 일곱 개였던 팔은 어느새 두 개로 줄어들어 있었다. 섭무천이 얼어 있거나 말거나 벽우진의 패선무는 멈추지 않았던 것이다. 일성검과 월야검 역시 오랜만의 현현에 신나서 날뛰고 있었고 말이다.

"진짜 선기란 말이더냐! 허나 선기는 오래전에 사라졌다고……!"

섭무천이 코피를 줄줄 흘리며 악을 썼다. 괴물의 팔이 잘려 나가는 만큼 그 역시 충격이 내부에 축적되고 있었기에 내상을 입은 것이었다.

그러나 그는 고통조차 잊은 듯 벌게진 얼굴로 소리쳤다. 만약 지금 벽우진에게서 흘러나오는 기운이 전설처럼 회자되는 선기라면 그가 이길 가능성은 희박했기 때문이다.

"쌓고 다루는 방법이 실전된 것뿐이지 사라진 것은 아니지. 인세에서 사라졌다면 내가 이렇게 다룰 수 있을 리가 없을 테니까."

으드득!

섭무천이 이를 악물었다.

하지만 그의 두 눈은 불안하게 흔들렸다.

벽우진이 뿜어대는 저 기운이 진짜 선기라면 그에게 승산은 없었다. 그 막강하다던, 천하를 제 마음대로 주유했던 초대 천마조차도 신선에게는 아이에 불과했었다.

"어떻게 너에게, 너에게 그런 힘이……!"

"선기 때문에 네가 졌다고 생각하지 말았으면 좋겠는데. 선기가 빠르고 편해서 사용하는 거지 무경이 너보다 낮은 게 절대 아냐."

"커헉!"

섭무천의 고개가 뒤로 젖혀졌다. 느닷없이 파고든 무형강기에 안면에 일격을 맞고는 튕겨졌던 것이다.

퍼퍼퍼퍽!

그리고 그게 시작이었다.

어느새 괴물의 팔을 모조리 잘라낸 벽우진은 일성검과 월야검을 늘어뜨리고서 무형강기만으로 섭무천을 두들겼다.

웅웅웅!

그러자 일성검과 월야검이 투정부리듯 진동했다. 지금껏 한풀이를 하듯 신나게 잘 놀고 있었는데 멈추자 떼를 쓰듯 공명음을 토해냈던 것이다.

스르릉.

하지만 벽우진의 선택은 기형검(氣形劍)이었다.

사두팔비였던 괴물이 들고 있던 칠흑같이 검은색 검과는 대비되는 순청색의 기형검이 허공에서 생성되더니 그대로 섭무천에게 벼락같이 날아갔다.

찌어어엉!

"크아악!"

전광석화와 같은 공격이었지만 섭무천은 섭무천이었다. 마제라는 별호에 아깝지 않게 섭무천은 벽우진의 공격을 막아냈다. 신마검을 이용해 가까스로 기형검을 튕겨냈던 것이다.

하지만 딱 거기까지였다.

울컥!

치명상은 피했지만 충격으로 인한 내상은 어쩔 수가 없는 모양인지 섭무천이 각혈을 했다.

그러나 주저앉지는 않았다.

충격으로 두 다리가 풀려 후들거렸음에도 섭무천은 악착같이 서서 벽우진을 마주했다. 천년마교의 주인으로서 꼴사납게 주저앉을 수는 없어서였다.

"왜 너 같은 존재를……."

"나를 탓하면 안 되지. 허송세월을 보낸 널 탓해야지."

벽우진이 딱 잘라 말했다.

스스로의 강함에 도취되어, 더 이상 오를 곳이 없다고 여기며 정체된 게 문제이지 자신의 존재가 문제인 것은 아니었다. 탓하려면 스스로의 오만방자함을 탓하는 게 옳았다.

"너 같은 이가 있을 거라고는……."

"그마저도 염두에 두고 있었어야지. 선기를 알고 있다면 하늘 밖의 하늘이 있음을 모르지 않았을 텐데."

"……."

하나같이 틀린 말이 없는 말에 섭무천이 입술을 깨물었다.

그러나 얼굴 어디에서도 저항의 의지는 보이지 않았다.

이미 천마신공은 깨졌고, 몸은 만신창이가 되었다. 단전이 아직 건재하다고 하나 공력이 아무리 많아 봤자 상황을 반전시키는 건 불가능했다.

"그러니 패배를 단순히 내 탓으로 돌리지는 말도록. 그럼 내가 보낸 시간이 너무 무의미해지니까."

망연자실한 얼굴로 무기력하게 서 있는 섭무천의 목을 벽우진은 거침없이 베었다. 아직 허공에서 형태를 유지하고 있는 기형검으로 목을 베어냈던 것이다.

그러자 무림맹 측의 기세가 활화산처럼 폭발했다. 지옥에서 올라온 괴물처럼 느껴졌던 섭무천이 죽자 기세가 대번에 상승한 것이었다.

반면에 천년마교 쪽은 찬물을 끼얹은 것처럼 가라앉았다.

파파팟!

하지만 모두가 그런 것은 아니었다. 섭무천이 죽은 순간 몇몇 이들은 발 빠르게 움직였다.

천년마교의 최강자이던 섭무천을 단독으로 쓰러뜨린 벽우진이 멀쩡한 이상 패배는 확실했다.

그러나 패배에는 여러 가지가 있었다.

'몰살만은 피해야 한다.'

섭무천의 목이 베어진 것과 동시에 사방에 흩어져 있던 장로원의 노마두들이 한결같이 땅을 박찼다. 조금이라도 피해를 줄이기 위해서는 한 가지 방법밖에는 없다는 것을 잘 알고 있어서였다.

"끄아악!"

"켁!"

곳곳에 흩어져 있던 장로들은 모두가 똑같이 한 곳을 향해 몸을 날렸다. 곤륜파의 제자들이 있는 곳을 향해 모여들었던 것이다.

벽우진을 통제할 수 있는 목줄은 사제와 제자들밖에 없다고 생각했기에 장로들은 앞을 가로막는 이들은 모조리 쓸어버리며 달려들었다.

"어딜!"

"천하의 천년마교도 별거 없네."

순식간에 수십 명을 도륙하며 거리를 좁히던 장로들이 처음으로 튕겨졌다. 적수가 없다는 듯이 날뛰던 그들을 누군가가 막아섰던 것이다.

"크흠!"

그 사실이 믿기지 않은 듯 몇몇 장로들이 당혹스러운 표정을 지었다. 자신들의 앞을 막아설 정도의 고수가 아직 남아 있다는 게 믿기지 않았던 것이다.

하지만 머뭇거림은 짧았다. 벽우진 정도의 고수에게는 찰나의 시간도 주어서는 안 되었기에 장로들은 재차 몸을 날렸다.

"소용없다니까 그러네."

터어어엉!

늙은 얼굴에 어울리지 않게 젊은이 못지않은 우락부락한 체격을 지닌 장로의 거대한 도끼를 튕겨내며 연진청이 히죽 웃었다. 이미 이들에 대한 대비는 완벽하게 되어 있어서였다.

카아앙! 까앙!

더구나 이곳에는 그녀만 있는 게 아니었다. 당대의 검후인 현주혜도 있었고 곤륜파의 호법들도 자리를 지키고 있었다. 만약의 사태에 대비해 다들 자리를 지키고 있었던 것이다.

"이만한 고수가 어째서!"

"진즉부터 부처님 손바닥 안이었어."

"이이익!"

단 열 명에 의해 속절없이 튕겨져 나가는 동료들의 모습에 장로들이 얼굴을 잔뜩 일그러뜨렸다.

하지만 열 명이 만들고 있는 진형은 너무나 끈끈했다. 그들조차 쉽사리 뚫고 지나가기 힘들 정도로 말이다.

스읏.

그리고 그들은 장로들을 죽이려 하지 않았다. 애초에 열 명의 목표는 하나였다.

"장문인."

"……!"

진구의 나지막한 말에 장로들의 몸이 움찔거렸다. 스무 명이 넘는 그들이었지만 긴장하는 쪽은 벽우진이 아니었다.

"고생하셨습니다."

"고생이라니요. 당연히 해야 할 일을 한 것뿐인데요."

"난 내 몫은 한 것 같아, 동생."

겸허하게 고개를 젓는 진구나 다른 호법들과 달리 연진청은 해맑게 웃었다. 비천단 값을 다한 건 아니지만 그래도 반 정도는 한 것 같아서였다.

"이렇게 된 거 이판사판이다!"

"저놈도 지쳤을 게 분명해!"

"흐아아압!"

등 뒤에 벽우진이 내려선 것을 느낀 것과 동시에 장로들이 몸을 돌렸다. 도망치기보다는 싸우는 쪽을 택한 것이었다.

등을 보이는 게 더 위험하다고 판단한 것이었는데 그 저의에는 벽우진이 지쳤을지도 모른다는 생각이 깔려 있었다.

다른 이도 아니고 섭무천과 싸운 벽우진이었다. 그런 만큼 제아무리 벽우진이라도 내공이나 체력의 소모가 적지 않았을 거라 생각했다. 어쩌면 지금 이 모습 자체가 허장성세일지도 모른다고 말이다.

콰콰콰쾅!

물론 그 추측이 오판이었음을 깨닫는 데는 그리 오랜 시간이 걸리지 않았다.

일월쌍환을 사용할 필요도 없다는 듯이 벽우진은 무상검을 휘둘렀다. 그런데 공간을 가르는 참격에 장로들은 막아내기 급급했다. 몇 명은 피투성이가 된 채로 튕겨져 날아갔다.

"커헉!"

"끅!"

단 일검에 장로들 반수 이상이 전투 불능에 빠졌다. 개중에 그나마 멀쩡한 이들은 도망쳤고.

벽우진이 멀쩡하다는 사실을 깨닫기 무섭게 그대로 몸을 내뺐던 것이다.

"공격하라!"

"마교의 종자들을 밀어내라!"

"모조리 쓸어버려!"

그리고 그게 시작이었다.

장로들마저 뭉텅이로 무너지자 제갈현은 이 기회를 놓치지 않았다. 지금이야말로 천년마교를 몰아낼 적기임을 본능적으로 알아차렸던 것이다.

"끝났네, 전쟁."

"아직은 아닙니다."

"이렇게 기울어졌으면 이미 끝난 거지 뭐. 수장을 잃었는데 반격할 여력이 있겠어? 일단은 천산으로 돌아가서 수습하는 게 먼저지."

도망치는 마교도들을 따라 우르르 달려가는 무림맹을 쳐다보며 연진청이 어깨를 으쓱거렸다.

하지만 대수롭지 않게 말하는 것과 달리 그녀의 얼굴에는 기쁜 기색이 완연했다. 전쟁이 생각보다 빨리 끝나서였다. 곤륜파와 보타문의 피해도 그리 크지 않았고 말이다.

"그렇겠지요."

"이왕이면 뿌리를 확실하게 뽑는 게 좋은데, 그리하기는 힘들겠지?"

"아마도요."

연진청이 회의적인 표정을 지었다.

지금이야 전쟁에서 이겼다는 사실에 도취되어, 혹은 어제 죽은 가족과 사형제들의 복수를 위해 달려들지만 당장 내일만 되어도 현실을 생각할 터였다.

"사형."

"왜?"

그때 서진후가 벽우진에게로 다가왔다. 격전을 치렀다는 사실을 보여주듯 옷 곳곳에 핏자국을 묻히고서 은근한 목소리로 그를 불렀던 것이다.

"지휘부의 눈빛이 심상치 않습니다."

"그렇겠지."

"알고 계셨습니까?"

"대놓고 쳐다보는데 모르는 게 더 이상하지 않아?"

벽우진이 피식 웃었다. 느끼지 못하는 게 더 이상하다고 생각해서였다.

"제가 계속 예의 주시하겠습니다."

"큰일은 없을 거야. 일단 본 파는 청해성에 있으니까. 그리고 지금은 손해를 복구하는 게 먼저이기도 하고."

벽우진의 시선이 제자들에게로 향했다.

다들 하나같이 피 칠갑을 하고 있지만 크게 다친 사람은 보이지 않았다. 그게 벽우진은 너무나 다행스러웠다.

'최소한의 복수도 했고.'

곤마에 이어 섭무천도 처치했다. 그렇기에 벽우진은 청민의 복수는 물론이고 전대의 복수도 어느 정도는 했다고 생각했다.

하나 만족한 것은 절대 아니었다.

"우리 주혜도 좀 생각해 줘. 애들 많이 챙겨줬어."

"알고 있습니다."

"말로만 그러지 말고."

심각한 대화가 끝나가는 듯하자 연진청이 슬그머니 다가와 팔꿈치로 옆구리를 찔렀다. 현주혜를 너무 소홀하게 대하는 것 같아서였다.

"에이. 여기서 더 어떻게 잘해줘요?"

"계속 신경을 써달라 이 말이지. 제자들은 매일 같이 둘러보고 대화하면서 확인하잖아. 그만큼만 해달라고, 그만큼만."

"제자와 주혜는 다르죠."

"끄응!"

틀린 말이 아니었기에 연진청이 앓는 소리를 냈다. 그러고는 무엇이 그리 답답한지 가슴을 탕탕 쳐댔다.

하고 싶은 말은 많지만 할 수 없다는 표정에 벽우진은 어깨를 으쓱거리며 고개를 돌렸다.

"사부님."

"다들 괜찮지?"

"예, 자잘하게 다친 사람은 있는데 크게 다친 사람은 없어요."

"다들 고생했다."

"고생이라니요."

"당치 않습니다!"

벽우진의 말이 끝나기 무섭게 양일우와 양이추, 심대현이 격렬하게 고개를 저었다. 중원무림을 지키는 일에, 거기에 사숙의 복수까지 걸려 있는 일에 고생이라는 말은 가당치도 않아서였다.

"그렇게 생각하면 고맙고. 이제 슬슬 정리하자."

"예!"

전쟁이 끝났다고 모든 게 끝난 것은 아니었다. 그래서 벽우진은 시체들로 가득한 평원을 바라보며 발걸음을 뗐다.

똑똑똑.

침상에 누워 졸고 있던 벽우진이 눈을 번쩍 떴다.

그러고는 느릿하게 일어나 옷을 추슬렀다.

"들어와."

"모시려고 왔습니다."

"뭘 굳이 그렇게 해. 거리도 얼마 되지 않은데."

"정마대전을 끝낸 영웅이시지 않습니까. 이 정도 의전은 해드려야지요."

"의전은 무슨."

제갈현의 말에 벽우진은 고개를 저었다.

그러고는 썩 못마땅한 얼굴로 제갈현을 따라 방을 나섰다. 전쟁은 끝났지만 아직 처리해야 할 일은 남아 있었다.

벽우진은 그게 영 불편했다.

"총군사와 벽 장문인이 도착하셨습니다."

달칵.

제갈현의 의전 아닌 의전을 받으며 벽우진은 사천당가의 대회의실로 들어갔다. 그러자 곳곳의 빈자리와 함께 부상자들이 눈에 들어왔다.

전쟁을 치른 후가 아니랄까 봐 멀쩡한 사람을 찾기 힘들 지경이었다.

"오셨습니까."

"좋은 아침입니다, 장문인."

문밖에서도 들릴 정도로 고성이 난무했던 대회의실이 한순간에 조용해졌다. 이번 정마대전의 일등공신이자 종결자라 할 수 있는 벽우진의 등장에 모두가 눈치를 살폈던 것이다.

"누가 보면 너만 전쟁을 안 치른 줄 알겠어."

"가장 뼈 빠지게 뛰어다닌 게 바로 나다."

"농담도 못 하냐."

까칠하게 나오는 벽우진의 모습에 당민호가 머쓱한 얼굴로 뒤통수를 긁적였다. 승패가 판가름 난 어제의 전투에서 그가 한 건 아무것도 없어서였다.

"앉으시죠."

"그래."

한마디로 당민호의 입을 다물게 만든 벽우진이 자리에 앉았다.

그러나 누구 하나 선뜻 입을 열지 못했다.

앞으로의 일정과 논공행상을 논하기 위한 자리였지만 어제의 모습이 자꾸 떠올라서 좀처럼 말을 꺼낼 수가 없었다. 벽우진 앞에서 논공행상을 거론하기가 쉽지 않았던 것이다.

"다들 왜 말이 없어? 방금 전까지만 해도 시장통처럼 떠들더니."

"흠흠!"

"커험!"

당민호의 시선에 몇몇 수장들이 슬그머니 고개를 돌렸다.

아까 전이야 벽우진이 없었다지만 지금은 달랐다. 그렇기에 다들 말을 아꼈다.

"듣자 하니 이대로 종전하려는 것 같던데. 아닌가?"

"그게 말입니다……."

"승리하고 쫓아낸 마당에 굳이 추격할 필요가 있겠느냐고 말하는 이들이 제법 많습니다."

··· 제9장 ···

종전(終戰)

시선을 피하는 이들을 대신해서 목진자와 개왕이 조심스럽게 입을 열었다. 언제까지고 침묵만 할 수는 없다고 생각해서였다.

그리고 두 사람 역시 어느 정도는 그 의견에 동조했다. 추격한다고 해서 천년마교의 씨를 말릴 수 있다고 확신할 수 없는 만큼 차라리 후일을 도모하는 게 더 낫다고 생각했다.

"죄다 여기에서 만족하고 있어. 정작 정마대전을 끝낸 이는 아무런 말도 없는데 말이지. 쯧쯧!"

당민호의 핀잔 아닌 핀잔에 목진자와 개왕이 고개를 숙였다.

여론이 이렇다고 말을 했지만 둘 다 잘 알고 있었다. 자신들이 이러쿵저러쿵 말할 자격이 없다는 사실을 말이다.

하지만 분명한 사실은 다들 여력이 없다는 점이었다.

'벽 장문인을, 그리고 곤륜파를 두려워하기도 하고.'

개왕이 복잡한 눈빛으로 벽우진을 쳐다봤다.

다른 이들보다 벽우진에 대해 더 많이, 잘 알고 있는 사람이 그였다. 하지만 어제 있었던 섭무천과의 대결은 그에게 엄청난 충격을 주었다. 벽우진의 신위를 보는 순간 감탄보다는 공포가 먼저 엄습했던 것이다.

그리고 그건 다른 이들도 마찬가지일 터였다. 벽우진 덕분에 천년마교의 침공을 막아냈지만, 그 이후가 걱정되는 것은 어쩔 수가 없었다.

'너무 많은 이들이 죽었어.'

천년마교와의 전쟁으로 수많은 이들이 죽었다.

하지만 곤륜파는 아니었다. 벽우진이 건재한 이상 앞으로의 중원무림은 곤륜파가 독주할 가능성이 컸다.

그나마 다행스러운 점이라면 곤륜파가 변방이라 할 수 있는 청해성에 자리 잡고 있다는 점이었다.

'그래도 크게 달라지는 것은 없겠지만.'

곤륜파의 위상과 명성은 앞으로 더욱더 크고 높아질 터였다. 다른 문파들이 소모된 전력을 복구하느라 정신없는 것과는 상반되게 말이다.

때문에 다들 꺼리는 것이었다. 지금만 하더라도 이 정도인데 여기서 피해가 더 커졌다가는 복구하는 데 필요한 시간이 더 필요할 테니까.

'더불어 견제도 해야 하고.'

개왕이 남몰래 한숨을 쉬었다.

엄밀히 따지자면 그는 견제를 해야 한다고 생각하는 쪽은 아니었다. 무림맹은, 중원무림은 곤륜파에게 너무나 큰 빚을 졌다. 그런데 견제라니, 그건 있을 수도 없는 일이었다.

'하지만 그게 필요하다고 생각하는 치들이 있으니까. 염치없이 말이지.'

정작 싸워야 할 때는 뒤에서 몸을 사린 이들이 이제 와서 큰 목소리를 내고 있었다. 그게 개왕은 참으로 고까웠다.

하지만 분명한 건 그들 역시 전쟁에 참여했다는 점이었다.

"이 정도면 충분하지 않습니까. 큰 피해를 입었으니 한동안은 소모된 전력을 회복하는데 집중할 것입니다."

"전리품도 이만하면 충분하지 않습니까. 굳이 원정을 갈 필요는 없다고 생각합니다."

"죽은 이들을 추모할 시간도 필요하지 않겠습니까."

"말이 나와서 하는 소리인데 더 싸우고 싶어 하는 이들은 별로 없습니다. 대부분은 고향으로 돌아가고 싶어 합니다."

목진자와 개왕이 물꼬를 틀어서 그런지 곳곳에서 의견이 나왔다. 눈치를 살피면서도 자신의 의견을 끝까지 말했던 것이다.

그러나 벽우진은 그 모습을 보고도 팔짱을 낀 채 아무런 말도 하지 않았다.

"고향은 무슨. 개선장군 노릇을 하고 싶은 거겠지. 그러니 전쟁이 끝나지 않았는데 논공행상부터 하고 있는 것이고."

"말씀이 지나치십니다."

"지나쳐? 네가 지금 나에게 그따위 소리를 지껄인 거냐?"

당민호가 버럭 소리를 질렀다. 여전히 전신을 붕대로 감고 있는 그가, 심지어 얼굴에도 붕대를 감고서 노성을 터뜨렸다. 두 눈을 동그랗고 뜨고 말대꾸하는 종남파의 새 장문인을 노려봤던 것이다.

그러자 그가 흠칫 놀라며 몸을 떨었다.

"아니, 제 말은……."

"까놓고 말해보자. 이번 정마대전에서 종남파가 한 게 뭐야? 전 장문인이 엊그제 권마에게 달려들어서 죽은 것 말고 뭐가 있지?"

"커흠! 큼!"

종남파의 장문인이 시선을 내리깔았다.

이렇게 말하면 그로서는 마땅히 할 말이 없었다. 정마대전에서 종남파가 끼친 영향은 그리 크지 않아서였다. 그마저도 좋은 쪽보다는 안 좋은 쪽으로 영향을 끼쳤고.

"중요한 것은 대부분의 사람들이 천년마교의 마인들을 추격하는데 회의적이라는 점입니다. 구대문파만 하더라도 소림사와 아미파, 무당파가 큰 피해를 입지 않았습니까. 황보세가주와 하북팽가주 역시 현재 회의에도 참여하지 못할 정도이고요."

"나는?"

"……."

조심스레 입을 열었던 구양세가주가 당민호의 반문에 입을 다물었다. 누가 봐도 심각한 부상을 입은 이가 당민호였기 때문이다. 지금만 하더라도 다른 이의 부축이 없으면 제대로 걷기 힘든 게 바로 당민호였다.

"총군사의 생각은 어떤가?"

좀처럼 결론이 나오지 않는 모습에 잠자코 대화를 듣고만 있던 혜량이 입을 열었다. 왼손에 큼지막한 붕대를 한 채로 제갈현을 쳐다봤던 것이다.

그 말에 모두의 시선이 제갈현에게로 향했다.

"저는 양쪽의 의견 모두 타당하다고 생각합니다. 태상가주님의 말씀대로 어쩌면 이번이 기회일지도 모릅니다. 천년마교의 끝을 낼 수 있는. 적어도 몇십 년은 회복에만 전념해야 할 정도의 피해를 입힐 수 있을지도 모릅니다."

"내 말이!"

"하지만 현재 무림맹의 상황도 감안해야 하는 게 맞습니다. 승리하기는 했습니다만 피해가 상당한 건 사실이니까요. 몇몇 문파는 멸문에 가까운 피해를 입었고요."

"맞습니다."

"그렇습니다."

당민호에 이어 군소방파의 수장들이 맞장구를 쳤다.

특히 큰 피해를 입은 이들이 무거운 얼굴로 대답하자 당민호도 차마 따지지 못했다. 후방에서 눈치만 보던 이들이라면 모를까 목숨 걸고 싸운 이들에게 닦달할 수는 없어서였다.

"오독문도 생각해야 합니다. 형산파가 저지하고 있다고 하지만 언제라도 다시 치고 올라올 수 있습니다."

"맞다."

"허어. 오독문을 잊고 있었군."

혁련세가주의 말에 여기저기에서 웅성거렸다. 천년마교에 모든 신경이 쏠려 오독문이 다시 중원을 침공했음을 깜빡한 것이었다.

"그래서 양쪽 의견 다 타당하다고 말씀드린 것이었습니다."

"총군사는 중립인가 보군."

"예. 사실 결정권자는 제가 아니기도 하고요."

당문경을 마주 보며 제갈현이 옅게 웃었다. 그가 총군사이긴 하지만 결정권은 없었다.

"으음!"

"흠!"

한편 결정권자라는 말에 모두가 불편한 표정을 지었다. 어제 죽은 법무가 떠오른 것이었다.

그래서인지 법무를 대신해 소림사의 대표로 회의에 참석한 법허가 불호를 외며 두 눈을 감았다.

"결국 제자리걸음인 것 같은데. 네 생각은 어때?"

"여기까지라면 어쩔 수 없지. 무림맹이 천년마교도 아니고 강제로 끌고 갈 수는 없잖아?"

"못할 것도 없을 것 같은데? 네가 나서면."

당민호의 대답에 여기저기에서 마른침을 삼키는 소리가 들려왔다. 막말로 벽우진이 강요한다면 면전에서 그걸 거절할 이들은 몇 없을 게 분명해서였다.

그래서 다들 긴장한 얼굴로 벽우진을 힐끔거렸다.

"내가 마교주냐? 나서서 뭘 해? 그리고 싫다는 이들을 데리고는 될 일도 안 된다."

"에잉!"

당민호가 혀를 찼다. 생각하면 생각할수록 너무나 근시안적인 것 같아서였다.

어쩌면 이번이 처음이자 마지막 기회일지도 몰랐다. 천년마교의 맥을 끊을 수 있는 기회 말이다.

'우진이가 있을 때가 진짜 기회라는 것을 모르다니. 아니면 일단 반대부터 하고 보는 건가.'

당민호의 눈매가 날카롭게 변했다.

노회한 강호인답게 그는 어제와는 완전히 달라진 분위기를 알아차렸다. 아니, 눈치채지 못하는 게 오히려 이상했다.

'전쟁이 아직 끝나지도 않았는데.'

당민호는 어처구니가 없었다.

대승을 한 것도 아니고 겨우겨우, 그것도 벽우진이 아니었다면 오히려 대패했을 게 분명했을 전쟁을 가까스로 이긴 게 바로 어제였다. 그런데 하루 만에 정치질을 하는 이들의 모습에 당민호는 어이가 없었다.

"내가 있을 필요까지는 없어 보이는데. 난 이만 일어나겠어."

"같이 가."

"제가……."

지휘부의 의견은 충분히 들었기에 벽우진은 더 이상 이 자리에 있을 필요성을 못 느꼈다. 딱히 할 말도 없었고 말이다. 논공행상이 남아 있기는 했지만 그건 제갈현과 따로 의논해도 되었기에 벽우진은 망설이지 않고 일어났다.

그 모습에 제갈현이 반사적으로 몸을 일으켰다.

"총군사는 의견 조율해야지. 지금도 개판인데 총군사마저 나가면 어떡하라고."

"크흠!"

개판이라는 말에 여기저기에서 헛기침 소리가 흘러나왔다.

하지만 당민호의 부라림을 정면으로 마주하는 이는 없었다. 배분으로도, 명분으로도 따질 수 있는 이는 이 자리에 없었던 것이다.

"가자고."

"그래."

"답답한 것들."

벽우진만 아니었다면 죄다 뒤집어 버렸을 것이라는 듯이 당민호가 이를 드러냈다. 부상당한 몸임에도 여전히 살벌한 기세를 드러냈던 것이다.

-저에게 맡겨주십시오, 아버지.

마지막까지 못마땅한 기색을 얼굴 가득 드러내며 나가는 당민호의 귓전으로 아들의 전음이 들렸다.

지금의 상황이 불만스러운 건 그 역시 마찬가지였다. 승자임에도 승자다운 면모가 전혀 보이지 않아서였다.

더구나 이곳은 사천성이었다.

-정리해서 보고해.

-알겠습니다.

일말의 미련도 없다는 듯이 회의실을 나서는 벽우진을 당민호가 다급히 뒤따랐다. 시종의 부축을 받아 회의실을 나섰던 것이다.

그러자 벽우진이 등장했을 때만큼이나 무거운 침묵이 회의실에 내려앉았다. 다들 좀 전과는 다른 의미의 눈치를 봤던 것이다.

벽우진을 따라나선 당민호는 자기 전용의 응접실로 친구를 이끌었다.

그런데 두 사람이 응접실에 도착하기 무섭게 두 명의 여인이 벽우진을 찾아왔다.

"누님?"

"이리로 왔다고 들어서. 그런데 당 동생은 그렇게 움직여도 돼? 당장 누워 있어야 할 것 같은데."

시비의 안내를 받아 현주혜와 함께 응접실을 찾은 연진청이 걱정 가득한 눈빛으로 당민호를 쳐다봤다. 눈빛만 멀쩡하고 나머지는 죄다 심각해 보여서였다.

특히 부들거리는 두 다리가 안쓰럽게 눈에 박혔다.

"허허. 괜찮습니다. 이 정도 상처는 내일이면 다 낫습니다."

"말이 되는 소리를 해야지. 근데 회의가 영 아니었나 봐. 둘 다 표정이 썩 좋지 않은데?"

"벌써부터 자기 밥그릇부터 챙기려고 하더라고요. 나 원 참. 지들이 한 게 뭐가 있다고. 전쟁의 승패를 가른 건 우진인데."

당민호가 투덜거렸다. 생각하면 생각할수록 열이 뻗쳤던 것이다.

"언제는 안 그랬어?"

"예상을 못 한 것은 아니지만……."

"일단 들어가서 얘기하자. 우리도 궁금하니까."

연진청이 당민호를 달래며 시비에게 눈짓했다.

그러자 시비가 눈치껏 응접실을 문을 열고 다과상을 내왔다.

"으윽!"

"하나도 안 괜찮아 보이는데."

의자에 앉기 무섭게 신음을 흘리는 당민호의 모습에 연진청이 안쓰러운 표정을 지었다. 군데군데에서 흘러나오는 핏자국만 봐도 당민호의 상처가 심상치 않다는 걸 알 수 있어서였다.

"괜찮다니까요. 이 정도는 금방 낫습니다."

"허세는. 그보다 얘기 좀 해봐. 어떻게 됐어?"

"죄다 온건파, 안전제일 주의였습니다. 거기에 견제하려는 심리도 가득하고요. 누구 덕에 이렇게 살아 있는 줄 모르고!"

"흐음."

연진청이 조용히 차를 마시는 벽우진을 쳐다봤다. 잔뜩 흥분한 당민호와 달리 벽우진이 너무나 차분해서였다. 그녀가 아는 벽우진은 결코 이대로 가만히 있을 성격이 아니었다.

"오라버니. 괜찮으세요?"

"안 괜찮을 건 또 뭐야? 예상하지 못했던 것도 아니고. 어제 어느 정도는 짐작했었어. 굳이 더 피를 볼 필요는 없다고 생각했겠지. 본 파가 신경 쓰이기도 할 테고."

조심스럽게 말을 거는 현주혜를 향해 벽우진이 아무렇지 않다는 얼굴로 대답했다. 어제 자신을 쳐다보는 시선에서 이런 결과가 나오리라고 짐작했었기에 놀랄 것도 없었다.

"동생, 이대로 가만히 있을 거야?"

똑똑.

연진청이 묻는 순간 누군가가 문을 두드렸다. 어떻게 보면 절묘한 순간에 누군가가 찾아온 것이었다.

"접니다, 태상가주님."

"총군사?"

"예, 들어가도 되겠습니까?"

"아니, 왜 벌써 나왔어? 아, 일단 들어와."

생각지도 못한 이가 등장해서일까. 당민호가 놀란 얼굴로 입을 열었다.

이윽고 문이 열리며 조금은 지친 기색의 제갈현이 응접실 안으로 들어왔다.

"두 분도 같이 계셨군요."

"오랜만이에요."

꾸벅.

응접실 안으로 들어오던 제갈현이 살짝 놀란 표정을 지었다. 연진청과 현주혜가 함께 있는 모습에 조금 당황한 것이었다.

하지만 이내 그러한 기색은 사라졌다. 대신 역시나란 표정으로 두 사람을 번갈아 쳐다봤다.

"아무래도 다른 사람들은 불편해서 말이지요."

"이해합니다."

직설적인 말이지만 이보다 더 명확한 말도 없었다. 그렇기에 제갈현은 쓴웃음을 지으며 연진청을 쳐다봤다.

"돌아가는 상황도 썩 좋지 않다고 들었고요."

"썩 좋은 정도가 아니라 개판입니다. 그래도 사람이라면 염치는 있어야 하는데."

당민호가 다시 씩씩거렸다.

만약 벽우진이 없었다면 지금은 다들 관에 들어가 있었을 터였다. 그런데 힘을 실어주기는커녕 은근슬쩍 견제하는 모습에 당민호는 그나마 있던 정나미도 모조리 떨어졌다.

"안 그래도 당 가주께서 열변을 토하셨습니다. 이건 아니라고 하면서요. 후대에 또 이런 전쟁을 남겨줄 거라면서 말이지요."

"내 말이!"

"근데 분위기가 묘했습니다."

"묘하기는. 일단 급한 불을 껐으니 이제 제 안위부터 챙기기 시작하는 거지. 후대의 일은 후대에게 떠넘기고 말이야. 삭초제근을 해도 모자랄 판에."

열불을 토하는 당민호를 보며 제갈현이 어색한 표정을 지었다.

그 역시 당민호의 생각에는 동의했다. 하지만 그러기 위해서는 현실적인 문제가 있었다. 일단 원정만 하더라도 들어가는 자금이 기하급수적일뿐더러 피해 역시 상정하기가 쉽지 않았다.

"아무래도 이해관계가 얽혀 있으니까요."

"그걸 몰라? 다만 방법이 잘못되었다는 거야. 조율이 아니라 그냥 싫다는 거잖아. 어쭙잖게 우진이를 견제나 하고."

"그 부분에 대해서는 혜량 장문인께서도 한마디 하셨습니다. 현재의 승리는 벽 장문인 덕분인 게 사실이니까요. 하지만 이해하지 못하는 것은 아닙니다. 객관적으로 따져봤을 때 앞으로의 곤륜파가 두려운 것은 사실이니까요. 벌써부터 당대의 천하제일문은 곤륜파라는 말이 나오고 있습니다. 또한 후대 역시 탄탄하지요. 다른 문파들이 우려를 표하는 것도 무리는 아닙니다."

제갈현의 시선이 벽우진에게로 향했다.

외견으로 보면 벽우진의 전성기는 지금부터 적어도 삼십 년은 이어질 터였다. 전대의 인물이라 할 수 있는 그가 다음 세대까지 아우른다는 소리였다. 그것도 천하제일인으로서 말이다.

'하지만 견제가 답은 아니지. 대화가 안 통하는 것도 아니고.'

세간에는 괴팍하다고 알려져 있지만 벽우진은 의외로 사리분별이 확실한 성격이었다. 또한 대화도 은근히 잘 통했고 무력으로 모든 것을 해결하려 하지도 않았다.

그런데 무림맹의 지휘부는 그 사실을 보지 못했다.

"그건 지들 능력이 부족해서지. 왜 남을 탓해? 게다가 현재의 곤륜파는 폐허 속에서 여기까지 올라왔어. 오직 스스로의 힘만으로 말이지. 아, 본가도 조금은 지분이 있지."

"인정."

벽우진이 고개를 주억거렸다. 사천당가의 도움이 없었다고는 말할 수 없어서였다. 지금도 든든한 우방이었고.

"과거가 아닌 현재에 살고 있으니까요. 당장 눈앞에 보이는 걸 신경 쓸 수밖에 없기도 하고요."

"배은망덕한 것들."

"그래도 모두가 같은 생각인 것은 아닙니다."

제갈현의 말에도 이미 비틀린 당민호의 입매는 좀처럼 풀릴 기미를 보이지 않았다.

지금 이 모습을 법무와 금강신니가 봤다면 무슨 말을 할지 궁금했다. 아마 둘 다 가만히 있지는 않을 터였다.

'그들을 추모하지는 못할망정.'

당민호가 두 눈을 질끈 감았다.

비록 어제 전장에 있지는 못했지만 그는 누구보다 먼저 소식을 전해 들었다. 금강신니와 낭왕, 냉하성이 구마와의 전투 끝에 죽었다는 사실을 말이다.

하지만 회의실에서 누구 하나 그들의 죽음에 대해 꺼내는 이는 없었다.

"그래서 어떻게 하기로 했어? 일단 무림맹은 해산인가?"

"우선은 그 수순을 밟을 것 같습니다. 천년마교를 패퇴시켰으니 존재할 이유는 없으니까요."

"지금쯤 한창 논공행상과 전리품에 대해 떠들고 있겠군."

"……그렇습니다. 그리고 죄송합니다, 장문인."

제갈현이 무거운 어조와 함께 고개를 숙였다. 어째 날이 갈수록 좋은 모습을 보여주기는커녕 점점 더 못난 모습만 보이는 것 같아서였다.

"인간이 다 그렇지. 욕망과 욕심은 인간의 본능이니까. 다 아니까 굳이 사과할 필요는 없어. 그런데 천년마교 놈들은 어디로 가고 있어?"

"천이각을 통해 파악한 바에 의하면 서장 쪽으로 향하고 있습니다. 서장을 경로해서 신강으로 돌아갈 듯합니다."

"왔던 길 그대로 돌아가는 모양이로군."

"이대로 지켜보기만 할 거냐?"

당민호의 말에 세 사람의 시선이 벽우진에게 집중되었다.

특히 연진청이 궁금증 가득한 눈빛을 보내왔다. 안 그래도 아직 대답을 듣지 못한 상태였다.

"그럴 수는 없지."

"역시 내 친구라니까!"

"받은 게 있는데 당연히 돌려줘야지. 그게 인지상정 아니겠어."

"당연하지! 다른 놈들은 몰라도 난 너와 함께 간다!"

누가 봐도 중상자인 당민호가 호기롭게 소리쳤다.

어차피 살날도 그리 많지 않다는 걸 잘 알고 있었기에 당민호는 망설이지 않고 합류를 표했다. 얼마 남지 않은 인생 친구와 함께 마지막 불꽃을 활활 불태워 보는 것도 나쁘지 않았다. 게다가 당 씨 혈족은 절대 빚을 잊지 않았다.

"나도 함께할게."

"저도요."

"넌 안 되지. 보타문의 문주인데."

연진청이 눈살을 찌푸렸다.

자신이야 당민호와 마찬가지로 살아갈 날이 얼마 남지 않았다. 게다가 벽우진에게는 개인적으로 빚도 있었고.

하지만 현주혜는 아니었다.

"괜찮지 않을까요?"

"안 돼. 후계자도 없잖아."

단칼에 거절하는 말에 현주혜가 시무룩한 표정을 지었다. 벽우진과 함께하고 싶었는데 연진청의 표정을 보아하니 절대 허락하지 않을 기색이었다.

"지금 바로 출발하실 생각입니까?"

"글쎄."

제갈현의 물음에 벽우진이 아리송한 표정을 지었다. 뜻 모를 미소를 지었던 것이다.

그런데 그 표정에 제갈현의 안색이 어두워졌다. 왠지 자신에게 선을 긋는 듯한 느낌이 들어서였다.

'아니, 그게 당연한 건가.'

역지사지라고 그가 벽우진의 입장이었어도 기분이 썩 좋지 않았을 터였다.

정도의 차이가 있겠지만 토사구팽이라고 해도 틀린 말은 아니었다. 그래서 그가 직접 찾아와서 사과한 것이기도 했고.

'이미 몇몇은 눈 밖에 났겠지.'

벽우진은 뒤끝이 확실한 남자였다. 지금까지 그런 모습을 수도 없이 보여줬었다. 그런 만큼 이미 마음속에서는 구분이 되어 있을 터였다.

"하지만 오늘 곤륜산으로 돌아가는 건 맞아."

"……바로 가시게요?"

"응, 있어서 뭐 해. 뒷정리야 총군사가 할 텐데. 안 그래?"

"그건 그렇습니다만……."

제갈현이 당혹스러운 표정을 지었다. 설마하니 벽우진과 곤륜파가 이렇게 빨리 복귀할 줄은 몰라서였다.

"나는 벽 동생과 함께 갈 거야."

"저도요. 문도들은 올 때처럼 돌아가면 되니까요. 겸사겸사 유람도 하라고 하면 다들 좋아할 걸요? 사부님도 없고, 저도 없으니까요."

"이게 은근슬쩍 발을 담그려고 하네?"

연진청에 제자를 흘겨봤다.

하지만 그 눈빛에는 흐뭇함이 담겨 있었다. 말리는 척하면서 흡족한 기색을 띠었던 것이다.

"일단 먼저 가서 볼일 보고 있어. 나도 곧 출발할 테니까. 얼마 안 걸릴 거다. 좋은 약재로 약을 달이고 있으니."

"그럼 그렇게 하는 걸로."

벽우진이 자리에서 일어났다. 볼일을 다 봤으니 이제 일행들에게로 돌아가려는 것이었다.

한데 그 모습조차 제갈현에게는 낯설게 다가왔다.

"고생 많으셨습니다, 장문인."

"총군사도. 아니, 이제는 다시 제갈가주인가. 고생 많았네."

옅게 섭섭한 기색을 드러내는 제갈현의 어깨를 두어 번 두드려주며 벽우진이 빙긋 웃었다. 다른 사람은 몰라도 제갈현이 보이지 않는 곳에서 얼마나 많은 일을 하고 고생을 했는지 그는 알고 있어서였다. 또한 조율자로서도 누구보다 정신없이 움직인 사람이 바로 제갈현이었다.

"감사합니다."

주마등처럼 정마대전의 일들이 스쳐 지나간 모양인지 제갈현이 살짝 젖은 목소리로 고개를 숙였다.

그런 그에게 벽우진은 한 번 더 웃어 보인 후 응접실을 나섰다.

부르르르!

책상 위에 놓인 신마검이 마치 살아 있는 생명처럼 잘게 떨었다. 마치 뱀 앞에 놓인 개구리처럼, 혹은 맹수 앞에 선 토끼처럼 겁에 잔뜩 질린 듯이 진동했다.

"그만해라. 그러다가 애 잡을라."

본체를 떨 뿐만 아니라 은근슬쩍 뒤로 물러나는 신마검의 모습에 벽우진이 피식 웃으며 말했다.

그러나 그 말에도 신마검의 진동은 멈추지 않았다. 일월쌍환이 은연중에 흩뿌리는 기운 때문에 정신을 차리지 못하는 것이었다. 나름 천하에서 손꼽히는 신검이며 영성을 지니고 있는 신마검이었지만 감히 일월쌍환에 비할 바는 아니었다.

웅웅웅!

상극이기 전에 격이 달랐기에 신마검은 잔뜩 몸을 움츠렸다.

그리고 그 모습에 일월쌍환은 재미있다는 듯이 기운을 방출했다가 회수했다가를 반복했다. 마치 장난감을 다루듯이 말이다.

"사형, 소제 청범입니다. 들어가도 되겠습니까?"

"들어와."

벽우진이 일월쌍환의 기운을 차단하며 대답했다.

그러자 팔찌의 형태를 하고 있던 일월쌍환이 툴툴대는 게 느껴졌지만 모른 척했다. 놀이는 이 정도면 충분하다고 생각해서였다.

"신마검이로군요."

"다른 곳에 두기에는 좀 위험해서 말이지."

"신검이자 마검이니까요."

서진후가 몸을 부르르 떨었다. 신마검을 보는 것만으로도 으스스한 한기가 느껴졌던 것이다.

동시에 묘한 기분이 들었다. 마치 신마검이 말을 거는 듯한 느낌이 들었던 것이다.

홰홰!

그런 생각이 떠오르자마자 서진후는 고개를 크게 저었다. 신마검이 자신을 유혹하는 것임을 빠르게 깨달은 것이다.

"많이 강해졌어."

"도맥을 이은 저조차도 이럴진대 밖에 나가면 피바람이 불겠네요."

"그러니까 내가 가지고 있는 거 아냐. 사람의 욕망을 건드리는 검이니까. 물론 천마신공이 담겨 있는 건 아니지만. 그리고 일단 나한테는 억제기가 있기도 하고."

우우웅!

벽우진의 말이 끝나기 무섭게 일월쌍환이 공명음을 토해냈다. 그러자 신마검의 기운이 씻은 듯이 사라졌다.

"보면 볼수록 신기한 것 같습니다. 보패라는 물건이 현존할 줄이야."

"시조께서 남겨주신 물건이지. 나조차도 왜 이걸 남겨주셨는지 처음에는 몰랐으니까. 근데 무슨 일이야?"

"사형께 보고할 일이 있어서요. 어떻게 보면 좀 심각한 문제라고나 할까요. 성세를 되찾으니 이런 문제가 생긴 건가 싶기도 하고."

서진후가 품속에서 보고서를 꺼냈다. 말보다는 보고서가 더 객관적이고 빠를 것 같아서였다.

"흐음. 호가호위하는 이들이 늘었구만."

"예, 속가제자 쪽이 많습니다."

"감찰사가 필요할 때가 되기는 했지. 안 그래?"

"한번 쓸까요?"

서진후가 의미심장한 표정을 지었다. 유유상종이라고 벽우진의 생각을 단번에 파악한 것이었다.

"어차피 언젠가는 한 번은 짚고 넘어가야 하는 문제였어. 명문대파에서는 비일비재하게 일어나는 일이니까. 이참에 중재하는 법도 배우고 말이지."

"그리 처리하겠습니다. 그런데 사형."

"왜?"

서진후가 벽우진의 눈치를 살폈다. 무언가 할 말이 있는 망설이는 듯한 기색이었다.

"어느 날 갑자기 훌쩍 떠나시는 건 아니죠?"

"말했잖아. 58년은 살다가 갈 거라고. 아직 3년도 채 안 흘렀다.

그러니 너나 걱정해. 어느 날 갑자기 눈 감지 말고."

"하하하! 제 걱정은 하지 않으셔도 됩니다."

서진후가 넉살 좋게 웃었다. 빈말을 하지 않는 벽우진인 만큼 갑자기 등선한다고 사라질 걱정은 하지 않아도 될 것 같아서였다.

잠시 후 서진후가 나가자 신마검을 챙겨든 벽우진은 창가에 섰다. 그러자 무상검이 저절로 뽑혀져 나와 벽우진이 올라서기 좋은 높이에 떴다.

"이 정도면 나쁘지 않은 것 같지, 청민아?"

휘이이잉!

무상검을 타고서 곤륜산의 하늘을 노닐며 벽우진이 중얼거렸다.

그런 그의 시선은 인산인해를 이루고 있는 곤륜파의 산문에 향해 있었다.

하지만 사람은 산문에만 몰려 있지 않았다. 곤륜파 경내 곳곳이 온갖 사람으로 가득했다.

과거 찬란한 성세를 자랑하던 때처럼 말이다.

- 完 -

… 외전 1장 …

끝난 줄 알았지

이남일녀가 천산의 초입에 모습을 드러냈다.

그런데 구성이 조금 신기했다. 젊은 청년을 선두로 두 명의 노인이 뒤따르고 있었던 것이다.

"넌 여기에 천산이 있다는 걸 어떻게 알았냐?"

"천년마교에 한이 맺힌 이들은 우리뿐만이 아니거든. 그리고 여자가 한을 품으면 오뉴월에도 서리가 내린다는 말이 있잖냐."

"여자? 천년마교에 한을 품을 여인이 있나? 비구니는 여자가 아니니 제외하고."

부상은 회복되었지만 이상하게 주름이 늘은 당민호가 고개를 갸웃거렸다. 딱히 떠오르는 사람이 없어서였다.

"그런 곳이 한둘이겠어? 중요한 것은 도움을 받았다는 거지."

"누님은 안 궁금하오?"

"딱히. 말해줄 거였으면 벽 동생이 진즉에 말해줬겠지. 안 그래?"

왠지 모르게 들뜬 기색의 연진청이 웃으며 벽우진에게 눈을 찡긋했다.

그러자 벽우진이 옅게 웃었다.

“역시 누님이세요.”

“그럼. 꼭 알아야만 하는 건 아니니까. 적당히 넘어가 주고 그래야지. 근데 신기하다. 내가 천년마교의 본진인 천산에 올 줄이야.”

거대하다 못해 웅장한 천산을 올려다보며 연진청이 눈을 빛냈다.

늘 섬에서만 살았기에 그녀에게는 바다가 더 익숙했다. 그런데 지금 그녀의 눈앞에 수해(樹海)가 펼쳐져 있었다. 곤륜산도 엄청나게 넓다고 생각했는데 천산은 그보다 더했다.

“흥분되지 않습니까? 중원무인들 중에 누가 천산까지 와봤겠습니까? 천하에 안 가본 곳이 없다던 개방도들도 여기는 못 와봤을 겁니다.”

당민호가 히죽 웃었다. 그 역시 천산에 왔다는 사실에 흥분한 것이었다.

하지만 그러면서도 그는 주변을 살피는 것을 잊지 않았다. 이곳이 적진 한가운데임을 그는 자각하고 있었던 것이다.

“근데 우리 꼭 최후의 영웅들 같지 않아? 결사대라던가.”

“어쩌면 역사에는 어리석은 만용꾼들이라고 남을지도 모릅니다.”

“그것도 나쁘지 않은데. 일단 역사에는 남는다는 거잖아.”

“죽을 날도 얼마 안 남기도 했고 말이죠.”

당민호가 대수롭지 않다는 듯이 대답했다.

애초에 그는 죽음도 감안하고 왔었다. 객관적으로 단 셋이서 천년마교를 무너뜨린다는 것은 불가능했다. 아무리 반파에 가까운 피해를 입은 상태라고 해도 말이다.

"그럼 죽으러 온 거야?"

"정확하게는 한 방 제대로 먹이려고 온 거죠. 죽으면 어쩔 수 없고요. 보가를 떠날 때 유서도 남기도 왔습니다."

"난 안 썼는데."

"주혜도 대충 알지 않을까요. 어쩌면 지금쯤 보타문도들과 함께 마음의 준비를 하고 있을지도 모릅니다."

"넌 말을 참 얄밉게 잘하는 것 같아. 매를 버는 성격이라고나 할까?"

연진청이 눈을 곱게 흘겼다.

그러면서 손을 들어 진지하게 고민했다. 당민호의 등짝을 때릴지 말지에 대해서 말이다.

"산 자체가 거대 마을이니 아래에서부터 쓸고 올라가면 될 거 같습니다."

"정면 돌파?"

"안쪽의 길은 몰라. 내가 받은 정보는 여기까지라서. 그러니 단순히 부수고 올라가야 해."

"그거 재미있겠는데."

당민호가 눈을 초롱초롱하게 빛냈다. 다른 곳도 아닌 천년마교를 정면으로 돌파한다고 하자 묘한 기분이 들었던 것이다.

늘 천년마교에게 침공을 당하는 쪽이었던 게 바로 중원무림이었다. 그런데 지금은 반대였다.

"아마 천년마교를 습격한 중원무림인은 없었을 거야."

"있긴 했을 겁니다. 다만 별다른 피해를 입히지는 못했겠죠."

"우린 다르겠지?"

"물론입니다. 제가 있으니까요."

벽우진이 자신만만하게 웃었다.

십만대군이 달려들어도 모조리 베어버릴 수 있다는 듯한 미소에 연진청이 말갛게 웃었다.

"미리 말해두는데 나는 여기에서 죽어도 괜찮아. 이미 살 만큼 살았으니까."

"그럴 일은 없을 겁니다. 무사히 되돌아갈 테니까요."

"정 불리하다 싶으면 내빼면 되지. 우리 셋이라면 어떤 상황에서라도 빠져나올 수 있다."

당민호가 장비를 확인하며 말했다.

안 그래도 만약의 상황에 대비해 개인적으로 챙길 수 있는 장비는 모조리 챙겨 왔다. 거기다 사천당가에서도 특별 관리하는 오대극독 역시 최소한의 양만 남겨두고 모두 다 가져온 상태였다.

"전부 다 죽일 생각은 없어. 복수를 하러 왔지만 똑같은 놈들은 될 수 없으니까."

"일반 양민은 죽이지 않는다는 점에 대해서는 동의. 물론 천산에서 사는 사람들이 범인이라고 하기에는 어폐가 좀 있겠지만."

"마인만 죽이자고, 마인만."

벽우진이 허리춤에 메어져 있는 신마검을 툭툭 건드렸다.

마인이라면, 그것도 천년마교에서 제법 직책이 있는 이라면 이

신마검을 알아보지 못할 리가 없었다. 그전에 벽우진부터 알아보겠지만 말이다.

"어, 어?"

천산에 오른 지 얼마 되지도 않았는데 벌써부터 입질이 왔다. 검과 창을 메고 있고 있던 이들이 벽우진을 보고는 두 눈을 휘둥그레 떴던 것이다.

"시작이로구나!"

그 모습에 당민호가 손을 흔들었다. 소매 속에 감추어두었던 바늘 모양의 작은 암기를 날린 것이었다.

물론 바늘 끝에는 당연히 독이 묻어 있었다.

"끄르륵!"

작아서 눈에 보이지 않는 암기가 목에 박힌 순간 대여섯 명이 동시에 입에서 게거품을 물었다. 누가 봐도 중독당한 모습이었다.

그리고 그게 끝이었다. 얼마 가지 않아 절명했던 것이다.

"너무 팍팍 쓰는 거 아냐?"

"충분히 챙겨 왔다. 내가 왜 평소에는 메지 않는 가방을 주렁주렁 달고 왔다고 생각하는 거냐? 죽일 수 있을 때까지는 모조리 죽일 거다."

당민호가 두 눈을 형형하게 빛냈다. 오는 족족, 발견하는 족족 멱을 따겠다는 기세가 완연했다.

"당분간은 내가 나설 일이 없겠는데?"

"가장 연장자이시지 않소이까, 누님은. 그러니 좀 쉬고 계시구려."

"이 나이에 이런 배려라니. 나 설레는데?"

든든한 당민호의 말에 연진청이 기분 좋다는 듯이 웃었다. 여자는 나이를 먹어도 여자라고 이런 배려가 그녀는 싫지 않았다.

"적이다!"

"패선이 쳐들어왔다!"

뎅뎅뎅뎅!

대놓고 들어와서 그런지 이내 곳곳에서 비상종 소리가 울려 퍼졌다.

하지만 그 소리에도 벽우진은 뒷짐을 지고서 느긋하게 발걸음을 옮겼다.

목적지는 천산의 정상이었다. 곤륜파가 정복당한 것처럼 그 역시 오늘 천산을 정복할 생각이었다.

"기운은 참 좋은데 말이지."

"이 좋은 기운을 마기 따위로 치환하다니."

"늘 사람이 문제지. 산은 죄가 없어."

"그래도 한 번쯤 불태우는 것도 나쁘지 않잖아?"

당민호가 진심을 담아 말했다. 언제나 중원무림만 당하라는 법은 없다고 생각해서였다.

"봐서."

"해보고 싶지 않아? 우리 신조가 눈에는 눈, 이에는 이 아니냐?"

비상종 소리를 들은 것인지 마인들이 밀물처럼 쏟아져 나왔다.

그런데 놀랍게도 대부분의 마인들이 겁에 질린 눈을 하고 있었다.

정마대전이 끝난 지 얼마 되지 않았을뿐더러 대부분이 섭무천과 벽우진의 대결을 멀리서나마 봤었다. 그렇기에 감히 먼저 달려드는 이들은 없었다.

"주, 죽여라!"

"뭣들 하는 것이냐! 적이 쳐들어왔는데!"

우르르 몰려나오기는 했으나 누구도 선뜻 세 사람을 향해 달려들지 않았다. 벽우진이 보여주었던 신위가 너무나 뚜렷하게 남아 있었기에 감히 공격하지 못했던 것이다.

대신 다들 눈치를 살폈다. 숫자를 보고 벽우진이 알아서 물러나기를 기대했던 것이다.

"이놈들! 이곳이 어디라고!"

"어디긴. 마교종자들의 총본영이지."

"컥!"

호기롭게 나섰던 중년의 마두 하나가 얼굴을 시커멓게 물들인 채로 허물어졌다. 당민호의 암기에 중독되어 즉사한 것이었다.

하지만 이건 시작에 불과했다.

스르릉.

"오늘은 지난번에 추지 못한 칼춤을 제대로 출 수 있겠네."

전대 검후인 연진청이 빙그레 웃으며 검을 뽑았다. 오랫동안 검집 안에서 잠만 자고 있던 애검을 정말 오랜만에 뽑아 들었던 것이다.

연무야 비천단을 흡수한 후 쉬지 않고 했지만 실전은 이번이 두 번째였다. 그렇기에 연진청은 오늘 이곳에서 마음껏 검을 휘두를 작정이었다.

"그동안 못 풀었던 한을 풀면 됩니다, 누님."

"안 그래도 그럴 생각이야."

연진청이 가볍게 땅을 박찼다.

그리고 지옥이 도래했다. 무시무시한 검격이 팔방을 휩쓸었던 것이다.

"끄아악!"

"커헉!"

"왜 여기까지……."

연진청의 검에서 뿌려지는 검기의 파도에 마인들이 쓸려 나갔다. 거대한 해일이 해변을 휩쓰는 것처럼 고수, 하수 할 거 없이 모조리 쓸어버렸던 것이다.

호신강기를 펼쳐도 잠시뿐이었다. 그녀의 검해는 그 어떤 호신강기도 갈가리 찢어버렸다.

"어후. 화끈해라."

"그동안 쌓인 게 많았을 테니까. 게다가 상대가 상대이기도 하고."

"마음껏 펼쳐도 상관없는 족속들이긴 하지."

쩌어어엉!

천년마교의 하급 마인들을 도륙하던 연진청의 검이 처음으로 막혔다. 드디어 중진급이라 할 수 있는 상급 마인들과 육대마가의 마인들이 나타난 것이었다.

그러나 그들의 기세도 얼마가지 못했다.

쿠콰콰쾅!

검기가 검강으로 바뀌자 제아무리 상급 마인들도 별수 없었다. 하급 마인들과 마찬가지로 휩쓸려 죽어나갔던 것이다.

반면에 연진청은 검무를 추듯 너울너울 움직였다. 하지만 선녀처럼 아름다운 검무와 달리 주변은 쑥대밭으로 변했다.

"크윽! 저년이!"

"한 명한테 이리 밀린다는 게 말이 되느냐!"

"이 모자란 것들!"

이윽고 육대마가의 수뇌부들이 모습을 드러냈다. 수하들이 모조리 썰려 나간다는 소식에 부랴부랴 달려온 것이다.

그 뒤로 오대 무력 조직도 모습을 드러냈다.

"이번에는 내 차례군. 사천당가의 무서움을 영혼에 새겨주마."

확연히 늘어난 적들의 숫자에 당민호가 몸을 날렸다.

압도적인 무력을 선보이고 있었지만 워낙에 숫자가 많았기에 서서히 지치는 게 보였다.

연진청이 이룩한 경지는 분명 대단했지만 그렇다고 한계가 없는 것은 아니었다. 때문에 당민호는 시기적절하게 합류했다.

"왔어?"

"슬슬 지겨워하는 것 같아서 말입니다."

"지겹기는. 이제부터가 시작인데. 딱 기분 좋을 정도로 땀이 났어."

"제가 보기에는 식은땀 같은데요?"

파파파팟!

당민호가 씩 웃으며 양손을 펼쳤다. 예의 사천당가가 자랑하는 암기가 뿌려진 것이었다.

다수를 상대할 것이 분명하기에 당민호는 가벼우면서도 많이 챙길 수 있는 암기 위주로 챙겼는데 대부분이 배심정(背心釘)이나 우모침(牛毛針) 형태였다. 아무래도 두 종류의 암기가 많이 챙기기에 유리해서였다.

투두둑! 투둑!

유려하게 휘둘러지는 손길에 따라 수십 명이 고꾸라졌다. 가느다란 침이라 눈에 잘 보이지도 않을뿐더러 연진청이 시선을 제대로 끌어주었기에 쉽게 중독시켜 죽일 수 있었던 것이다.

"뭐, 뭐야?"

"갑자기 왜 죽은 거야?"

"독이다! 시신을 만지지 마라!"

"이미 늦었어."

갑자기 쓰러지는 동료들의 모습이 우왕좌왕하는 마인들을 차가운 눈으로 노려보며 당민호가 말 그대로 살풀이를 했다.

사천성에서 당한 것을 고스란히 되돌려 주었던 것이다.

부상자는 필요 없고 오직 사망자만 필요하다는 듯이 당민호는 살벌하게 암기를 뿌렸다.

"끄윽!"

"켁!"

사정없이 뿌려지는 암기세례에 마인들은 속절없이 절명했다. 따로 독공을 익힌 이가 없기에 피해가 더욱 컸던 것이다.

그나마 수준이 높은 이는 진기를 이용해 독을 밀어냈지만 그러지 못하는 이들은 그냥 죽어나갔다.

"뭐 해! 공격하지 않고!"

"적은 고작 세 명이다!"

하지만 도망치는 이는 없었다. 다른 곳도 아니고 천산을 침범당한 만큼 죽더라도 영역을 사수하겠다는 듯이 달려들었다.

그러나 그 의지는 잠시뿐이었다.

저벅저벅.

끝판왕이라 할 수 있는 벽우진이 나서자 인간 벽처럼 세워진 마인들이 한순간에 쓸려 나갔다. 무상검을 한 번 휘두르기 무섭게 모조리 양분되었던 것이다.

"어, 어……."

"미친……."

- 끝난 줄 알았지 完 -

··· 외전 2장 ···

각자의 꿈

공간검 일격에 천여 명이 넘는 마인들이 즉사했다. 병기며 육신이며 가리지 않고 모두 다 양분했던 것이다.

그 모습에 마인들은 투지를 잃어버렸다. 사람이 아닌 것처럼 느껴지는 벽우진의 모습에 싸울 엄두가 나지 않았던 것이다.

"수, 수뇌부들은 왜 안 오는 거야!"

"비상종을 친 지가 언제인데!"

결국 그들이 할 수 있는 것은 여태껏 오지 않은 수뇌부들을 욕하는 것뿐이었다.

하지만 노인과 노파가 날뛴 지 한참이나 지났어도 수뇌부는 보이지 않았다. 그저 추가되는 인원들로 인한 희생자만 늘어갔다.

투둑. 투두둑.

벽우진이 걸음을 옮길 때마다 시체의 산이 쌓였다. 조금의 사정도 없이 무자비하게 마인들을 베어버렸던 것이다. 그것도 두 번은 손을 쓰기 싫다는 듯이 단 일검에 가로막는 이들을 쓸어버렸다.
"우리는 그냥 네 뒤만 따르면 될 것 같다."
"주인공에서 갑자기 들러리가 된 듯한 느낌인데."
"아쉬우세요?"
"조금. 이제 좀 몸이 풀리나 싶었는데."
연진청이 벽우진의 뒤를 따르며 자신의 애검을 쓰다듬었다.
주변에서는 단말마와 비명이 쉴 새 없이 터져 나왔지만 그녀는 눈 하나 끔뻑이지 않았다. 적에게 인정을 느끼는 것만큼 어리석은 것도 없어서였다. 더구나 이곳은 마도의 종주라 불리는 천산이었다.
"기회가 또 있지 않겠습니까. 아직 장로원의 노마두들도 안 보이는데."
"그냥 싹 다 날려 버릴 것 같은데?"
연진청이 장난스럽게 웃었다.
그리고 그 말은 사실이 되었다. 느릿하게 천산을 오르던 벽우진은 정오가 되기 전에 정상에 올랐던 것이다.
"어, 어떻게 이런 일이……."
"나약한 중원 놈들에게 당하다니! 원통하도다!"
"천마시여!"
절대 정상만은 침범당하지 않겠다는 듯이 천년마교는 모든 전력을 끌어모아 비장의 한 방을 준비했다. 어떻게든 세 사람을 죽이겠다는 듯이 은밀하게 준비했던 것이다. 천년마교의 성향과는 어울리지 않게 말이다.

하지만 반대로 말하면 그 정도로 천년마교가 심리적으로 몰렸다는 뜻이기도 했다.

쿠그그긍!

그러나 그 노력은 끝내 실패로 끝났다. 무지막지한 힘을 앞세운 벽우진이 그들이 준비한 모든 것을 산산조각 냈던 것이다. 더불어 정상에 있던 제단 역시 가루로 만들어 버렸다.

"……보고도 믿겨지지가 않네."

"가능성은 있다고 생각하긴 했지만 진짜 천년마교를 박살 낼 줄이야."

당민호와 연진청이 어안이 벙벙한 표정을 지었다. 지금 자신들이 천산의 정상에 올라와 있는 게 믿겨지지가 않아서였다.

게다가 사방에는 장로들과 마인들의 시체가 가득했다. 벽우진에게 달려들었다가 모조리 죽은 것이었다.

"이런 역사도 있어야지. 늘 중원만 당할 수는 없잖아. 그리고 내 복수는 정당해."

"그야 두말하면 잔소리지. 참고로 나 역시 마찬가지다."

무상검을 납검하며 말하는 벽우진을 향해 당민호가 콧대를 세웠다.

벽우진만큼은 아니지만 그래도 그 역시 천년마교를 정복하는 데 일조한 사람이었다. 그런 만큼 역사서에도 기록이 될 터였다.

"나도 기록에 남는 건가?"

"당연하지요. 저희 셋이 함께 이룩한 결과이지 않습니까."

"지분이 많이 부족한 것 같은데 말이지."

"중요한 건 같이 있었다는 점입니다, 같이."

당민호가 연진청을 향해 나지막하게 말했다. 귓속말을 하듯 눈치를 보며 작게 말했던 것이다.

"호호호. 그나저나 벽 동생은 기분이 어때? 처음으로 천산을 정복한 남자잖아."

"남자라기보다는 도사가 더 어울리지 않겠습니까. 그냥 시원합니다. 이제야 좀 남아 있던 찝찝함이 가셨다고나 할까요."

"도사는 뭐 남자 아닌가. 근데 내가 보기에는 도사보다는 그냥 신선 같아. 기물도 가지고 있고. 사실 이런 신위를 보이는 존재를 인간의 범주 안에 넣기가 좀 그렇지 않아?"

"그렇습니까?"

"난 애들 걱정을 충분히 이해해."

벽우진이 머쓱하게 웃었다. 면전에서 이렇게 말하니 할 말이 없었던 것이다.

하지만 연진청과 당민호는 진지했다. 이러다가 훌쩍 우화등선을 할 것만 같아서였다.

"친구가 강해서 좋기는 한데, 너무 빨리 헤어지지는 말자. 우리 다시 만난 지 아직 3년도 안 됐다."

"58년 채울 거라니까. 그전에 마교의 무공서고부터 부수고."

"오, 아직 재미있는 게 남아 있었네."

"또 있어. 여기까지 왔는데 싹 다 털어봐야 하지 않겠어?"

두 사람의 두 눈이 초롱초롱하게 빛났다. 무엇을 털어야 한다고 정확히 말하지 않았건만 둘은 이미 어떤 건지 알아차린 듯했다.

"이거 전리품이 상당하겠는데."

"생각지도 못한 소득이 있겠어."

둘 다 안 한다는 말을 하지 않는 모습에 벽우진은 피식 웃으며 발걸음을 옮겼다.

곤륜파가 과거의 성세를 되찾으면서 사라졌던 마을 역시 다시 일어났다. 사람들이 하나둘 모이기 시작하더니 금세 마을을 이루었던 것이다.

그리고 이 마을에는 하나의 명물이 있었다.

운룡객잔(雲龍客棧). 천하제일문이라 불리는 곤륜파 장문인의 적전제자들이 직접 운영하는 객잔이었다.

"어후. 오늘도 정신없이 지나갔네."

"장사가 안 되는 것보다는 낫지 뭐."

"우리는 처음부터 잘됐잖아?"

지쳤다는 듯이 의자에 널브러지던 심대현이 히죽 웃으며 말했다. 다른 객잔들과 달리 운룡객잔은 개업하자마자 장사가 잘되어서였다.

물론 처음에는 패선의 제자들이 차린 객잔이라는 소문에 온갖 군상들이 모여들었다. 어떻게든 곤륜파에 줄을 대보려고 별의별 사람들이 찾아왔던 것이다. 그러나 반년이 지난 지금은 맛 때문에 운룡객잔을 찾아오는 사람들이 더 많았다.

"사부님 덕분이지 우리가 잘해서는 아니지."

"배경도 능력이랬어."

"정후가?"

"응."

심대혜가 피식 웃었다.

나이는 어리지만 장사로는 석정후가 선배였다. 또한 수완으로 따져도 석정후와 비교할 수는 없었다.

"틀린 말은 아니지만 다른 곳에서 그런 말은 하지 마. 쓸데없이 적을 만드는 말이니까."

"내가 애인가? 나도 이제 다 컸어."

"그런 말 하는 것 자체가 덜 자랐다는 거야."

"나는 누나 말에 동의."

"나도, 나도!"

방문이 벌컥 열리며 심소천과 심소혜가 안으로 들어왔다. 둘 다 하루 업무를 정리하고서 회의실로 모인 것이었다.

"뭐야?"

"저 봐. 마음에 안 들면 주먹부터 들잖아. 어른은 절대 저러지 않지."

부르르르!

심소천의 말에 심대현이 주먹을 떨었다.

하지만 누이가 있기에 차마 휘두르지는 못했다. 대련이라면 모를까 함부로 동생을 때렸다가는 심대혜의 응징이 있을 게 뻔했다.

"아오, 진짜!"

"그쯤 해. 회의하는 중에 뭐 하는 짓들이야?"

"알았어, 누나."

심소천이 냉큼 자리에 앉았다.

그리고 그 옆에는 심소혜가 조용히 착석했다.

"매출은 어때?"

"순조롭게 상승 중이야. 일 매출이 떨어질 때도 있기는 한데 심각한 수준은 아니고. 오히려 한 달을 기준으로 삼으면 조금씩 오르고 있어."

"손님들의 반응은 어때?"

"좋아."

심소혜가 엄지를 치켜세웠다. 음식의 맛은 물론이고 객실 반응 또한 이보다 좋을 수가 없어서였다.

"다행이다. 우리 남매가 운영하는 만큼 사문에 먹칠하면 안 된다는 거 다들 알고 있지?"

"이제는 귀에 딱지가 생길 거 같아, 누나."

"우리들도 누나랑 같은 마음이라고. 사문은 물론이고 사부님께 누를 끼치기 싫어. 객잔을 운영하는 것도 사실 사부님께서 많이 양보해 주신 거니까."

귀를 후비는 심대현과 달리 심소천이 꽤나 의젓하게 말했다.

어느새 십 대 후반이 된 심소천은 제법 어른 티가 났다.

"알고 있으니 다행이네."

"초심을 늘 품고 있어. 객잔을 차리는 건 우리 남매 모두의 꿈이었잖아."

"이렇게 빨리 이룰 줄은 몰랐지만 말이지."

심대혜가 활짝 웃었다.

하루를 벌어 하루를 살아갈 때만 하더라도 그녀는 객잔주는 꿈에 불과하다고 생각했다. 동생들을 먹여 살리기도 바쁜 마당에 저축은 언감생심 상상조차 할 수 없었다.

그런데 벽우진을 만나고 모든 게 달라졌다.

"이건 시작일 뿐이야. 앞으로도 우리가 꿀 꿈은 많아."

"네 장가도 있고 말이지."

"나는 도사라니까. 그리고 찬물도 위아래가 있는데 가려면 누나가 먼저 가야지."

심대현이 얼굴을 붉혔다. 말은 아니라고 했지만 무언가 상상한 모양이었다.

"사부님께서 말씀하셨잖아. 언제라도 좋은 인연이 생긴다면 고민하지 말고 가라고 말이야."

"정작 사부님은 아무런 생각도 없으신 거 같은데."

심대현이 턱을 쓰다듬었다.

예리한 그의 직감은 보타문주가 벽우진에게 관심이 있다고 말해주고 있었다. 그러나 벽우진은 철벽이었다.

"보이는 모습과 달리 나이가 많으시니까."

"상대는 많잖아. 보타문주님도 계시고 소소선자께서도 얼마 전부터 찾아와 머물고 계시고."

"젊은 처자들도 많고 말이지?"

심대혜가 싱긋 웃었다.

정작 벽우진은 경내에 머무는 시간이 별로 없는데 그를 찾아오는 사람은 시간이 갈수록 많아졌다. 괜히 천하제일문파가 아니라는 듯이 매일 같이 손님들이 들이닥쳤던 것이다.

그리고 그 덕을 운룡객잔 역시 적지 않게 보고 있었고 말이다.

"사저가 고생이 많으시겠어."

"청혼하는 후기지수가 상당한 모양이야."

"누나도 제법 되잖아?"

"나는 사저와 비교할 수 없지. 반딧불이 아무리 밝아봤자 달과 비교할 수 있겠어?"

"비유 적당하네."

조금의 망설임도 없이 대꾸하는 심대현의 옆구리를 심대혜가 사정없이 꼬집었다. 그래도 혈육인데 조금은 고민해도 될 법한데 그러지 않아서였다. 근데 재미있는 건 심소천과 심소혜도 고개를 주억거리고 있다는 점이었다.

"처음에는 진짜 막연하기만 했었는데."

"그러니까. 우리가 주역이 될 때가 되어야 천하제일문이 되지 않을까 싶었는데. 역시 우리 사부님은 대단해."

끝은 결국 벽우진이었다.

아련한 표정을 지었던 심대현이 벽우진을 찬양하는 막내의 모습에 실소를 흘렸다. 그러나 부정하지는 않았다. 현재 곤륜파는 벽우진이 전부 다 만든 것이었기 때문이다.

"그러니 우리가 잘 이어가야지. 이 성세가 백 년, 천 년 동안 이어지도록."

"오빠만 주의하면 돼."

"이게."

"흥! 이제는 쉽게 안 맞아! 보신경은 내가 오빠보다 훨씬 나으니까!"

심소혜가 심대현을 향해 혀를 쏙 내밀었다.

그러자 모두가 웃음을 터뜨렸다. 일은 고단했지만 이렇게 남매가 다 함께 모여 떠들 수 있다는 게 네 사람은 너무나 행복했다.

"근데 정말 괜찮은 거겠지."

"홀연히 떠나실까 봐 걱정이 되기는 해."

밝았던 분위기가 한순간에 가라앉았다.

서진후와 마찬가지로, 아니, 다른 이들도 조금씩 느끼고 있었다. 어느 순간부터 벽우진이 곤륜파에 머무는 시간이 줄어들고 있다는 사실을 말이다. 대신 양일우가 대제자로서 대외적으로 나서는 일이 많았다.

"아직 우화등선하시면 안 되는데."

"이제 함께한 지 3년이 지났을 뿐인데."

"나는 사부님 못 보내."

심소혜가 흔들리는 눈으로 고개를 휘휘 저었다. 벽우진과의 이별은 상상조차 하기 싫었다. 그녀에게 있어 벽우진은 사부이자 부모였다. 벽우진이 없는 삶은 상상도 할 수 없었다.

"생각난 김에 내일 올라갈까? 직원들이 있으니 반나절 자리를 비운다고 크게 무리가 가지는 않으니까."

"그럴까?"

"나는 찬성!"

"나도 찬성이야!"

기다렸다는 듯이 손을 드는 동생들의 모습에 심대혜가 미소 지었다. 안 그래도 사문이 그리운 것은 그녀도 마찬가지였다. 엎어지면 코 닿을 거리기는 했지만 그래도 곤륜파는 그녀에게 있어 고향이자 집이었다.

"아, 내일 찬승이 온다고 했는데."

"이번에도 장 사제 집에 다녀오는 거지?"

"응, 아무래도 장 사제와 가장 각별했던 사이였으니까."

다들 장하삼을 떠올리는 모양인지 분위기가 다시 한번 무거워졌다.

그러나 그 분위기는 잠시뿐이었다. 산 사람은 계속 살아가야 하는 게 인생이었다.

"내일 찬승이 오면 같이 올라가자."

"그래."

"일단 전서구부터 보내자. 사부님과 엇갈리면 안 되니까."

"헤헤! 신난다! 안 그래도 사부님 보고 싶었었는데."

벽우진을 떠올리는 것만으로도 기분이 좋아진 모양인지 심소혜가 어깨를 들썩였다.

그 모습에 모두가 흐뭇한 미소를 머금었다.

- 각자의 꿈 完 -

… 외전 3장 …

아직 안 끝났어

얼어붙은 대지라는 말이 너무나 잘 어울릴 정도로 북해는 모든 것이 차가웠다. 바람은 물론이고 대지와 나무, 심지어 호수조차도 얼어 있었다.

"저곳인가."

사시사철 한풍이 불어서 그런지 마치 거대한 얼음성처럼 보이는 북해빙궁을 올려다보며 벽우진이 중얼거렸다. 눈이 쌓이고 녹는 걸 반복해서 그런지 반투명한 성벽은 언뜻 보면 얼음을 통째로 깎아서 만든 것처럼 보였다.

"뭐야. 저 사람은?"

"옷차림이 생소한데?"

"아니, 그게 중요한 게 아니라 어떻게 저렇게 얇은 옷만 입고도 살아 있는 거지?"

"무인이라서 그런 거 아냐? 한서불침을 이루면 웬만한 추위는 느끼지도 못한다던데."

드높게 솟은 성 주변에는 마을이 형성되어 있었다. 여기까지 오면서 본 가장 큰 마을이 말이다. 아마도 북해빙궁이 자리 잡고 있어서 그런 듯했다.

저벅저벅.

멀리서 보면 작은 곰이 아닐까 싶을 정도로 두꺼운 털옷으로 전신을 꽁꽁 싸맨 사람들이 자신을 보면서 수군거렸지만 벽우진은 신경 쓰지 않았다. 무인이 아니었기에 못 들은 척 지나갔던 것이다.

애초에 목표는 북해빙궁이었기에 벽우진은 묵묵히 발걸음을 옮겼다.

"멈춰라!"

"움직이지 마라!"

대낮임에도 이상하게 닫혀 있는 성문으로 걸어가는데 위에서 날 선 목소리가 들렸다. 경계심이 가득한 북방 특유의 말투가 벽우진에게 쏘아졌던 것이다.

"시끄러워."

"어?"

"뭐가 어떻게……."

누가 봐도 수상한 옷차림이었기에 매서운 눈으로 벽우진을 살피던 두 성문위사가 이내 허물어졌다. 질식사라도 당한 것처럼 얼굴이 허옇게 뜬 채로 무기력하게 성벽 아래로 떨어졌던 것이다.

쿠웅! 쿵!

절명한 둘은 이내 땅바닥 위로 곤두박질치며 차가운 대지를 피로 적셨다.

그러나 벽우진은 둘에게는 일절 관심이 없었다. 대신 얼음처럼 서늘한 한기를 뿌리는 거대한 성문에 손을 댔다. 그러자 강철로 이루어진 두꺼운 성문에 금이 가기 시작했다.

쩌저저적!

수많은 잔금과 함께 성문이 허물어졌다. 순수하게 내공만으로 철문을 박살 낸 것이었다.

"적이다!"

"습격이다!"

북해의 패자임에도 경계를 소홀히 하지 않는지 성문이 부서지기 무섭게 안에서 소란이 일었다. 성문이 박살 나자 곳곳에서 적의 습격을 알렸던 것이다.

동시에 우르르 몰려나오는 기척을 느낄 수 있었다.

"뭐야? 적이라며?"

"한 명이 다야? 나머지는?"

경종 소리에 달려 나왔던 북해빙궁의 무사들이 어리둥절한 표정을 지었다. 벽우진 하나만 달랑 보이니 당황한 것이었다.

하지만 그중에는 벽우진을 보자마자 두 눈을 휘둥그레 뜨는 이들도 있었다.

"서, 설마?"

"왜 그래?"

"아니, 그는 여기에 있을 수가 없는데. 곤륜산에 있어야 하는데……."

"도대체 무슨 소리야? 제대로 말해!"

갑자기 오한이라도 걸린 것처럼 몸을 떠는 동료의 모습에 옆에 있던 무사가 인상을 팍 쓰며 물었다.

그러나 정작 당사자는 그 말이 들리지 않는지 격렬하게 흔들리는 눈동자로 벽우진을 쳐다보기만 했다.

스르릉.

그러는 사이 검집에 얌전히 있던 무상검이 저절로 떠올랐다. 다시 뒷짐을 지고 있는 벽우진을 대신해 알아서 모습을 드러냈던 것이다.

"설마 이기어검?"

"이기어검을 펼칠 정도의 고수라고?"

허공에 두둥실 떠오른 무상검이 번뜩였다. 하늘 높이 솟구친 다음에 검기를 사방에 쏟아냈던 것이다.

마치 장마 기간의 폭우처럼 미친 듯이 쏟아져 내리는 검기의 폭풍의 멍하니 서 있던 북해빙궁의 무인들이 전부 다 쓸려 나갔다.

저벅저벅.

벽우진은 입을 열지 않았다. 그저 시신들을 지나 북해빙궁의 안으로 묵묵히 걸어가기만 했다.

"막아……!"

계속해서 그의 앞을 가로막기 위해 적들이 나왔지만 누구 하나 말 한 마디 제대로 하지 못했다. 벽우진을 호위하는 무상검이 그걸 허락하지 않았던 것이다.

쿠콰콰쾅!

물론 적진 한가운데인 만큼 북해빙궁도의 숫자는 많았다. 중원에서 패퇴한 지 얼마 안 되었음에도 끊임없이 몰려 나왔던 것이다.

그러나 숫자는 벽우진에게 별 의미가 없었다. 무상검이 감당하지 못하는 건 강환으로 터뜨려 버렸기에 누구도 벽우진의 근처로 다가오지 못했다.

휘이이잉.

느릿하게 외궁을 지나 내궁으로 들어가자 수백 명의 무인들이 모여 있는 게 눈에 들어왔다. 북해빙궁의 핵심들이 모두 다 집결해 있었던 것이다.

그런데 특이한 점이 있었다. 젊은 층은 거의 없고 대부분이 노인이거나 십 대의 어린아이들이라는 점이었다.

물론 어리다고 해서 살기를 띠지 않는 건 아니었다.

"패선."

"묘하게 눈에 익은 이들이 있는 걸 보니 패잔병들이 용케 잘 돌아간 모양이야."

"여기까지 무슨 일이지?"

"수하들 태반이 죽었는데 대화를 하고 싶은가 보군."

벽우진의 시선이 중앙의 젊은 여인에게로 향했다. 곤륜파를 공격했던 북해빙궁주와 똑 닮은 여인이었다.

"……대화는 필요 없다, 이건가?"

"우리가 대화할 사이는 아니잖아? 그리고 피해자처럼 말하는데 먼저 시작한 쪽은 그쪽이야. 가만히 있는 본 파를 공격한 것 또한 그쪽이고."

벽우진이 서늘한 눈빛으로 북해빙궁주를 쳐다봤다.

그러자 그녀가 움찔거렸다. 눈빛에서 벽우진의 결심을 읽을 수 있어서였다.

"그건……."

"참 웃겨. 자기들은 침공해도 되지만 반대로 공격받는 건 안 된다고 생각하는 걸 보면. 아니, 여기까지 올 거라고 생각을 안 한 건가?"

"……."

북해빙궁주가 정곡을 찔린 표정을 지었다.

지금껏 단 한 번도 이런 적이 없었기에 그녀는 물론이고 장로들 역시 당연하게 생각했다. 본궁이 습격당할 일은 없을 거라고 말이다.

"뭐, 이해는 가. 지금까지 이랬던 적은 없었으니까. 하지만 그렇다고 해서 앞으로도 없을 거라고 단정 짓는 건 너무나 위험한 짓이지."

"조, 좋은 방향으로 대화를 할 수도 있다고 생각한다. 영원한 적도, 아군도 없다는 말도 있듯이……."

"그러다가 나중에 뒤통수치려고? 한 오십 년 뒤에? 아니면 내가 죽은 뒤에?"

벽우진이 도중에 말을 끊었다. 굳이 더 들을 필요가 없어서였다.

그런데 북해빙궁주의 반응이 재미있었다. 꿀 먹은 벙어리 마냥 아무런 말도 못 했던 것이다.

"말이 너무 심하구나! 머리에 피도 안 마른……."

벽우진의 태도가 마음에 안 들었던 걸까. 나이 지긋한 노인이 열불을 토하듯 얼굴을 붉히며 소리쳤다.

하지만 안타깝게도 그의 말은 끝까지 이어지지 못했다. 무상검이 벼락같이 날아가 머리를 꿰뚫었던 것이다.

차차창!

그 모습에 북해빙궁주의 호위무사들이 대경하며 병장기를 뽑아 들었다. 이렇게 느닷없이 공격할 줄은 몰라서였다.

"인과응보라고 생각하도록. 어쩌면 너희들에게 당한 수천, 수만 명의 원한이 나라는 존재를 탄생하게 한 걸지도 모르니."

"죽여라!"

"모두 공격해!"

벽우진의 말에서 조금의 여지도 없다는 걸 깨달은 북해빙궁주가 결국 공격 지시를 내렸다.

이렇게 된 이상 남은 건 결국 싸움뿐이었다. 벽우진을 죽이거나 자신들이 죽거나. 둘 중 하나였다.

우우우웅!

다만 안타까운 건 그들의 생각과 달리 결과는 이미 정해져 있다는 사실이었다. 천년마교도 무너뜨린 벽우진에게 전쟁의 피해도 제대로 복구하지 못한 북해빙궁은 너무나 쉬운 상대였다.

꽈과과광!

벽우진의 주위에서 생성된 강환은 사정없이 적들을 폭격했다. 사람이고 병장기고 건물이고 할 것 없이 모조리 파괴했던 것이다.

그 모습에 북해빙궁주가 망연자실한 표정을 지었다. 지금 자신이 보고 있는 게 현실인가 싶었던 것이다.

콰아앙!

하지만 그 생각도 더 이상 이어지지 못했다. 날아온 강환에 그녀의 육신 역시 터져 나갔던 것이다.

○

쿠그그긍!

"이걸로 빚은 다 갚았나."

허물어지는 거대한 얼음성을 내려다보며 벽우진이 중얼거렸다. 무상검에 타고서 서서히 무너지는 북해빙궁을 주시했던 것이다.

그런데 양팔에 있던 일월쌍환이 갑자기 진동했다. 무언가를 경고하려는 듯 벽우진을 향해 애달프게 울었던 것이다.

"아직 안 간다니까. 불러도 안 가."

벽우진의 시선이 하늘로 향했다.

상서로운 기운이 하늘에 넘실거리는 게 보였지만 벽우진은 이내 고개를 돌렸다. 아직은 이르다고 생각해서였다.

이제 막 빚을 갚았는데 떠나긴 싫었다.

"기회가 이번만 있는 것도 아니고."

보통의 도인이라면 기다렸다는 듯이 올라가겠지만 그는 아니었다.

평범한 도사들과는 격이 다른 이가 벽우진이었다. 등선하는 시기는 자신이 정할 생각이었다.

"토사구팽도 아니고. 다 써먹었으니 이제 회수하겠다고? 누구 마음대로."

콧방귀를 낀 벽우진이 무상검을 돌렸다.

아직 그에게는 지켜야 할 것도, 지켜봐야 할 이들도 많았다. 천명을 끝냈으니 이제는 누려야 하지 않겠는가.

"가자꾸나."

쌔애애액!

손짓하는 무언가를 외면하며 벽우진이 무상검의 검극을 돌렸다.

목적지는 곤륜산이었다.

○

신강의 천산을 넘어 북해의 빙궁까지 경유한 벽우진은 곤륜산으로 돌아왔다. 그에게 있어 집이나 마찬가지인 곤륜산에 드디어 복귀했던 것이다.

시간상으로는 얼마 되지 않았지만 벽우진은 곤륜산이 보이자마자 포근함을 느꼈다. 마치 엄마 품에 돌아온 듯한 느낌이 들었던 것이다.

"역시 집이 최고지."

"오셨습니까, 사형."

"응? 네가 왜 여기 있어?"

"왠지 모르게 지금쯤이면 사형께서 오실 것 같아서요."

곤륜산만큼이나 푸근한 웃음을 지으며 서진후가 말했다.

그런데 얼굴은 좋아 보였는데 이상하게 많이 늙은 것처럼 보였다. 아직 비천단의 약력이 남아 있을 텐데도 말이다.

"사부님!"

"어?"

"저희 왔어요!"

"저도 왔습니다, 사부님!"

무상검에서 훌쩍 내려오기 무섭게 사 남매와 송찬승이 환하게 웃으며 달려오는 게 보였다. 그리고 그 뒤로 서예지와 양일우, 양이추 형제도 보였다.

이제는 제법 명문제자 같은 티가 나는 모습에 벽우진은 자기도 모르게 미소를 지었다. 서진후에 이어 제자들이 달려오자 정말 집에 도착한 느낌이 들었던 것이다.

"뭘 그렇게 눈치를 봐."

"어, 그게요……."

마지막으로 가장 어른스러운 도일수가 배혁문을 챙기며 벽우진에게 다가왔다. 쭈뼛거리는 배혁문을 도일수가 나서서 데리고 왔던 것이다.

"우리는 가족이지 않느냐. 사백이라고 해서 가족이 아닌 건 아니지."

"네에."

"누가 괴롭혀? 누구야? 나한테 말해!"

이제는 처녀라고 해도 과언이 아닐 정도로 성숙해졌지만 여전히 벽우진 앞에서는 어리광쟁이가 되는 심소혜가 안긴 채로 배혁문에게 말했다. 누군지 말만 하면 귀싸대기를 날릴 기세였다.

"그런 거 아냐."

"응? 나 내려가 있다고 너무 서먹하게 대하는 거 아냐? 누나 서운하다?"

심소혜가 배혁문에게 다가갔다.

그러더니 으슥한 곳으로 데려가 쑥덕거리기 시작했다.

"일은 다 보신 겁니까?"

"응, 며칠 뒤에 누님이랑 민호가 올 거야. 짐을 잔뜩 들고서. 귀한 거니까 잘 챙겨둬."

"사람을 보내겠습니다."

"그래 주면 좋고."

벽우진이 흐뭇한 얼굴로 제자들과 시선을 하나하나 맞췄다. 오랜만에 다 모인 것을 보자 기분이 그렇게 좋을 수가 없었다.

'무럭무럭, 쑥쑥 자라거라.'

평화로운 강호와 달리 벽우진은 곤륜산에 돌아왔음에도 분주했다. 아직 목표해 두었던 일이 하나 남아 있어서였다.

"음. 여기가 좋으려나? 너무 외진 것 같은데. 딱 내가 갇혔던 곳이 적당한데 말이지."

이른 아침부터 벽우진은 무상검을 타고 곤륜산 곳곳을 날아다녔다. 58년 동안 그가 강제로 갇혀 있던 시공간의 진을 설치할 적당한 곳을 찾아다녔던 것이다.

너무 드러난 곳이면 호기심 많은 이들이 실수로 들어갈 수도 있기에 벽우진은 신중하게 위치를 고민했다. 자신처럼 재능은 있되 잔머리를 굴리는 이가 숨어서 농땡이를 피울 법한 곳을 찾았던 것이다.

"나만 당할 수는 없지, 암! 근데 아무리 생각해 봐도 위치가 절묘했단 말이지. 설마 시조도 나와 비슷한 성격이셨나?"

웅웅웅!

벽우진의 혼잣말에 일월쌍환이 대답하듯 공명음을 토해냈다. 그와 달리 일월쌍환은 곤륜파의 시조도 알고 있어서였다.

"근데 너희 둘 너무 신난 거 아냐? 내가 등선하면 다시 오랜 세월을 갇혀 지내야 할 텐데."

웅웅!

일월쌍환이 상관없다는 듯이 진동했다. 둘에게 기다림이란 익숙한 일이어서였다. 오히려 기다림이 있기에 둘은 지금의 시간이 너무나 즐거웠다.

"녀석들."

신난다는 듯이 공명음을 토해내는 일월쌍환을 쓰다듬으며 벽우진이 피식 웃었다.

하지만 일월쌍환과 달리 오른쪽 허리춤에 매어져 있는 신마검은 죽은 듯이 찌그러져 있었다. 매일 일월쌍환의 눈치를 보는 것이었다.

"이 작업만 끝내면 강호유람이나 가자. 이번이 아니면 언제 또 돌아다녀 보겠어? 너희들도 좋지?"

우우우웅!

찬성한다는 듯이 날뛰는 일월쌍환을 느끼며 벽우진은 곤륜산 곳곳을 쏘다녔다.

- 아직 안 끝났어 完 -

Wish Books
밥만 먹고 레벨업
박민규 게임 판타지 장편소설
WISHBOOKS GAME FANTASY STORY
바사삭, 치킨. 새벽 1시에 먹는 라면!
그런데 먹기만 해도 생명이 위험하다고?
가상현실게임 아테네.
먹고 싶은 음식을 먹을 수 있는 유일한 방법!
[식신의 진가가 발동됩니다.]
[힘 1, 체력 1을 획득합니다.]
「밥만 먹고 레벨업」
"천년설삼으로 삼계탕 국물 내는 놈이 세상에 어디 있냐!"
"여기."

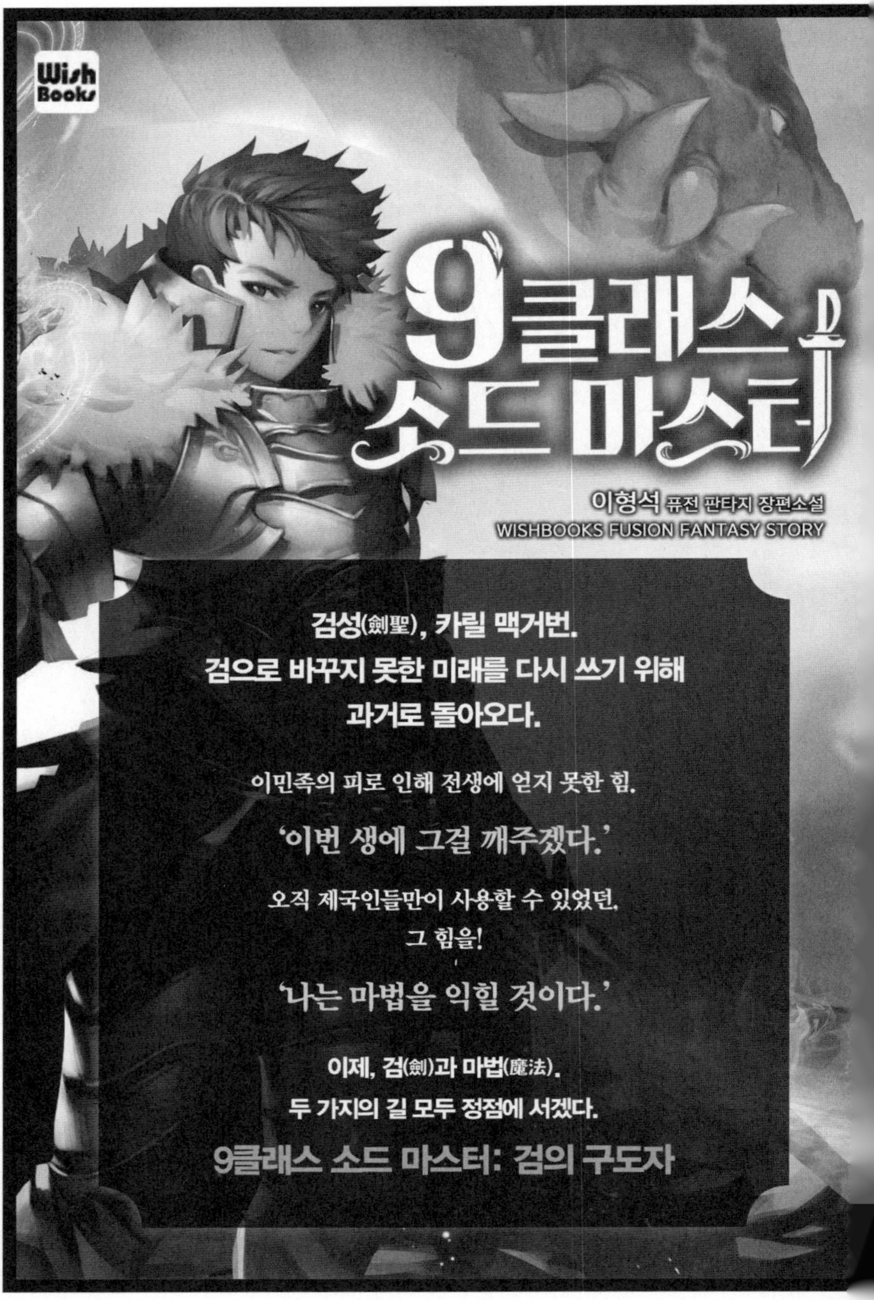
Wish Books
9클래스 소드 마스터
이형석 퓨전 판타지 장편소설
WISHBOOKS FUSION FANTASY STORY
검성(劍聖), 카릴 맥거번.
검으로 바꾸지 못한 미래를 다시 쓰기 위해
과거로 돌아오다.
이민족의 피로 인해 전생에 얻지 못한 힘.
'이번 생에 그걸 깨주겠다.'
오직 제국인들만이 사용할 수 있었던,
그 힘을!
'나는 마법을 익힐 것이다.'
이제, 검(劍)과 마법(魔法).
두 가지의 길 모두 정점에 서겠다.
9클래스 소드 마스터: 검의 구도자

Wish Books
무공을 배우다
목마 퓨전 판타지 장편소설
WISHBOOKS FUSION FANTASY STORY
“무(武)를 아느냐?”
잠결에 들린 처음 듣는 목소리에 눈을 떴을 때,
눈앞에 노인이 앉아 있었다.
“싸움해 본 적 있나?”
“없는데요.”
[무공을 배우다.]
20년 동안 무공을 배운 백현,
어비스에 침식된 현대로 귀환하다!
‘현실은 고작 5년밖에 지나지 않았다고?’